차가운 피부

La pell freda

차가운 피부

ⓒ들녘 2007, 2017

초판 1쇄 발행일 2007년 8월 17일
초판 5쇄 발행일 2011년 7월 1일
중판 1쇄 발행일 2017년 10월 23일
중판 2쇄 발행일 2018년 2월 7일

지 은 이 알베르트 산체스 피뇰
옮 긴 이 유혜경

출판책임 박성규
편집진행 유예림
편   집 남은재
디 자 인 조미경 · 김원중
마 케 팅 나다연 · 이광호
경영지원 김은주 · 박소희
제작관리 구법모
물류관리 엄철용

펴 낸 곳 도서출판 들녘
펴 낸 이 이정원
등록일자 1987년 12월 12일
등록번호 10-156
주   소 경기도 파주시 회동길 198
전   화 마케팅 031-955-7374 편집 031-955-7381
팩시밀리 031-955-7393
홈페이지 www.ddd21.co.kr

ISBN 979-11-5925-287-7(04870)
      978-89-7527-628-6(세트)

이 도서의 국립중앙도서관 출판예정도서목록(CIP)은 서지정보유통지원시스템 홈페이지(http://seoji.
nl.go.kr)와 국가자료공동목록시스템(http://www.nl.go.kr/kolisnet)에서 이용하실 수 있습니다.(CIP제
어번호: CIP2017026389)

차가운 피부

알베르트 산체스 피뇰 장편소설
유혜경 옮김

들녘

일러두기

본문의 주는 모두 옮긴이의 주입니다.

1

우리는 우리가 증오하는 사람들과 결코 멀리 떨어질 수 없다. 그 래서 사랑하는 사람들에게도 진정 가까이 다가가지 못한다. 배에 오르는 순간 나는 이 냉엄한 진실을 깨달았다. 하지만 관심을 둘 만한 진리도 있고, 그냥 지나치는 것이 나은 것도 있다.

날이 밝자 섬의 윤곽이 처음으로 눈에 들어왔다. 돌고래들이 선 미에서 멀어진 지 벌써 33일이 지났고, 선원들이 하얀 입김을 토하 기 시작한 지는 19일이 됐다. 스코틀랜드 선원들은 팔꿈치까지 올 라오는 토시를 끼고 있었다. 그 모습이 너무 투박해서 마치 바다코 끼리처럼 보였다. 세네갈인들에게는 한대寒帶의 추위가 고문이었다. 선장은 선원들이 피부를 보호하려고 이마와 뺨에 감자 즙 기름을 바르는 걸 못 본 척해주었다. 묽은 기름이 눈으로 흘러들어 눈물이 났지만 그들은 불평 한마디 하지 않았다.

"당신 섬이야. 저기, 저 수평선 끝을 봐." 선장이 내게 말했다.

내 눈엔 아무것도 보이지 않았다. 단지 저 차가운 바다, 늘 보았 던 것처럼 아련한 구름에 가려진 바다뿐이었다. 우리는 어느덧 최 남단에 와 있었다. 하지만 남극 빙산의 생김새를 보거나 그곳에 도 사린 위험을 생각하면 횡단할 엄두를 낼 수 없었다. 얼음산도, 표 류하고 있는 거대한 빙산 조각 하나도 넘어갈 수 없었다. 우리는 남 극의 불편한 조건 때문에 고생했지만, 남극은 그 당당함으로 우리가 다가오는 것을 거부했다. 이제 내 운명은 돌이킬 수 없는 경계선의 문턱에 놓였다. 선장이 내게 망원경을 건네주었다. 지금은? 섬이 보이나? 네, 보이네요. 잿빛 바다와 하늘 사이에 납작하게 달라붙어 있는, 하얀 거품이 목걸이처럼 에워싼 육지. 그게 전부다. 하지만 그러고도 우리는 꼬박 한 시간을 기다려야 했다. 섬에 다가가자 비로소 한눈에 윤곽이 들어왔다.

그곳에 장차 내가 살 집이 있었다. 전체 길이가 1.5킬로미터가 될까 말까한 L자형 지대. 북쪽 끝에는 화강암 언덕이 있었고, 그 위에 등대가 서 있었다. 등대의 탑이 한눈에 들어왔다. 규모로 봐서는 딱히 위압감을 주지 않았지만 섬이 작은 만큼 거석의 단단함은 더욱 두드러져 보였다. 남쪽으로 L자의 발꿈치에 해당하는 약간 돌출한 곳에 기상관의 사택이 자리 잡고 있었다. 내가 살 집이었다. 두 채의 건물 사이로 좁은 계곡이 있었다. 그곳에는 습지식물들이 무성했다. 나무들은 서로 기대 쉴 곳을 찾는 소 떼처럼 엉켜 자랐다. 나무에는 이끼가 가득했다. 정원의 나무 덤불보다 더 빼곡하게 무릎 위까지 훌쩍 자란 이끼들. 참 이상한 현상이다. 파랑, 보라, 검정의 세 가지 색 이끼로 얼룩진 나무는 마치 나환자처럼 보였다.

섬 주변에는 작은 암초들이 여기저기 흩어져 있었다. 그래서 해변에 닻을 내린다는 것은 불가능했다. 사택 아래로 펼쳐진 300미터 가량의 해변에만 암초가 없었다. 짐을 들고 내려 돛배를 타고 갈 수밖에 없었다. 선장이 안전한 육지까지 나를 데려다주었다. 마음에서 우러나온 친절이었다. 그가 바래다주어야 할 의무는 없었다. 항해를 하는 중에 선장과 나는 서로를 이해하는 사이가 됐다. 세대 차이가 나는 사내들 간에 흔히 생겨나는 관계였다. 그는 함부르크의 항구에서 자랐는데, 나중에 덴마크로 국적을 옮겼다. 그에게 특별한 점이 있다면 그것은 바로 눈이다. 그가 누군가를 볼 때면 세상에 아무것도 존재하지 않는 듯 그 사람만 뚫어지게 쳐다봤다. 그는 곤충학자 같은 예리함으로 사람들을 평가했고 모든 상황을 전문가답게 판단했다. 사람들은 그가 지나치게 엄격하다고 오해했다. 하지만 나는 그것이 그의 마음속 깊숙이 숨겨진 관대함을 표현하는 방식이라고 여겼다. 그는 말로 애정을 표현하는 대신 행동으로 보여줬다. 그리고 언제나 사형집행인처럼 정중하게 나를 대했다. 나를 위해 무언가를 할 수 있다면 얼마든지 해줄 수 있는 사람이었다. 그런데 나는 어떤 사람이었나? 장년보다는 청년에 더 가까운 남자, 남극의 바람이 몰아치는 작은 섬으로 간 남자, 이제 그 섬에서 열두 달을 살아야 할 남자다. 나는 모든 문명과 동떨어진 곳에서 망명의 고독에 휩싸인 채 단조롭고 무의미한 일을 하면서 일 년 동안 바람의 세기, 방향 그리고 빈도를 체크해야 한다. 국제해양협약이 내게 맡긴 임무였다. 급료는 물론 괜찮은 편이었지만 돈 때문에 그런 운명을 받아들일 사람은 아무도 없을 것이다.

선장, 나, 그리고 선원 여덟 명은 네 척의 돛배에 나눠 타고 해변에 도착했다. 선원들이 일 년 치 식량을 배에서 내리는 데는 꽤 시간이 걸릴 것이다. 내가 가지고 온 궤짝과 소지품도 적지 않았다. 책도 많았다. 아무래도 시간이 남아돌 것 같아서 최근 몇 년 동안 읽지 못했던 책이나 실컷 읽을 작정이었다. 일이 늦어질 기미가 보이자 선장이 먼저 가자고 했다. 선장과 나는 해변으로 향했다. 사택으로 가는 오르막길 가장자리에는 전임자가 설치한 난간이 있었다. 거칠게 못을 박아 만든, 바닷물에 씻겨 마모된 나무 난간. 그랬다. 분명히 사려 깊은 사람이 만들었을 것이다. 아직 실감이 나진 않았지만 전임자를 떠올리게 한 것은 바로 그런 사소한 것들이었다. 그는 살아 있는 사람이었다. 이제야 그가 이 세상에 남긴 흔적을 눈으로 확인할 수 있었다. 그를 생각하면서 큰 소리로 말했다.

"기상관이 우리를 마중 나오지 않은 게 이상하네요. 후임자가 오는 게 아주 반가울 텐데요."

말을 내뱉고 나서 이내 후회했다. 선장과 대화할 때는 종종 그랬다. 그는 이미 그런 생각을 하고 있었다. 사택은 바로 우리 눈앞에 있었다. 원뿔형의 슬레이트 지붕을 얹은 붉은 벽돌집. 우아함이나 조화라고는 눈을 씻고 봐도 없었다. 알프스에나 있을 법한 대피소, 숲속의 외딴집, 혹은 국경의 작은 세관 같았다.

한참을 기다린 후에 마침내 선장이 나서서 혹시 위험한 낌새가 없는지 살폈다. 나는 선장 뒤에 조용히 서 있었다. 이른 아침 찬바람이 집의 네 귀퉁이에 서 있는 캐나다산 참나무 가지를 흔들었다. 춥지는 않았지만 제법 쌀쌀했다. 사방에서 황량한 분위기가 느껴졌다. 문제는 무엇이 있느냐가 아니라 무엇이 없느냐였다. 기상관은 대체 어디 있는 걸까? 지금도 어딘가에서 일을 하고 있는 걸까? 아니면 그저 섬 주변을 산책하고 있는 걸까? 차츰 불길한 흔적들이 눈에 들어왔다. 작은 직사각형 창문에는 아주 두꺼운 유리가 달려 있었다. 나무 덧창이 열린 채 바람에 덜컹거렸다. 영 귀에 거슬렸다. 담장 주변엔 오래된 정원이 있었다. 반쯤 땅에 박힌 돌들이 정원의 경계를 이루었다. 마치 코끼리 떼가 짓밟고 지나간 듯 화초들은 거의 다 죽고 없었다.

선장이 파란 코트의 깃에 눌려 숨이 막힌 사람처럼 턱을 약간 위로 치켜들었다. 그가 늘 하는 제스처였다. 잠시 뒤 선장이 문을 열었다. 문은 몹시 기분 나쁜 소리를 내며 열렸다. 그 삐걱대는 소리는 "들어오고 싶으면 들어와. 내 책임은 아니니까." 하고 말하는 것 같았다. 우리는 안으로 들어갔다.

집 안 광경은 아프리카 탐험가의 일지에서 곧장 튀어나온 것처럼 보였다. 마치 열대 개미 행렬이 휩쓸고 지나가면서 생물은 게걸스레 먹어치우고 무생물은 퇴짜를 놓은 것 같은 꼴이었다. 꼭 필요한 가구들만 남아 있었다. 황폐하다기보다는 버려졌다는 것이 더 정확한 표현이리라. 실내는 칸막이가 없는 하나의 공간이었다. 침대와 벽난로, 쌓아놓은 장작더미가 모두 제자리에 있었다. 식탁은 쓰러져 있었지만 수은 기압계는 멀쩡했다. 부엌 용품들은 하나도 없었다. 도저히 풀 수 없는 수수께끼였다. 전임자의 살림살이와 장비들은 하나도 보이지 않았다. 이런 난장판은 자연의 재앙이라기보다 어떤 알 수 없는 광란의 결과처럼 보였다. 살풍경했다. 그러나 집 자체는 아직 살 만했다. 파도 소리가 귓전까지 들려왔다.

"짐은 어디 놓으면 좋겠소, 기상관님?" 방금 도착한 세네갈인 소우가 물었다. 선원들이 해변에서 사택까지 짐을 가지고 왔다.

"여기, 여기, 안에, 아무 데나요." 느닷없이 들려온 소리에 놀란 티를 내지 않으려고 일부러 쾌활하게 대답했다. 선장은 집 안 꼴이 못마땅했는지 선원들에게 짜증을 냈다.

"이봐, 소우. 저 친구들보고 여기 좀 치우라고 해."

선원들이 궤짝들을 내려놓고 정리하는 동안 선장이 내게 등대로 가자고 했다.

"거기 가면 혹시 전임자를 만날 수 있을지도 모르지." 우리가 하는 말이 선원들에게 들리지 않을 만큼 멀리 오자 선장이 말했다.

선장은 등대에도 사람이 살고 있다고 했다. 네덜란드인인지 프랑스인인지 정확히 기억나지 않지만 분명히 누군가가 살고 있다고. 등대지기는 기상관의 이웃인 만큼 두 사람이 서로 알고 지내는 것은 당연했다. 그러나 이것은 어디까지나 추측일 뿐이다. 등대지기는 기상관이 있는 곳을 알려줄 수는 있어도 사택의 상황까지 설명해줄 수는 없을 것이다. 어쨌든 우리는 등대를 향해 갔다.

그 짧은 거리를 가면서 느꼈던 불안감이 아직도 생생하다. 기분 때문이었을 것이다. 그곳은 우리가 흔히 보는 숲이 아니었다. 기상관이 오가느라 다져진 길은 등대에 이르기까지 거의 직선이었다. 군데군데 이끼로 뒤덮인 진흙 웅덩이가 숨어 있는 곳만 빼면. 나무들 바로 뒤의 바다에서 부드럽게 파도가 일었다. 내가 가장 불안했던 것은 적막감, 아니 아무 소리도 들리지 않는다는 점이었다. 새소리도, 곤충 우는 소리도 들리지 않았다. 덩치가 큰 나무들은 바람에 시달려 몸통이 휘어 있었다. 배에서 숲을 봤을 때는 꽤 울창해 보였다. 사람이든 숲이든 멀리서 보면 그 밀도를 정확히 파악할 수 없을 때가 많은데 이번에는 옳게 본 것이다. 나무들은 너무 다닥다닥 붙어 있어서 두 나무가 한 뿌리에서 나왔는지, 아니면 나뉘어 있는지도 분간하기 어려웠다. 작은 시내들이 길을 중간 중간 끊고 있었다. 시냇물은 어떤 샘에서 솟아 나온 것이 아니라 산 위의 얼음이 녹아 흘러내린 것 같았다. 길게 이어진 시냇물은 하나도 없었다.

키 큰 나무들 위로 등대 꼭대기가 보였다. 숲의 끝에서 길이 끝났다. 등대가 서 있는 화강암 언덕이 한눈에 들어왔다. 바다는 삼면에서 등대를 에워싸고 있었다. 바람이 심한 날에는 등대가 파도에 시달릴 게 뻔했다. 하지만 누가 설계를 했는지 등대는 꽤 튼튼했다. 파도의 충격에 잘 견디도록 단단하고 둥그렇게 설계한 표면, 중세 성벽의 총안銃眼처럼 생긴 다섯 개의 구멍, 난간이 녹슨 좁은 발코니, 그리고 끝이 뾰족한 둥근 지붕. 그런데 발코니에 덧댄 구조물의 용도는 전혀 짐작할 수 없었다. 통나무를 가로와 세로로 박은 구조물이었는데, 끝이 날카로운 말뚝이 여러 개 박혀 있었다. 수리할 때 쓰는 발판인가? 우리는 그것을 생각할 짬도 의욕도 없었다.

"여보시오! 안 계시오? 아무도 안 계시오!" 선장이 손바닥으로 철문을 두드리며 소리쳤다. 대답은 없었지만 삐걱거리는 소리로 보아 문이 열려 있는 게 분명했다. 문은 아주 단단했다. 철문의 두께는 한 뼘이나 됐고, 납으로 된 대갈못이 열두 개쯤 박혀 있었다. 문이 워낙 무겁고 큰 탓에 둘이 함께 밀어야만 했다. 안에서 이상한 빛이 감돌았다. 밖에서 새어 들어오는 빛이 마치 대성당 같은 분위기를 자아내고 있었다. 오목한 석회 벽에 흩뿌려진 하얀 가루가 보였다. 나선형 계단이 돌 벽을 따라 위로 향해 있었다. 계단 밑은 살림 도구들과 비품이 보관된 창고였다.

선장이 알아듣지 못할 말을 낮은 소리로 중얼거리더니 단호하게 계단을 올라갔다. 아흔여섯 개의 계단을 올라가자 위쪽에 나무 바닥이 나타났다. 해치처럼 생긴 네모난 작은 나무 뚜껑 문을 밀고 위쪽으로 올라갔다. 뜻밖에도 흠잡을 데 없이 잘 정리된 아늑한 살림방이 나왔다. 둥근 방 한복판에는 L자 모양의 파이프 난로가 있었다. 한쪽 벽에는 이 방의 유일한 출입구가 보였다. 그 문 뒤에는 아마 부엌이 있을 것이다. 계단도 하나 있었는데, 그것을 따라 올라가면 틀림없이 등대 기계실이 나올 것이다. 여기까지는 모든 게 정상이었다. 이해할 수 없는 것은 물건들이 놓여 있는 모양이었다.

묘하게도 물건들은 벽을 따라 방바닥에 가지런히 늘어서 있었다. 테이블이나 선반 위에 올려놓아야 할 물건들이었다. 그리고 뚜껑이 있건 없건 모든 물건 위에는 반드시 무언가가 올려져 있었다. 구두가 들어 있는 상자 위에는 석탄을 옮기는 철판이 놓여 있었고, 빨랫감이 가득 들어 있는 50센티미터쯤 되는 둥그런 석유통 위에는 나무토막이 얹혀 있었다. 철판이나 나무토막이나 완벽한 뚜껑이 아니므로 악취를 막으려고 덮어놓은 것은 아닐 것이다. 오히려 방 주인은 물건들이 새처럼 날아가버릴까 봐 겁이 나 무거운 것을 올려놓은 것 같았다.

마지막으로 침대가 보였다. 헤드보드가 가는 철봉으로 된 낡은 침대. 그 위에 한 사내가 두꺼운 담요를 세 장이나 덮고 누워 있었다.

우리가 한창 잠들어 있던 그를 깨운 것이 틀림없었다. 하지만 그는 이미 눈을 뜨고 있었다. 그는 아무 반응도 없이 두더지처럼 가느다란 눈으로 우리를 쳐다보기만 했다. 콧등까지 담요를 덮고 있어 곰 가죽을 뒤집어쓴 것 같았다. 방은 아주 깨끗했지만 사람은 별로 깨끗해 보이지 않았다. 무기력하고 뭔가 권태로워 보이면서도 사나운 모습이었다. 침대 밑에 오줌이 가득 찬 통이 보였다.

"안녕하시오, 등대지기 선생. 이 사람은 기상관 후임이오. 당신의 이웃사촌이지." 선장은 손가락으로 사택 쪽을 가리키며 단도직입적으로 물었다. "기상관이 어디 있는지 아시오?"

선장이 말하자 우리가 해변에서 1.5킬로미터나 걸어왔다는 게 새삼 생각났다. 문득 유럽에서 이 섬까지 온 거리보다 그 거리가 더 멀게 느껴졌다. 나는 또 선장이 이제 곧 유럽으로 돌아간다는 사실도 떠올렸다.

사내는 침대에 누운 채 귀찮은 기색으로 시커먼 털이 난 손을 흔들었다. 하지만 그것조차 도중에 멈추고 말았다. 사내가 꼼짝하지 않자 선장이 버럭 소리를 질렀다.

"무슨 말인지 모르겠소? 내 말 못 알아듣소? 프랑스어 하시오? 아니면 네덜란드어?"

그러나 사내는 선장을 빤히 쳐다보기만 했다. 담요를 걷을 생각조차 하지 않았다.

"빌어먹을!" 선장이 주먹을 불끈 쥐고 고함을 질렀다. "이보시오, 난 중요한 항해를 떠나야 한단 말이오. 도중에 여기 잠깐 들른 거라고! 국제해양연맹 부탁으로 일부러 항로까지 바꿔서 여기 이 사람을 내려놓고 이 사람의 전임자를 데리고 가야 한단 말이지. 무슨 말인지 알아듣겠소? 그런데 그 기상관이 없어, 없다고. 그 사람이 어디 있는지 알고 있소?"

등대지기는 선장과 나를 번갈아 쳐다보았다. 그게 다였다. 선장이 얼굴을 붉히며 소리쳤다.

"나는 선장이오. 화물과 사람의 안전 통행에 필요한 정보를 주지 않는다면 당신을 고소할 권리가 있소. 마지막으로 다시 묻겠는데, 기상관은 지금 어디 있소?"

"죄송하지만 당신의 질문에 대답할 수 없습니다."

우리가 의사소통을 거의 포기하려던 찰나, 놀랍게도 그가 오스트리아 포병 같은 억양으로 말했다. 어색한 침묵이 흘렀다. 선장은 감정을 약간 누그러뜨리며 어조를 바꾸었다.

"좋아. 그 정도라도 말을 하니까 한결 낫군. 그런데 어째서 대답할 수 없다는 거요? 그 기상관과 연락은 되오? 마지막으로 본 게 언제요?"

하지만 사내는 다시 입을 다물었다.

"일어나!" 선장이 갑작스레 명령했다.

등대지기는 잠시 뜸을 들이다 일어났다. 담요를 젖히고 발을 내놓았다. 흉하게 살이 찐 모습은 아니었다. 움직임은 마치 뿌리가 뽑힌 채 걷는 연습을 하는 나무 같았다. 그는 침대에 걸터앉아 방바닥을 내려다보았다. 조금도 개의치 않고 자신의 벌거벗은 몸을 보여주었다. 오히려 선장이 민망해하며 고개를 옆으로 돌렸다. 그의 가슴은 온통 털로 뒤덮여 있었다. 양쪽 어깨와 배꼽 아래까지 뒤덮은 털은 정글을 연상시켰다. 어마어마하게 큰 음경이 축 늘어져 있었다. 음경의 포피까지 털투성이였다. '지금 뭘 보고 있는 거야?' 나는 이렇게 자문하며 얼른 등대지기의 얼굴로 눈길을 돌렸다. 그는 턱수염을 기르고 있었지만 손질을 전혀 하지 않아 덥수룩했다. 숱 많은 눈썹은 2센티미터나 자라 있었다. 그는 무릎 위에 양손을 가지런히 올려놓고 매트리스 위에 앉았다. 눈과 코가 한데 모여 있어 몽골인처럼 평퍼짐해 보였다. 그는 어떤 질문에도 시큰둥했다. 이렇게 행동하도록 훈련을 받아서인지 아니면 잠이 덜 깨서 그런 것인지 도무지 알 수 없었다. 하지만 자세히 들여다보니 찡그린 얼굴에서 언뜻 불안감이 스쳐갔다. 그는 마치 박쥐처럼 입술을 달싹거렸다. 입술 사이로 벌어진 치아가 보였다. 선장은 등대지기의 귀에 콧등이 닿을 정도로 허리를 굽히고 얼굴을 바짝 들이댔다.

"정신 나갔어? 당신 책임이 뭔지나 알고 있는 거야? 당신은 국제 협약을 준수해야 할 의무를 고의로 무시하고 있다고! 이름이 뭐야?"

사내는 선장을 쳐다보았다.

"누구 이름 말씀입니까?"

"당신! 지금 당신과 얘길 하고 있어! 당신 이름이 뭐야?"

"바티스, 바티스 카포."

"마지막으로 묻겠어, 카포. 기상관은 어디 있지?"

사내는 시선을 피한 채 머뭇거리다가 대답했다.

"그 질문에는 대답할 수 없습니다."

"미쳤군, 완전히 미쳤어." 선장은 우리에 갇힌 동물처럼 서성거리다가 항복하고 말았다. 선장은 등대지기를 무시한 채 탐정처럼 상황을 정리하며 골똘히 생각에 잠겼다. 나는 옆에 붙은 작은 방으로 들어갔는데, 바닥에 책 한 권이 보였다. 그 책 역시 돌멩이에 눌린 채 바닥에 놓여 있었다. 책을 집어 들어 대충 훑어보다가 조금 더 부드럽게 대화를 풀어가려고 그에게 말을 건넸다.

"나도 프레이저 박사[1]의 책을 알아요. 작품에 대해 잘 알진 못하지만 『황금가지』를 위대한 학술서로 볼지, 재미있는 읽을거리로 볼지는 잘 모르겠군요."

"내 책이 아니라서 읽지 않았소."

얼마나 재미있는 논리인가. 그는 책을 읽는 것과 소유하는 것 사이에 어떤 연관이 있는 것처럼 말했다. 그의 말은 그것이 전부였다. 나는 그에게 계속 말을 시킬 구실을 찾지 못했다. 그는 무릎에 올려놓은 손도 꿈쩍하지 않고서 그저 유령처럼 나를 쳐다보았다.

---

[1] 영국의 인류학자, 민속학자, 고전학자. 인류의 주술과 종교제도를 비교, 연구한 저서 『황금가지』가 유명하다.

"그냥 놔둬!" 아무 단서도 찾지 못한 선장이 끼어들었다. "이 친구는 등대지기의 규정조차 읽어본 적이 없는 작자야. 정말 한심하군."

다시 기상관의 사택으로 돌아가는 수밖에 없었다. 숲속에서 선장이 내 소매를 잡아끌었다.

"여기서 가장 가까운 육지는 노르웨이 영토인 부베 섬이지. 이 섬에서 남서쪽으로 600해리 떨어져 있어." 그는 한동안 말을 끊었다가 다시 덧붙였다. "정말 여기 있을 생각이오? 난 여기가 마음에 안 들어. 여긴 지구상에서 가장 외딴 곳이야. 아르헨티나 파타고니아 사막과 같은 위도 상에 있지. 행정위원회 앞에서도 확실하게 말해줄 수 있어. 여긴 최소한의 요건도 갖추지 못한 곳이라고. 아무도 당신에게 뭐라고 말할 순 없을 거야. 내 말을 믿게."

다시 돌아가야 할까? 모든 상황으로 미루어볼 때 그렇게 하는 것이 마땅했다. 하지만 이런 경우 자신도 모르는 뭔가에 마음이 끌리게 마련이다. 내가 이곳에 남아 있기로 마음을 정한 것은 어처구니없는 이유 때문이었다. 지구를 반 바퀴나 돌아 여기까지 왔는데 다시 돌아갈 순 없었다.

"기상관 사택은 상태가 괜찮아요. 일 년 치 식량도 있고, 딱히 일을 하는 데 방해가 되는 것도 없고요. 아무래도 전임자는 치명적인 사고를 당한 것 같습니다. 자살을 했는지도 모르고 누가 알겠습니까. 어쨌든 이 등대지기는 책임감이 투철한 사람은 아닌 것 같군요. 제가 보기엔 자신이 위험해질까 봐 겁을 내는 것 같습니다. 고독이 지나쳤던 모양이에요. 분명 기상관이 실종된 사건에 대해 추궁을 당할까 전전긍긍한 걸 겁니다. 그래서 그런 행동을 한 것 같습니다."

이렇게 말해놓고 보니 상황을 훌륭하게 정리한 것 같아 스스로 놀랐다. 하지만 내 추측은 무시당했다. 선장은 실눈을 뜨고 나를 쳐다보더니 뒷짐을 진 채 몸을 좌우로 약간 흔들었다.

"제 걱정은 마십시오."

"당신은 속아서 여길 온 거야."

잠시 망설이다가 대답했다. "그럴 리가요."

"맞아, 맞다니까. 속아서 온 거라니까."

그는 속임수가 없다는 것을 보여주려는 마술사처럼, 게임을 포기하는 선수처럼, 좌절한 의사처럼 두 팔을 활짝 벌렸다. 그 몸짓은 이렇게 말하고 있었다. '나도 더 이상 어쩔 수 없어. 내 능력은 여기까지야.'

우리는 해변으로 나갔다. 여덟 명의 선원들은 배로 돌아가라는 명령을 기다리고 있었다. 그들은 막연히 불안한 눈치였다. 세네갈인 소우는 기운을 내라는 듯 내 등을 두드려주었다. 그는 대머리에 턱수염이 하얗게 센 흑인이다. 그가 한눈을 찡긋하며 말했다.

"저 친구들은 신경 쓰지 마시오. 스코틀랜드 고지에서 온 신참 선원들이니까. 이상한 이야기나 전설이라면 저 친구들보다 유카탄[2]에 있는 선인장이 더 잘 알 거요. 게다가 백인도 아니야. 홍인종이라지. 아시다시피 스코틀랜드 사람들은 미신을 잘 믿지 않소? 식사 잘 하시고, 수고하시오. 얼굴 잊어버리지 않게 거울도 보시고, 말도 크게 소리 내서 해요. 그래야 말하는 법을 잊어버리지 않지. 생각은 단순하게 하시고. 그게 다야. 맘씨 좋은 하느님의 인내심에 비하

---
2 멕시코 남동부의 주

17

면 우리 인생에서 일 년이 뭐 별거겠소?"

선원들은 돛배에 올라 노를 잡았다. 난생 처음 타조를 구경하는
아이들처럼, 아니면 전쟁터에서 돌아온 부상병들의 행렬을 바라보
는 평화로운 시민들처럼 그들은 동정과 두려움이 반반씩 섞인 표정
으로 나를 쳐다보았다. 돛이 하나밖에 없는 배는 느린 속도로 천천
히 멀어졌다. 나는 배가 수평선의 한 점이 될 때까지 눈을 떼지 않
았다. 그 점마저 사라져버리자 돌이킬 수 없는 상실감이 엄습했다.
쇠고리가 두개골을 조이는 것 같았다. 문명에 대한 그리움 때문인
지, 유배되었다는 위기감 때문인지 아니면 막연한 두려움 때문인지
는 분명치 않았다.

한동안 해변에 서 있었다. 그곳은 경계가 분명한 반달 모양의 작
은 만灣이었다. 화산석들이 좌우에서 후미를 가로막고 있었다. 부
피에 비해 가볍고 울퉁불퉁한 돌들은 치즈처럼 구멍이 숭숭 뚫려
있었다. 모래는 마치 압축해놓은 회색 재 같았다. 모래 바닥에 나
있는 작고 동그란 구멍들은 갑각류들의 은신처였다. 암초 때문에
파도조차 기진맥진한 것 같았다. 얇고 하얀 거품 막이 바다와 육지
의 경계를 표시했다. 파도가 역류할 때마다 깨끗이 닦인 통나무들
이 모래사장에 와서 박혔다. 그중에는 잘려나간 고목의 뿌리도 있
었다. 조수는 그것을 완벽한 조각품으로 만들어놓았다. 미로와 같
은 기이하고 아름다운 솜씨에 감탄이 절로 나왔다. 하늘은 군데군
데 때가 묻은 듯한, 아니 그보다 더 시커먼 녹슨 갑옷처럼 우중충
한 은빛이었다. 하늘 중턱에 걸려 있는 태양은 작은 오렌지만 한 크
기로 구름에 가려져 있었다. 위도상 태양은 절대로 천정天頂에 닿
을 수 없을 것이다. 물론 내 묘사는 믿을 만한 것이 못 된다. 다만

내가 본 것이 그랬을 뿐이다. 한 사람의 눈에 들어온 풍경은 감추어둔 내면의 반영일 때가 많으니까.

2

살다 보면 과거와 흥정해야 할 때가 있는 법이다. 우리는 때로 외딴 바위에 걸터앉아 실패로 얼룩진 지난날과 한 치 앞도 가늠할 수 없는 미래 사이에서 협상점을 찾기 위해 노력한다. 나 역시 시간이 흐르고, 반성하고, 거리를 유지하다 보면 기적이 일어날지도 모른다고 생각했다. 단지 그 이유로 이 섬까지 왔다.

현실이라고는 믿기 어려웠던 그날, 나는 수도사와 같은 심정으로 짐을 풀고 정리했다. 이 섬에서는 돌팔이 수도사처럼 살 수밖에 없을 것이다. 가져온 책들을 전임자가 남긴 책장에 다 집어넣었다. 전임자의 소식은 여전히 알 수 없었다. 이제 밀가루 포대, 통조림, 소금에 절인 고기, 만약의 경우 마취제로 쓰려고 가져온 에테르 병과 괴혈병을 예방해줄 수천 정의 비타민C 알약이 남았다. 다행히도 말짱한 측량기구와 온도조절기, 수은 기압계 두 개, 수량계 세 개, 그리고 상비약이 골고루 들어 있는 약상자도 정리했다. 22-E라고 표기된 궤짝에는 편지와 의뢰서들이 들어 있었다. 그것을 보며 느낀 호기심을 설명하려면 여러 분야의 학술단체와 사회단체들의 노력을 구구절절 늘어놓지 않을 수 없다.

키예프 대학교의 러시아 학자들은 사람이 살기에 적합하지 않은 이곳에 내가 머문다는 소식을 듣고서 생물 실험을 해달라고 부탁했다. 왜 그런지 모르지만 이 섬은 설치류가 번식하기에 아주 이상적인 곳이었다. 그들은 이곳 기후에 잘 맞는 몸집이 작고 털이 많은 시베리아 종 토끼를 키워보라고 권했다. 이 실험이 성공한다면 앞으로 섬에 오는 사람들이 신선한 고기를 얻을 수 있을 것이다. 그들은 두어 권의 관련 서적도 보내주었다. 털이 많은 토끼는 손이 많이 간다는 것을 그림으로 보여주는 책이었다. 그런데 나는 우리도 없었고, 털이 많은 토끼도 털이 없는 토끼도 없었다. 다만 선장과 내가 '키예프 소스를 넣은 러시아식 토끼 스튜'라는 요리를 칭찬할 때마다 배의 요리사가 터뜨렸던 실소가 떠올랐다.

베를린 지리학회는 포르말린이 가득 든 열다섯 개의 통을 보내왔다. 동봉한 설명서를 통해 그들은 실소금쟁이과의 바다소금쟁이와 깔따구과에 속하는 이 섬의 토착 곤충을 포르말린 통에 채워달라고 부탁했다. 설명서는 독일인 특유의 꼼꼼함 때문인지 방수천에 들어 있었다. 내가 여러 나라 말을 알지 못할 것에 대비해 설명서 문구는 핀란드어와 터키어를 포함한 8개 국어로 표기되어 있었다. 설명서에는 포르말린 통이 독일 정부의 재산이니 하나 혹은 그 이상, 일부 혹은 전체를 훼손할 경우에 행정 제재를 받게 된다는 말이 굵은 고딕체로 적혀 있었다. 그런데 다행스럽게도 학문적인 협력자는 그런 제재에서 면제될 수 있다고 했다. 하지만 실소금쟁이과의 바다소금쟁이와 깔따구과의 곤충이 어떻게 생겼는지, 나비인지 딱정벌레인지, 무엇을 좋아하는지, 좋아하는 것이 있다면 왜 그것을 좋아하는지에 대해서는 아무런 언급이 없었다.

선박회사의 협력사인 리옹 소재의 무역회사는 광물 조사에 협조해달라고 요청했다. 요청서에는 조사 기구와 그 기구의 설명서가 함께 들어 있었다. 그들은 만약 순도 75퍼센트 이상의 금광을 발견하면 '최대한 신속하게' 알려달라고 당부했다. 두말하면 잔소리다. 금광을 발견한다면 생각해볼 것도 없이 먼저 리옹의 아무 사무소로나 달려가 토지 등기부터 할 것이다.

마지막으로 어느 가톨릭 선교사는 베르사유 풍의 서체로 쓴 편지에서 섬의 원주민들을 대상으로 '지극히 조심스럽고 끈기 있게' 설문해달라고 부탁했다. 그는 또 섬의 원주민 왕자들이 지나치게 소심하다면 잘 북돋아 힘을 주라는 충고까지 했다. "설교를 하시고 묵주기도를 하세요. 그럼 믿음의 길을 갈 것입니다."라는 말도 쓰여 있었다. 보나마나 그 선교사는 내 근무지에 관해 아무것도 모르는 게 분명했다. 여기는 왕조나 공화국이 있는 곳이 아니다. 열어보아야 할 상자가 두 개 남았을 때, 예기치 못한 봉투를 발견했다. 그 편지가 나온 것이다.

그것을 읽지 않고 그냥 찢어버렸다면 오죽 좋았을까. 하지만 그럴 수가 없었다. 그리고 며칠이 지나서야 그 편지 때문에 미처 열어보지 않은 상자 생각이 났다. 왜 그랬을까? 그 어처구니없는 편지를 보고 너무 화가 나서 그만 상자를 깜박 잊어버린 것이다. 그래서 상자의 내용물을 확인하지 못했다. 얼마 후 이로 인해 하마터면 목숨을 잃을 뻔했다.

그 편지는 옛 동지들이 보낸 것이었다. 하지만 중요한 내용은 아무것도 없었다. 이게 나를 정말 미치게 만들었다. 그들은 일말의 진실도, 뻔뻔스러움도 드러내지 않았다. 내 증오심을 자극하지 않으려고 그런 것 같았으나, 그런 태도가 더욱 분노를 불러일으킨다는 사실은 모르는 듯했다. 내가 가장 참을 수 없었던 것은 침묵을 강요하는 집요함과 용의주도함이었다. 그들이 우려하는 것은 오직 하나였다. 그들과 함께 했던 나의 투쟁이 앞으로는 그들에게 맞서는 투쟁으로 변하지 않을까 하는 불안. 그들은 나의 과거 모습을 강조하면서 탈영병 같은 내 처신을 안타까워했다. 내가 다시 돌아온다면 원래의 지위로 복귀시켜주겠다고 호언하기도 했다. 그들은 내가 개인적인 야심 때문에 원한을 품고 있다고 굳게 믿었다! 그것은 편지라기보다 오히려 조악한 전단지였다. 나는 9천 킬로미터 밖에서 그들을 경멸했다. 하지만 나는 바보가 아니다. 비록 속이 부글부글 끓었지만 그들을 저주하지는 않았다. 내가 저주를 퍼부은 것은 과거에서 완전히 벗어나지 못하는 나의 감정이었다. 나는 섬의 은둔자가 아니라 내 기억 속에 갇힌 은둔자였다. 내가 이 섬에 있어야 할 이유가 있다면 공교롭게도 어떤 편지에서 시작된, 그리고 지금은 또 다른 편지에서 끝이 난 정치적인 투지 때문일 것이다.

◆◆◆

운이 좋은 아일랜드 고아들은 블랙손 학교에 진학했다. 영국은 이 고아들을 잠재적인 위협으로, 장차 폭도가 될 병사들로 간주했다. 블랙손은 우리를 온순하고 고분고분한 프롤레타리아로 개조하는 임무를 띠고 있었다. 학교는 특히 우리를 선원으로 만들려고 애썼다. 이런 식으로 영국은 아예 출생 시점부터 수상쩍은 자들을 추방하고, 동시에 떠다니는 감옥이라 할 수 있는 영국 함대에 그들을 가두었다. 재능이 돋보이는 블랙손의 학생들은 중등교육을 받게 해주었다. 내 경우가 그랬다. 나는 해상 병참 기술자가 되었다. 완벽한 이등 해상 병참 기술자. 그랬다. 영국 여왕이 수여하는 수료증에는

'일등'이라고 표기되어 있었다. 솔직히, 블랙손의 교사들은 극악무도한 사람들이 아니었다. 그들은 우리에게 해양학과 기상학의 개념을 가르쳐주었다. 의사소통의 개념도 그들에게서 배웠다. 이것이야말로 영국 점령으로 얻은 유일한 혜택이었다. 나는 가톨릭 신도였으므로 라틴어를 더 배우고 싶었다. 그렇지만 영국의 오만은 모든 의욕을 거세했다. 영국은 식민지 주민들을 개처럼 부릴 수 있다고 믿었다. 식탁 밑에 떨어진 빵 부스러기를 주워 먹는 개들에게 충성을 요구했다. 아일랜드 전체가 침몰하는 동안 영국은 우리를 선원으로 만들어 배에 태우려고 안달했다. 우리가 기상학자처럼 하늘만 쳐다보기를 바라면서 우리의 시간과 땅을 빼앗아갔다.

나는 일주일에 두 번씩 블랙손에서 나와 도시로 갔다. 게일어[3]를 배우기 위해서였다. 사실 게일어 수업에는 별 관심이 없었다. 수업은 공화국군과 접촉하기 위한 수단이었기 때문에 게일어의 ABC도 배우지 못했다. 톰이라는 아이가 나와 같이 수업을 들었다. 톰은 병을 앓고 있었지만 고아원에서 가장 쾌활했다.

"나는 아일랜드에서 애국심이 가장 투철한 결핵 환자야!" 그는 이렇게 말하고 명랑하게 웃었다.

우리는 상부의 지시를 받고 있었다. 자전거를 타고 다니는 우리의 모습은 서커스를 보러 가는 블랙손의 고아 학생들처럼 보였다. 이따금 군인들이 검문을 하려고 우리를 불러 세웠다. 똥색 군복을 입은 그들은 푸르른 주변 풍경을 망가뜨렸다. 표정이 황소 같았던 어느 병장의 얼굴을 결코 잊을 수가 없다.

---

3 아일랜드 토속어

"멈춰! 통과자 열거한다! 아일랜드 놈이 몇 놈인가?" 그는 둘도 셀 줄 모르는 사람처럼 물었다.

"우리뿐인데요." 톰이 무심하게 대답했다.

군인들은 책가방을 뒤지고 게일어 노트와 털모자, 심지어 구두와 양말까지 몽땅 다 뒤졌다. 양말이 몹시 긴데도 개의치 않았다. 물론 아무것도 나오지 않았다. 누군가가 우리를 밀고한 듯했다. 하루는 군인들 앞에서 검문을 받고 있는데 대번에 심상치 않은 분위기가 느껴졌다. 황소 같은 병장 말고도 영국인 장교가 한 명 더 있었다. 비단처럼 매끄러운 목소리에 투명한 회색 눈동자, 냉혹한 표정. 그는 막대기보다 더 딱딱해 보였다. 어디로 보나 전형적인 영국인 장교였다.

"멈춰! 통과자 열거한다! 아일랜드 놈이 몇 놈인가?" 언제나처럼 병장이 물었다.

"우리뿐인데요." 톰이 말했다.

"틀렸다." 그 장교가 말했다. "너희 둘과 자전거."

그들은 자전거를 분해했다. 내 자전거의 철봉 안에서 편지가 나왔다. 비밀 회합이 취소되었음을 알리는 공화국군의 쪽지였다. 그들에겐 그것으로 충분했다.

재판은 거창했다. 가발, 붉은 벨벳의 판사 법복, 마호가니로 된 증인석, 이 모든 것이 어린 두 학생 때문에 동원됐다. 형을 면제하는 기능의 거창한 법정. 나는 운이 아주 좋았다. 그러나 부당한 운이었다. 블랙손 소속 변호사는 자전거 두 대에서 쪽지 하나만 나왔으니 두 피고 가운데 하나는 당연히 무죄가 되어야 한다고 주장했다. 그것은 변호라기보다는 간청이었고 판사의 동정심에 매달리는 태도였다. 효과가 없지는 않았다. 그 당시 블랙손은 모범적인 협력 학교였다. 영국은 어린 학생 모두에게 형을 선고함으로써 자국의 명성에 흠집을 내고 싶어하지 않았다. 판사는 나에게 공개적인 망신을 주는 것으로 끝낼 요량이었다. 그는 영국과 아일랜드 문제에 관해 물었다. 그런 질문으로 변절을 강요했던 것이다.

"아일랜드와 잉글랜드는 같은 등압선으로 영원히 하나가 될 것입니다."

"들으셨습니까?" 변호사가 말했다. "이 학생은 장차 해상 병참 기술자가 될 블랙손의 모범생입니다. 한때 젊은 혈기로 우쭐거렸다고 해서 장래를 망치게 해서는 안 됩니다."

하지만 톰은 여전히 당당했다.

"저는 등압선이 같다고 해서 아일랜드가 잉글랜드에 합병되어야 한다고 생각하지 않습니다."

변호사는 어쩔 수 없이 톰이 병에 걸렸다고 주장했다. 나는 순전히 보복 차원에서 벌금형을 선고받았다. 톰은 2년 형을 선고받고 드버그 감옥으로 보내졌다. 아마 그곳에서 폐병으로 죽게 되리라. 이것은 문명화된 전제정치의 전형이다. 처음에는 둘 다 화형에 처하겠다고 위협하다가, 그다음에는 한 사람을 석방한다. 그래야 존재하지도 않는 면죄부를 꺼내 들고 생색낼 수 있으니까. 그 재판에서 결코 잊을 수 없는 것은 톰의 태도였다. 그는 자신이 자전거의 주인이라고 주장했다. 감옥에 가면 죽을 것을 뻔히 알면서도 자신이 죄인이라고 자인한 것이다. 재판이 끝나자 그는 내게 몹시 화를 냈다. 왜 그랬을까? 내 얼빠진 답변이 혹시라도 판사의 옹졸함을 자극한다면 자신의 희생이 무의미해질 수도 있었기 때문이다.

"나는 아일랜드에서 가장 지독한 결핵에 걸린 애국자야." 재판이 열리기 하루 전, 그는 평소의 말을 약간 바꾸었다. 만성 결핵 환자인 그는 아무래도 자신보다 내가 더 쓸모 있는 사람이라고 생각했던 것 같다. 이것은 논란의 여지가 없다. 그의 육체는 대의명분의 선두에 서 있었다. 그는 기꺼이 제물이 됐다. 톰은 다른 많은 소년들처럼 자신의 운명을 무기로 여겼다. 그는 그 무기를 겨누기만 하면 됐다. 우리 시대에 관대함이란 탄환 하나를 더 갖는 것일 뿐이다. 지금도 눈이 퀭한 두 어린 소년이 생생하게 보인다. 훌륭한 행동주의자들은 철이 없다는 것이 단점이다. 우리는 겨우 열아홉 살이었다.

블랙손에서 나왔을 때 나는 아직 성인이 아니어서 민간 후견인이 배정되었다. 후견인들은 거의 다 가난한 사람들이었다. 그들의 유일한 관심은 미성년자가 독립할 때까지 주거를 제공하고, 그 대가로 정부에서 주는 보조금을 받는 것이었다. 다시금 운명이 내게 미소를 지었다. 나는 해상 병참 기술자 자격증을 가진 삶과 마주할 수 있었다. 하지만 그 후견인이 없었다면 그저 그런 블랙손 졸업생에 지나지 않았을 것이다.

후견인은 상당히 흥미로운 사람이었다. 그는 프리메이슨 단원으로 천문학자이며, 훌륭한 러시아어 번역가이자, 형편없는 시인이었다. 그는 첫날부터 내 안에 있는 반항적인 성격을 알아보았다. 그는 내가 공화국 군대에 들어가는 것을 막으려고 온갖 노력을 기울였다. 협력주의 때문이었을까? 아니었다. 그는 침묵하는 애국자들 가운데 한 사람이었다. 또 폭력은 일종의 신성모독이라고 생각하는 사람이었다.

그는 자신이 짠 학습 프로그램을 다 마칠 때까지 일자리를 얻지 못하게 했다. 그가 내준 과제 중에는 '신기한' 것들도 있었고, '매우 신기한' 것들도 있었다. 정치적인 주제와 관련해서는 "로마 황제의 정치권력, 러시아 황제의 정치권력, 영국 의회주의의 정치권력을 정당화하는 어리석음의 기초에 관해 논하시오." "벨기에를 국가로 볼 수 없는 여섯 가지 이유와 퀘벡을 국가로 볼 수 있는 여섯 가지 이유를 대시오. 이 반대의 경우에서 여섯 가지 이유를 대시오." "아프리카 모노모타파 왕국의 역사를 기술하시오."와 같은 문제들이 자주 등장했다. 하지만 아일랜드에 관해서는 한 번도 직접 언급하지 않았다.

모든 시험을 글로 서술하지는 않았다. 스스로 혼자 하는 과제도 많았다. 정확히 6분 30초 동안 풀밭 한가운데 앉아 있는 과제도 있었다. 이 시간 동안 유일한 숙제는 끈이나 실로 작은 직사각형을 만들어 그 안에 살고 있는 생물의 모든 형태를 기록하는 일이었다. 처음에는 풀만 보였지만 차츰 놀랄 만큼 많은 종류의 기어다니는 곤충, 날아다니는 곤충, 땅속에 사는 곤충들이 보였다. 모든 것이 살아 있었다. 바람도 살아 있었다. 그리고 이 모든 것들은 형언하기 어려운 독립성을 지니고 있었다. 그날 내 후견인의 말은 이랬다. "총 6분 30초였어. 두 번째 쓸 때는 31초를 상상해보거라." 내가 쓴 글의 제목은 '사각 경계 내에서 관찰된 우발적인 요소들'이었다. 그는 결코 낙제점을 주지 않았다. 한 번에 통과하지 못하면 다시 과제를 반복하게 했다. 필요하면 끝까지 반복시켰다. 그 일을 완성하는 데 꼬박 석 달이 걸렸다. 나는 반복하고 또 반복했으며, 그러다가 어느 날 "직사각형 내의 유일한 우발적인 요소는 직사각형이다."라고 쓰기에 이르렀다.

그다음 그는 직사각형 내의 잡초들을 말끔히 뽑으라고 했다. 그는 좋은 식물과 잡초를 구분하라고 말했다. 나는 풀에 대해선 문외한이었으므로 잡초를 뽑기 전에 그에게 물어보았다. "이건 잡초가 아니란다. 이파리를 푹 고아서 약으로 달여 먹을 수 있는 풀이지." 어떤 풀을 놓고는 이렇게 말했다. "이것도 잡초가 아냐. 야생 시금치거든. 그러니까 먹을 수 있는 거지. 얼마나 맛있는데. 당연히 이것도 잡초가 아니지. 5월이면 아름다운 꽃이 피는데 어떻게 잡초일수 있겠니?"

결국 남은 풀은 한 가지뿐이었다. 그 풀은 아무짝에도 쓸모가 없었다. 누가 봐도 잡초가 분명했다. 끝이 뾰족하고 독이 있는 시커먼 이파리와 뻣뻣하고 못생긴 줄기. 그는 한숨을 내쉬었다. "그래, 극악무도한 풀이구나. 그렇지만 이걸 뽑아버리고 나면 나머지 풀들은 무슨 의미가 있을까?" 아무 의미도 없어요. 내가 대답했다. "그럼 결론이 뭘까?" 잡초는 존재하지 않습니다. 내가 대답했다. "이번 과제도 통과했구나."

또 다른 실험은 학생으로 가장해서 꼬박 이틀 동안 아무나 한 사람을 쫓아가 그 사람이 하는 말과 생각, 자세와 태도, 사생활 등을 모조리 기록하는 일이었다. 나는 유치한 심술이 발동해 후견인을 대상으로 선택했다. 그는 마다하지 않았다. 주어진 이틀이 지나자 그는 자신에 대한 평가를 내려보라고 했다. 나는 누군가를 깊이 알면 객관적으로 판단하기가 어렵다고 대답했다. "이번 과제도 통과했다고 생각하거라." 그의 대답이었다.

삶을 선택하느냐, 죽음을 선택하느냐. 그는 세상에 이 두 종류의 태도가 있다고 말했다. 어떤 사람은 가장 초라한 존재이면서도 삶을 선택할 수 있다. 또 어떤 문인은 당대 가장 유명한 학자이면서도 죽음의 길을 선택할 수 있다. 후견인에겐 죽음이 중요하지 않았다. 내가 법적으로 성년이 되고 나서 사흘 뒤에 후견인이 숨을 거두었다. 죽음을 목전에 둔 그는 침대에 누운 채 나를 배웅했다. 번창하는 사업에서 은퇴하는 사업가처럼 아주 태연하게. 그는 다른 사람의 예술작품을 평하는 비평가처럼 자신을 갉아먹는 병에 관해 얘기해주었다.

"앞으로 계획이 뭔지 얘기해보렴." 그가 말했다.

"위독하신 상황에서 어떻게 그런 말씀을 하세요?" 나는 눈물을 뚝뚝 흘렸다.

"나 같은 사람은 죽지 말란 법이라도 있니?"

어떤 면에서 그의 노력은 두 배로 소용없는 짓이었다. 세상의 가혹함에서 나를 보호하고자 실습까지 시키며 책을 읽힌 덕분에 예민한 성격이 더욱 예민해진 것이다. 하지만 그의 잘못은 아니다. 그 사람 덕분에 나는 단순한 블랙손 출신 청년으로 남지 않았다. 그러나 아일랜드는 여전히 아일랜드였다. 아일랜드는 그가 뛰어넘을 수 있는 장벽이 아니었다. 이 세상에서 가장 명철한 사람이 밤에 해를 가리킨다고 한들 무슨 소용이 있을까? 그의 교육은 현실과 정반대였다. 나는 결국 톰이 넘겨준 사랑과 함께 공화국군의 명분을 끌어안았다.

공화국군은 일손이 넘쳐났지만 두뇌는 부족했다. 나는 풋내기 청년이었지만 연구 분야를 맡게 됐다. 엉뚱하게도 인문학 분야였다. 그들이 내게 원한 것은 직접 전투에 나가는 게 아니라 병참 업

무였다. 나는 극적인 운명일수록 역설적으로 전개된다고 믿는 사람이다. 블랙손의 일등 해상 병참 기술자는 이등 기술자도 아닌 파괴 분자 병참 기술자로 전락했다. 나는 순식간에 비밀 결사대원들의 세계에 발을 들여놓았다. 그 후 몇 년 동안 영국인들은 나를 체포할 단서를 제공하면 보상금을 주겠다고 선포했다. 처음에는 10파운드를 걸었다. 그다음에는 15파운드가 되었다. 그다음에는 정확히 35파운드 15실링이었다. 영국인들의 계산법은 아주 좀스럽고 복잡했다. 마지막으로 45파운드가 되었다. 안타까웠다. 나는 50파운드보다 더 비싼 클럽에는 들어가본 적조차 없었다. 입장할 자격이 안 되었다. 나는 관념론자도 아니고 장군도 아니었다. 다만 지도자들과 전투원들 사이의 중간 연락책이었다. 그렇지만 그 위치에 있는 내 입장은 몹시 위험했다. 영국군이 도착하기 1분 전에 농장 헛간 창문으로 황급히 빠져나와 도망친 적도 있었다. 어느 날 오후 수평선 때문에 길을 잃었을 때는 영국군이 우리를 향해 총을 쏜 적도 있었다. 그들은 밤새도록 우리를 추격했다. 옛 아일랜드의 축복받은 조상들은 돌 성벽을 쌓았다. 그 뒤에 숨었다가 성벽의 미로에서 길을 잃기도 했다. 이걸 보면 전쟁은 현재의 군대가 과거의 군대와 싸우는 것일지도 모른다.

우리는 훌륭한 아일랜드인이었기에 전투에서 패할 때마다 매번 더 열심히 다음 패배를 준비했다. 결국 적군의 기운을 뺀 것은 이런 흰개미와 같은 끈기였다. 행복한 하루가 생각난다. 그날 나는 더블린을 산책했다. 유니폼으로 변장하지 않고 허름한 농부의 옷차림을 하고 있었다. 달라진 것은 옷이 아니었다. 이제 전혀 두렵지 않았다. 영국인들이 철수하고 있었다.

행복했던 날은 그날 하루였다. 단 하루였다. 그리고 다음 순간 황폐한 세상이 내 앞에 펼쳐졌다. 아일랜드 지도자들은 영국인들과 똑같은 전제정치를 펼쳤다. 하루아침에 시작된 게 아니다. 우리 모두가 전제정치에 반대했기 때문에 아주 서서히 실시되었다. 그런데 버킹검 궁과 신정부가 뭐가 다른가? 그들은 영국 장교들이 그랬던 것처럼 지독하게 현실적이고, 포악하고, 비인간적인 기준으로 권력을 휘둘렀다. 자신들이 그토록 거부했던 규정을 고스란히 유지했다. 그들에게 아일랜드는 목적이 아니라 권력을 손에 넣기 위한 수단에 불과했다. 여기서 나는 심각한 모순에 부딪쳤다. 톰, 톰의 희생, 톰의 모든 것.

우리의 조국은 지리적인 개념이 아니라 미래의 개념이었다. 우리의 애국심은 아일랜드 사람들이 영국 사람들보다 더 훌륭하다고 믿는 것이 아니었다. 아일랜드 감자가 영국 감자보다 더 맛있다고 믿는 것이 아니었다. 그건 아니었다. 우리는 영국 제국의 사악함에 대해 무한한 관대함으로 맞섰다. 적군은 이 지구상에서 가장 사악한 이익을 위해 동원된 인간 탄약에 지나지 않았다. 우리는 자유보다 더 숭고한 양심을 가지고 싸웠다. 그렇기 때문에 아일랜드의 해방은 좀 더 평등한 다른 세상의 전주곡이어야 했다. 그런데 신 아일랜드 지도자들은 정복자들의 이름 대신 자신들의 이름을 써넣었다. 압제의 색깔만 바꾼 것이다. 그것은 난잡한 정신착란이었다. 영국인들은 아직도 철수하는 중이었다. 그런데 신정부는 벌써부터 옛 동지들을 향해 총을 쏘아대고 있었다.

몇 십 년 동안 영국과 전쟁을 치르고 나서 처음 얻게 된 이 자유를 어떻게 서로가 서로를 죽이는 기회로 삼을 수 있는 걸까? 가장 기본적인 원칙을 배반하는 인간의 그 무지막지한 능력은 대체 어디에 숨어 있는 것일까? 나는 신 행정부에서 제공한 보잘것없는 일자리를 거절했다. 그런 말도 안 되는 보상을 받기 위해 영국이라고 하는 절대 권력을 가진 조직과 맞서 싸운 게 아니었다. 그렇다고 새로운 반란군의 대열에 낄 수도 없었다. 이제 시민전쟁은 대의명분이 아니라 재앙이었다. 놀랍게도 영국군이 아일랜드에서 철수하고 난 다음 일 년 동안, 영국과 독립 전쟁을 치르면서 죽었던 희생자들보다 더 많은 수의 아일랜드인들이 목숨을 잃었다.

신정부도, 옛 반란군도, 어느 누구도 평화를 즐길 생각은 하지 않았다. 목숨을 바칠 정도로 충성했던 사람들이 갑자기 전혀 낯선 사람으로 돌변했다. 전에는 사람들이 무기를 숨겼지만 이제는 무기 아래 사람이 숨었다. 가장 참을 수 없었던 것은 그토록 가깝다고 믿었던 사람들이 너무나 멀리 가 있다는 사실이었다. 도통 이해할 수가 없었다. 마치 달나라 사람들과 말을 하는 기분이 들었다. 그동안 내 조국은 결코 내 나라가 아니었는데, 정작 내 나라가 된 지금은 꼭 외국처럼 느껴졌다. 잠을 이루지 못하고 뒤척이던 어느 날 밤 나는 톰을 생각했다. 톰이라면 어땠을까? 그도 나처럼 생각했을까? 반란을 계속했을까? 아니면 신정부에 충실했을까? 아침이 되자 겨우 한 가지 결론에 도달했다. 톰은 이미 죽었다는 것.

나는 한 가지 명분만은 버리지 않았다. 굳이 말하자면 명분이 나를 버린 것이다. 내 마음속에선 믿음 이상의 무언가가 사라져버렸다. 희망이란 단어의 모든 의미가 퇴색했다. 아일랜드 역사는 언제나 반란의 역사, 빛나는 반란의 역사였다. 그토록 순수했던 아일랜드의 명분은 실패했다. 그 어떤 다른 명분도 꽃을 피우지 못하리라.

사람은 눈에 보이지 않는 역학의 노예다. 복제될 수밖에 없는 운명의 노예다.

그때부터 내게 남은 것은 한 가지 의문뿐이었다. 인간의 불행을 영속시키는 폭력의 악순환이 난무하는 이 세상에 그대로 남아 있을 것인가? 나는 남지 않기로 했다. 절대로 남고 싶지 않았다. 그렇다면 사람이 없는 세상으로 도피하는 수밖에 없었다. 나는 단순히 법을 피해 도주하는 도망자가 아니었다. 그보다 더 위대한 것, 훨씬 더 위대한 것으로부터 도망치고 있었다.

나는 아일랜드에서 유럽 대륙으로 넘어갔다. 어디로 갈 것인지는 정하지 못했다. 무조건 아일랜드에서 떠나야만 했다. 프랑스에서 벨기에로, 벨기에에서 네덜란드로, 목적도 목적지도 없이 영원히 떠돌아다닌다는 막연한 생각을 가지고서. 그때까지도 해상 병참 기술자 자격증을 써먹을 데가 있다는 생각은 미처 하지 못했다.

암스테르담에 어느 국제 선박회사가 있었다. 그 회사는 해외에서 근무할 직원들을 모집했다. 지원자 명단 끝에 내 이름을 적었다. 해상 병참 기술자 자격증이 있는 데다 지원자가 많지 않았던 탓에 오래지 않아 연락이 왔다.

인사 담당자는 통통하고 붉은 볼에 보라색 실핏줄이 비쳐 보이는 네덜란드 사람이었다. 회사는 기상관 자리를 급히 메워야 할 상황이었다.

"어느 곳입니까?"

처음에 그 담당자는 내 물음을 못 들은 척했다. 면접이 진행되는 동안 나는 내 능력을 구태여 드러낼 필요가 없다는 것을, 담당자가 그 자리를 내게 떠넘기려고 애쓴다는 것을 눈치 챘다. 그는 분홍색 유리 같은 손톱으로 그 섬을 가리켰다. 나는 그 손톱이 잘못된 지점을 가리키는 줄 알았다. 아무것도 보이지 않았기 때문이다. 얼마나 작은 점인지 지도상에는 아무것도, 아무 흔적도 없었다. 그것은 남대서양의 대축척 지도였다. 나는 더 자세히 들여다보았다. 섬은 위도와 경도의 교차점에 위치하고 있었다. 그래서 보이지 않았다. 섬은 그 교차점 밑에 가만히 숨어 있었다.

"섬에 거주하는 기술팀 인원은 많은가요?" 내가 물었다.

"인구가 많지는 않을 겁니다." 담당자가 대답했다.

나의 유일한 요구 조건은 내 이름을 기록에 남기지 말아달라는 거였다. 내가 미처 말을 끝마치기도 전에 그는 내 조건을 수락했다. 계약서에 서명하자 그는 기쁨을 감추지 못했다. 그는 내가 속아 넘어갔다고 믿었다.

3

편지를 읽고 나자 맥이 풀려 더 이상 짐을 풀 수 없었다. 나는 먼 거리를 달려온 사람처럼 나무 걸상에 걸터앉았다. 뭘 해야 하나? 맥을 놓을 때가 아니었다. 억지로라도 기운을 내야 했다. 등대에 가 보는 것도 괜찮겠다는 생각이 들었다. 등대지기와 화해할 수 없더라도 산책을 하며 옛일을 잠시 잊을 수 있을 것이다. 아마도 그 사내의 발작은 일시적인 정신착란일지도 모른다. 나는 사과하기로 마음먹었다. 선장은 수탉처럼 거만하고도 무례하게 그의 집에 들어가 잠자고 있는 그를 놀라게 하지 않았던가. 부지런한 등대지기라면 낮에는 잠을 자고 밤에는 늘 불을 밝히며 일한다. 또 나는 거친 뱃사람들과 부대끼는 것에 익숙하지만 그에게는 낯설었을 수도 있다. 세상의 끝인 그곳에 생면부지의 두 사람이 느닷없이 나타나 얼마나 놀랐겠는가.

섬의 모든 활기는 숲에 모여 있었다. 하지만 깊이 들어갈수록 숨겨진 생명력이 느껴졌다. 예측할 수 없이 섬뜩하고 거친 생명력이. 잡목 숲에는 아름드리나무들이 있었다. 가지를 구부리면 당근처럼 뚝 소리를 내며 부러졌다. 겨울이 되고 눈이 내리면 나뭇가지들이 망치에 얻어맞은 것처럼 우지끈 부러질 터였다. 그 숲은 싸우기도 전에 패배를 인정하는 병사들의 모습 같았다. 길을 가는 도중에 커다란 대리석판을 발견하고 걸음을 멈추었다. 이끼가 잔뜩 낀 천연

36

방벽에 붙어 있는 그 대리석판에 단순한 구리 파이프 하나가 튀어 나와 있는 게 보였다. 주변은 고지대가 없는 작은 분지였다. 구리 파이프에서 쉴 새 없이 흘러내리는 물이 커다란 드럼통으로 떨어졌다. 그 드럼통은 이미 물로 가득 찼다. 또 다른 드럼통 하나가 순서를 기다리고 있었다. 그곳은 등대의 샘터였다.

묘하게도 우리는 선택적으로 주변 사물을 지각한다. 처음에 선장과 함께 갔을 때는 그 샘터를 보지 못하고 그냥 지나쳤다. 더 중요한 것을 찾고 있었기에 보지 못했던 것이다. 하지만 지금은 혼자라서 물을 토해내는 구리 파이프에 눈이 갔다. 가까이 다가가니 파이프의 표면에 불규칙한 글씨로 아무렇게나 갈겨쓴 글자가 보였다. 그 글은 이랬다.

바티스 카포는 여기에 산다.

바티스 카포가 이 샘을 팠다.

바티스 카포가 이것을 쓴다.

바티스 카포는 자기를 지킬 수 있다.

바티스 카포는 바다를 지배한다.

바티스 카포는 사랑하는 그것을 가지고 있으며, 그것만을 원한다.

바티스 카포는 바티스 카포고 바티스 카포는 바티스 카포다.

안타까웠다. 화해의 희망은 없었다. 그 글은 분열된 그의 생각을 읽게 해주었다. 그래도 그를 만나야 했다. 계속 등대로 걸어갔다. 등대 앞에 도착하자 닫힌 문이 나타났다. "안녕하세요, 계십니까." 선장 흉내를 내며 소리쳤다.

아무도 대답하지 않았다. 해변에서 부서지는 파도 소리만 들렸다. 샘터에서 본 글이 생각났다. 그는 자부심이 강한 사람일 것이다. 모든 문장이 자신의 이름으로 시작하고 있지 않은가. 연약한 성격 때문이든 자화자찬하는 성격 때문이든, 자신의 정체성을 재확인할 필요가 있었던 것이다. 나는 계속 이름을 외치며 그를 불러내려고 애썼다.

"바티스 씨! 바티스 씨!" 두 손을 입에 대고 고함을 질렀다. "바티스 씨! 바티스 씨! 안녕하세요, 바티스 씨! 제발 문 좀 열어요. 기상관입니다."

대답이 없었다. 문에서 5~6미터쯤 위에 발코니가 있었다. 그가 모습을 드러내지 않을까 싶어 발코니를 올려다보았다. 발코니 바닥에 나무를 덧댄 것이 보였다. 전에 갔을 때는 엉성한 발판이라고 생각했다. 그런데 잘못이었다. 그것은 벽, 발코니와 삼각형을 이루는 원래의 철 빔 모양이 아니었다. 끝이 몹시 날카로운 말뚝으로 되어 있었다. 그래서 발코니는 전체가 말뚝으로 둘러싸여 정교하게 만들어진 고슴도치 같은 형태였다. 바람이 불자 쇳조각이 부딪히는 소리가 났다. 등대 아랫부분 벽에는 대못을 촘촘히 박고 밧줄을 달아놓았다. 그 밧줄에 빈 깡통이 두 개씩 매달려 있었다. 바람이 불면 깡통들이 서로 부딪치거나 벽에 부딪쳐서 소의 목에 매달린 방울 소리를 냈다. 등대를 자세히 들여다보니 이해할 수 없는 것투성이였다. 벽의 돌과 돌의 이음새에는 못을 잔뜩 박아놓았는데 못의 뾰족한 부분이 하나같이 바깥을 향하고 있었다. 못과 깨진 유리, 엄청나게 많은 유리 조각들. 유리는 햇살을 받아 빨갛고 파랗게 반짝거렸다. 하지만 조금 더 위쪽에는 유리 조각과 못이 보이지 않았다. 중간 크기의 사다리를 타고 올라갈 수 있는 높이까지는 벽의 돌과 돌 사이에 아무렇게나 회반죽을 발라놓았다. 마치 잉카의 성벽처럼 단단해 보였다. 어린아이 손톱조차 들어갈 것 같지 않았다. 등대를 둘러보았다. 이런 기묘한 방어물들로 둘러싸인 등대는 요새 같았다. 다시 문 앞으로 돌아오자 발코니에 서 있는 바티스 카포가 보였다. 그는 2연발 라이플로 나를 겨누고 있었다. 처음에는 혼비백산했지만 다정하게 물었다.

"안녕하세요, 바티스 씨. 저 기억하시지요? 당신과 얘기를 좀 하고 싶은데요. 어쨌든 이제 이웃이니까요. 별난 이웃, 안 그래요?"

"가까이 오면 쏠 거요."

내 경험으로 미루어 진짜 죽일 마음이 있는 사람은 죽이겠다고 위협하지 않는다. 죽이겠다고 위협할 때는 죽일 마음이 없는 것이다.

"그러지 마세요, 바티스 씨. 그냥 인사나 하려는 겁니다……."

그는 대답하지 않고 계속 총을 겨눴다.

"계약 기간이 언제까집니까?" 어색해서 다시 물었다. "후임자가 곧 옵니까?"

"가지 않으면 쏘겠소."

말하기 싫을 때 말을 시키면 그것 자체가 고문이다. 나는 고문 기술자가 아니다. 할 수 없이 어깨를 으쓱하고 천천히 돌아섰다. 다시 숲으로 들어섰을 때에야 뒤를 돌아다보았다. 그는 여전히 발코니에 서 있었다. 두 다리를 벌린 채 알프스 산의 사냥꾼 같은 자세로. 왼쪽 눈까지 찡긋 감고서.

◆◆◆

나머지 일은 중요하지 않았다. 집 안 정리를 마친 나는 야릇한 감정에 사로잡혀 나도 모르게 피가 날 정도로 아랫입술을 잘근잘근 깨물었다. 반은 술에 취하고 반은 맨정신으로, 또 반은 슬프고 반은 유쾌한 마음으로 벽난로에 불을 지폈다. 담배를 피우다가 꽁초를 벽에 던졌다. 수많은 시인들이 조국을 그리워하는 시를 쓴다. 나는 시를 제대로 감상할 줄 몰랐다. 고통은 언어보다 앞선 것이므로 언어로는 표현되지 않는다. 게다가 내게는 이미 조국도 없다.

어둠이 다가오자 몹시 우울해졌다. 밤은 예고도 없이 갑작스레 찾아왔다. 어슴푸레했던 사택에 갑자기 빛이 환하게 비쳤다. 등대였다. 바티스가 불을 켠 것이다. 불빛이 움직이면서 간헐적으로 창문을 비추었다. 이해할 수 없었다. 등대는 곧장 나를 비추고 있었다. 빛의 각도가 매우 낮다는 뜻이다. 더 멀리 있는 배들에게는 별로 도움이 되지 않을 것이다. '붙임성이라곤 없군.' 나는 생각했다. 그는 혼자 있고 싶어서 이 섬에 왔는지도 모른다. 하지만 우리 둘은 고독에 대한 관념이 너무 달랐다. 내 관점에서 보자면 진정한 고독은 내면적인 것이지 이웃사람과의 다정한 접촉마저 기피하는 것은 아니다. 그는 모든 사람들을 나환자로 취급하려고 작정한 사람 같았다. 어쨌든 그때는 바티스의 괴상한 면에 크게 주목하지 않았다.

석유램프를 켰던 기억이 난다. 나는 식탁에 앉아 일정표를 짰다. 구석에는 벽난로가 있었다. 나와 식탁은 벽난로의 맞은편에 있었다. 내가 앉은 오른쪽에는 현관문과 침대가 놓였다. 배의 선실에 있던 것과 비슷하게 생긴 침대. 맞은편 벽에는 상자와 궤짝들이 있었다. 모든 것이 매우 단순했다. 잠시 후 바깥에서 흥겨운 소리가 들려왔다. 멀리서 산양 무리가 총총걸음을 걷는 듯한 소리였다. 처음에는 굵은 빗방울이 후드득거리며 떨어지는 소리인 줄 알았다. 자리에서 일어나 가까운 창문으로 가 밖을 내다보았다. 비는 내리지 않았다. 보름달이 바다 표면을 황금빛으로 물들이고 있었다. 등대 불빛이 해변에 박힌 나무토막들을 비쳤다. 정물화에 나오는 절단된 인간의 사지가 떠올랐다. 섬뜩한 상상이었다. 비는 오지 않았다. 다시 의자에 앉는 순간 바로 그것을 보았다. 그것. 내 눈을 도저히 믿을 수 없었다.

문 밑에 고양이가 들락거리는 것 같은 구멍이 있다. 움직이는 작은 뚜껑문이 달려 있는 동그란 구멍. 그 구멍으로 팔이 쑥 들어왔다. 길고 벌거벗은 팔이었다. 그 팔은 펄떡거리며 안에 있는 무언가를 찾았다. 과일을 찾는 걸까? 분명히 사람의 팔은 아니었다. 석유램프와 벽난로 불빛이 그리 밝지는 않았지만 팔꿈치에는 인간의 뼈보다 훨씬 뾰족하고 작은 세 개의 뼈가 튀어나와 있었다. 팔은 지방질이 전혀 없는 근육질로 상어 가죽 같은 피부로 감싸여 있었다. 하지만 가장 징그러운 것은 손이었다. 손가락 사이의 얇은 막은 손톱까지 덮여 있었다.

녀석은 놀라 우왕좌왕했다. 나는 의자에서 벌떡 일어서며 공포에 찬 비명을 질렀다. 그러자 한꺼번에 웅얼대는 목소리가 들려왔다. 놈들은 사방을 에워싸고 하마가 으르렁대는 소리와 하이에나의 날카로운 소리가 뒤섞인 듯한 괴상한 소리를 질러댔다. 너무나 두려워 내가 느끼는 공포가 사실이 아닌 듯했다. 나는 얼이 빠진 채 맞은편 창문으로 밖을 내다보았다.

사실 눈으로 보기보다 직감으로 느꼈다. 나보다 한 뼘은 더 크고 날씬한 놈들이 영양보다 민첩하게 집 주변을 뛰어다니고 있었다.

보름달 아래 그들의 윤곽이 고스란히 드러났다. 내가 엿보는 걸 안 놈들은 창문에서 새 나오는 불빛을 피해 몸을 숨겼다. 그중 한 놈이 멈춰 서서 벌새처럼 기민하게 고개를 흔들며 비명을 지르고 달아났다가 되돌아왔다. 어떤 이유에서인지 두 놈이 함께 방향을 바꿔 달아났다. 어떻게 그 이유를 알겠는가? 그 모든 일이 번개처럼 순식간에 일어났다. 등 뒤에서 무언가가 깨지는 소리가 들렸다. 맞은편 창문 유리였다. 맙소사, 놈들이 집 안으로 들어오려고 했다. 다행스럽게도 놈들은 쉽게 안으로 들어오지 못했다. 직사각형의 작은 창문은 날렵한 몸뚱이 하나만 겨우 빠져나올 수 있을 정도였는데, 조바심을 낸 놈들이 서로 들어오려고 한꺼번에 몰려드는 바람에 엎치락뒤치락 북새통을 이루었기 때문이다. 등대 불빛이 그 광경을 비추었다. 지극히 짧은 시간, 절대적인 공포. 촉수처럼 움직이는 대여섯 개의 팔과 그 뒤로 울부짖는 양서류의 얼굴. 눈썹 없는 눈. 달걀 같은 눈동자와 바늘처럼 가는 동공. 구멍만 뚫린 코. 입술이 없는 큰 입.

나는 이성보다 본능에 따라 움직였다. 우선 벽난로에서 불이 붙은 큼지막한 장작 하나를 집어 들고 창문으로 다가갔다. 그러고는 괴성을 지르며 집 안으로 들어오려고 꿈틀대는 팔들을 장작으로 내리쳤다. 불똥과 파란 피가 튀어 오르고 고통으로 울부짖는 소리가 들렸다. 나무 조각이 사방으로 튀었다. 마지막 팔이 사라지자 장작을 밖으로 내던졌다. 창문 안쪽에는 덧창이 있었다. 그 덧창을 닫고 빗장을 지르려고 할 때 집게 같은 손이 내 목덜미를 움켜쥐었다. 나는 그 괴물의 손목 대신 손가락 하나를 붙잡았다. 그리고 그 손가락을 꺾어 부러뜨렸다. 어디서 그런 힘이 나왔는지 나 자신도 놀랄 정도였다.

뒤쪽을 향해 몸을 날렸다. 빈 자루 하나를 집어 벽난로 안의 재를 퍼 담았다. 그것을 창문 밖으로 퍼부었다. 잿더미는 눈에 보이지 않는 저주를 불러일으킨 것 같았다. 그 틈을 타 재빨리 나무 덧창을 닫았다.

아직 창문 세 개를 더 닫아야 했다. 나는 이 창문에서 저 창문으로 몸을 날리며 덧창을 닫고 빗장을 걸었다. 그들은 나름대로 상황을 짐작했는지 집 주변을 에워싸면서 다음 창문으로 옮겨갔다. 흥분한 그들이 내는 소리로 위치를 알 수 있었다. 다행히 내가 더 빨랐다. 마지막 창문의 덧창을 닫자 그들은 소름끼치는 긴 한숨을 지으며 실망감을 드러냈다. 열 마리인지, 열한 마리인지, 열두 마리인지 정확히는 모르겠다. 두려움에 정확히 셀 수 없었지만 아무튼 그들의 목에서 동시에 울려나오는 울부짖음에는 좌절감이 배어 있었다.

그들은 여전히 밖에 있었다. 무엇을 어찌해야 할지 몰라 허둥대면서 무기가 될 만한 것을 찾았다. 도끼, 도끼, 도끼. 머릿속에선 도끼를 찾아야 한다는 생각이 울려퍼졌다. 하지만 도끼는 보이지 않았고, 찾을 시간도 없었다. 대신 삽을 집어 들었다. 이제 그 괴물들은 웅성거리며 창문 하나를 두드려댔다. 나무 창틀이 흔들렸지만 빗장은 튼튼했다. 특별한 전술도 없이 놈들은 오합지졸로 공격을 해왔다. 그런 조건에서는 나 자신도 방어할 수 없었다. 누가 알고 도와주러 오기만을 속수무책으로 기다려야 했다. 그러다가 문득 구멍의 팔이 생각났다. 팔은 여전히 그곳에 있었다. 나는 있는 힘을 다해, 나 자신조차 믿어지지 않는 광분에 휩싸여 그 끔찍한 팔로 달려들었다. 그리고 방망이를 휘두르듯 삽날로 사정없이 내리쳤다. 하지만 팔은 여전히 꿈틀거렸다. 마침내 굵은 정맥 하나가 끊어진 듯했다. 피가 솟구치면서 도마뱀처럼 재빠른 동작으로 팔이 구멍에서 빠져나갔다.

반병신이 된 괴물이 슬퍼하는 소리가 들렸다. 그의 친구들도 울고 있었다. 창문을 두드리는 소리가 멈추었다. 침묵. 섬뜩한 침묵이었다. 그들은 밖에 있었다. 틀림없었다. 갑자기 모든 괴물들이 한목소리로 울부짖기 시작했다. 어미를 부르는 새끼 고양이들처럼 야옹야옹 울어댔다. 짧고 달콤하고 슬픈 울음소리. 나와, 밖으로 나와, 모든 게 다 오해였어, 너를 해치지 않을게, 하고 말하는 것 같았다. 울음소리는 그럴듯했지만 실은 내게 공포심을 불어넣으려는 것이다. 목소리만 들어도 알 수 있었다. 그들은 무기력한 소리로 야옹야옹 울어댔다. 그리고 간간이 문이나 빗장을 지른 창문을 두드렸다. "듣지 마, 빌어먹을, 듣지 마." 혼잣말을 했다. 궤짝을 가져다가 문을 막은 뒤에도 혹시 굴뚝을 타고 내려올지 몰라 장작을 벽난로 불에 더 던져 넣었다. 불안한 마음에 천장을 올려다보았다. 슬레이트로 덮인 천장은 그들이 마음만 먹는다면 부서뜨릴 수 있을 것 같았다. 하지만 그들은 굴뚝으로도 천장으로도 내려오지 않았다. 단조로운 등대 불빛이 밤새도록 비쳤다. 매번 방향을 바꿀 때마다 집의 틈새로 불빛이 새어 들어왔다. 시계처럼 정확하게 오락가락하는 가늘고 긴 불빛. 그들은 밤새도록 창문과 문을 공격했다. 그럴 때마다 어느 한 곳이 열려 그들이 뚫고 들어올 것만 같았다. 긴 침묵이 이어졌다.

등대 불이 꺼졌다. 아주 조심스럽게 창문을 열어봤다. 그들이 사라졌다. 수평선에는 짙은 보라와 노란색의 가는 띠가 이어져 있었다. 나는 삽을 쥔 채 자루가 쓰러지듯 픽 쓰러졌다. 내 안에서 두세 가지의 낯선 감정이 들끓었다. 잠시 후 수면 위로 아주 작은 태양이 떠올랐다. 어둠 속의 촛불이 구름 속으로 몸을 숨긴 저 별보다 더 뜨거우리라. 하지만 그것은 태양이었다. 남쪽 고위도 지역의 여름밤은 매우 짧다. 당연히 내 삶에서 가장 짧은 밤이었다. 그러나 내겐 가장 긴 밤이었다.

4

공화국군 시절에 배운 방식이 하나 있다. 감상적인 생각이나 절망과 싸울 때는 기술적인 측면에서 문제에 접근하는 것이 가장 좋다는 것이다. 그래서 나는 이런 결론을 내렸다. 너는 죽었다. 너는 도움을 청하기에는 너무도 멀리 떨어진 춥고 고독한 섬에 있다. "너는 죽었다, 너는 죽었다." 담배를 말면서 큰 소리로 중얼거렸다. 이 것은 실제 상황이다. 너는 죽었다. 따라서 여기서 나가지 못한다 해도 잃을 건 없다. 오히려 네 목숨을 구하고자 한다면 모든 것을 얻을 것이다. 바로 너의 삶을.

혼자 하는 생각의 힘을 우습게 여기면 안 된다. 내가 피우는 담배는 마법의 힘을 빌려 이 세상에서 가장 맛있는 담배로 변했다. 폐에서 나오는 연기는 싸움을 포기한 사람이 보내는 신호로 바뀌었다. 나는 기진맥진했다. 하지만 피로가 힘겹지는 않았다. 오히려 피로가 날 힘겨워하고 있었다. 눈꺼풀이 납덩이처럼 무거워져 저절로 감길 정도로 피곤하다면 아직 살아 있는 것이리라. 이 외딴 구석까지 온 이유는 이제 중요하지 않다. 내겐 과거도 없고 미래도 없다. 그저 모든 것에서 멀리 떨어져 이 세상 끝에, 허무의 한복판에 있을 뿐이다. 담배를 다 피우고 나니, 내 자신에게서도 아주 멀리 떨어진 느낌이 들었다.

앞으로 어떤 일이 일어날지는 전혀 알 수 없었다. 나는 괴물에 대해 아무것도 몰랐다. 전투 교범에 따르면 최악의 상황이다. 괴물들은 낮에 공격하는가, 밤에 공격하는가? 항상 공격하는가? 무리를 지어서 움직이는가? 오합지졸이지만 악착같은가? 내가 가진 제한된 도구를 가지고 얼마나 버틸 수 있을까? 아마 오래 버티지 못할 것이다. 바티스는 물론 살아남았다. 하지만 그는 내가 겪어보지 못한 일을 이미 겪은 사람이었고, 요새와도 같은 등대도 가지고 있었다. 초라한 사택을 보면 볼수록 내 처지가 비참했다. 한 가지는 확실했다. 내 전임자의 운명을 물어볼 필요가 없다는 것.

어쨌든 치밀한 방어책을 세워야 했다. 바티스가 수직의 요새를 가지고 있다면, 나는 집 주위에 참호를 팔 것이다. 그럼 놈들이 접근하지 못할 것이다. 문제는 시간과 체력이다. 혼자 땅을 파려면 엄청난 노동력이 필요하다. 두 번째 문제는 괴물들이 표범처럼 민첩하다는 점이었다. 내 눈으로 목격하지 않았던가. 참호는 넓고 깊어야 한다. 나는 지쳐 있었고 섬에 도착한 이후 한 시간도 잠을 못잤다. 이런 상태에서 일을 하며 나를 방어한다면 최소한의 휴식도 취할 수 없을 것이다. 나는 단순한 딜레마에 빠졌다. 괴물들의 손에 죽느냐, 정신적 육체적 피로에 지쳐서 죽느냐. 두 가지 운명이 결국 하나라는 것은 바보라도 알 수 있다. 나는 일을 최대한 간단하게 하기로 마음먹었다. 일단은 창문과 현관 밑에 큰 구멍 하나씩을 파기로 했다. 그것만으로 충분하리라고 믿었다. 먼저 반원형으로 땅을 판 다음, 칼로 끝을 날카롭게 다듬은 말뚝을 그 구멍에 박았다. 말뚝으로 쓸 나무토막은 해변에서 가져왔다. 해변에서 나무들을 줍는 동안 그럴듯한 생각이 떠올랐다. 모양새나 피막이 있는 손으로 봐서 그들은 바다 깊은 곳에서 올라온 것 같았다. 그렇다면 불은 원시적이긴 해도 매우 효과적인 무기가 될 것이다. 정반대의 성질을 가진 것으로 공격해보는 것이다. 괴물들이 불에 대해 느끼는 본능적인 거부감만 확인할 수 있다면 좋은 결과를 얻지 않겠는가?

방어를 강화하기 위해 책도 땔감으로 삼았다. 종이는 불길이 오래가진 않지만 아주 잘 탄다. 폭약의 효과를 볼 수 있을지도 모른다. 샤토브리앙이여 안녕! 괴테여 안녕! 아리스토텔레스, 릴케, 스티븐슨이여 안녕! 마르크스, 라포르그, 생시몽이여 안녕! 밀턴, 볼테르, 루소, 공고라, 그리고 세르반테스여 안녕! 존경받는 내 소중한 친구들이지만 예술이 필요보다 앞설 수는 없다. 아무리 그래야 당신들은 말에 불과하지 않은가. 이 드라마가 시작된 이래 처음으로 입가에 미소가 번졌다. 장작더미와 책을 쌓아 올리고, 석유를 끼얹고, 나중에 쓸 땔감으로 책들을 모아 묶음을 만들면서 나는 한 사람의 고독한 삶, 그러니까 내 생명이 모든 인류의 천재, 철학자, 문인들의 작품보다 더 소중하다는 것을 깨달았다.

이제 문만 남았다. 그런데 입구에 참호를 파서 봉쇄하면 한 가지 문제가 생긴다. 내가 드나들 통로가 없어지는 것이다. 그래서 일단 참호 위에 얹어 다리처럼 쓸 나무 발판을 만들기 시작했다. 그런데 더 이상 일을 할 수가 없었다. 한계에 도달했다. 이미 나는 모든 창문 밑에 구멍을 팠고, 나무토막을 주워 왔고, 그것의 끝부분을 날카롭게 깎아 구멍 밑바닥에 박았다. 나무와 책으로 장작더미를 만들기까지 했다. 해가 기울고 있었다. 본능이 아니라 판단력을 가늠해볼 때다. 밤이 다가왔다. 어둠은 살인마들의 시간이었다. "자지 마, 자지 마, 잠들면 안 돼." 큰 소리로 중얼거렸다. 물이 충분하지 않아 차가운 진을 얼굴에 끼얹었다. 그다음엔 아무것도 할 일이 없었다. 그래서 불에 탄 장작을 잡을 때 생긴 손의 물집과 괴물이 할 퀸 목의 상처를 치료했다. 문의 구덩이는 미완성이지만 별로 걱정할 일은 아니었다. 궤짝으로 문을 막아 튼튼한 바리케이드를 쳐놓았으니까.

앞서 예전 동지들이 보낸 편지 때문에 하마터면 죽을 뻔했다는 말을 한 적이 있다. 정말로 그랬다. 그 편지 때문에 상자 두 개를 열어보지 못했다. 나는 손이 빈 시간에 상자를 열었다. 넋 놓고 있다가 기운이 빠질까 봐 겁이 났다. 그 누구도, 어디에서도, 사각의 나무 상자를 열었을 때 느꼈던 것과 같은 환희를 맛보지 못했으리라. 뚜껑을 열고 판지를 찢었다. 안에는 짚에 싸인 레밍턴 소총 두 자루가 들어 있었다. 두 번째 상자에서는 2천 발의 탄환이 나왔다. 나는 어린아이처럼 무릎을 꿇은 채 울음을 터뜨렸다. 말할 것도 없이 선장의 선물이었다. 항해하는 동안 우리의 의견은 서로 달랐다. 나는 군인과 전쟁을 증오한다고 말했다. "필요악이지." 그가 말했다. "군인들의 가장 나쁜 점은 어린아이들 같다는 거죠." 내가 다시 말했다. "전쟁의 장점은 모든 사람들에게 전쟁에 관해 떠들어댈 수 있다는 겁니다." 우리는 해가 지면 함께 자주 대화했다. 그는 내가 무기를 받지 않으리라는 것을 알고 있었다. 그래서 마지막 순간에 나 몰래 무기 상자를 내 짐 속에 슬쩍 끼워둔 것이다. 내 곁에 선장과 같은 남자 50명만 있다면 새로운 나라를 세우고 나라 이름을 '희망'이라고 붙이리라.

어둠이 내렸다. 등대 불이 켜졌다. 나는 바티스, 바티스 카포에게 욕을 했다. 그의 이름은 영원히 오명으로 남을 것이다. 그가 정신병자인 것은 중요하지 않았다. 그는 괴물들의 존재를 알고 있었지만 아무것도 가르쳐주지 않았다. 나는 무력한 자의 양심을 품고 그를 증오했다. 아직 창문에 작은 총안을 만들 시간이 있었다. 총안 위로 길고 좁은 구멍도 서너 개쯤 뚫었다. 그래야 덧창을 열지 않고도 밖을 내다볼 수 있다. 하지만 아무 일도 일어나지 않았다. 수상쩍은 움직임도, 어떤 소리도 없었다. 바다는 고요했고 파도는 모래를 때린다기보다 애무하는 것 같았다. 묘한 조급함이 엄습했다. 올 거라면 차라리 빨리 오는 편이 낫다. 사택을 향해 달려오는 수백 마리의 괴물들을 보고 싶었다. 놈들을 향해 총을 쏘고 싶었다. 한 마리 한 마리씩 죽이고 싶었다. 기다리는 동안 부아가 치밀어 무엇이든 죽이고 싶은 심정이 되었다. 외투 주머니마다 탄환이 가득했다. 그 무게가 나를 위로하고 부추겼다. 왼쪽 주머니에, 오른쪽 주머니에, 그리고 안주머니에 가득한 구릿빛 탄환. 심지어 탄환을 물어뜯기까지 했다. 어쩌나 힘껏 탄환을 쥐었는지 손등의 힘줄이 푸른 물줄기처럼 불끈 튀어 올랐다. 외투 위에 찬 벨트에는 칼과 도끼를 꽂았다. 마침내 그들이 나를 찾아왔다.

처음에는 해변으로 다가오는 머리통이 보였다. 그들은 움직이는 작은 부표처럼, 상어 지느러미처럼 다가왔다. 열 마리, 스무 마리쯤 될까. 아니 모르겠다. 그들은 오합지졸이었다. 모래를 밟는 순간 그들은 파충류로 변신했다. 그들의 젖은 피부는 기름을 발라 광택을 낸 강철 조각 같았다. 그들은 몇 미터쯤 기어오다가 두 발로 일어섰다. 강풍을 맞으며 걸어오는 것처럼 상체는 약간 구부정했다. 간밤의 빗소리를 떠올렸다. 오리발처럼 생긴 발로 그들은 자신들의 영역 밖으로 걸어 나왔다. 눈 위에 발자국을 찍듯 모래 위에 파인 자국을 남기고 자갈들을 흐트러뜨리면서 다가왔다. 함께 음모를 꾸미는 것 같은 웅얼거리는 소리가 합창처럼 목구멍에서 새어 나왔다. 내게는 그것으로 충분했다. 창문을 열고 불이 붙은 나무토막을 집어 던졌다. 장작과 책 더미에 불이 붙었다. 창문을 닫았다. 그리고 총안을 통해 특별한 목표물도 없이 마구 총을 쏘아댔다. 괴물들이 튕겨져 오르면서 여기저기로 흩어졌다. 날카로운 소리를 내며 미친 듯이 솟구치는 메뚜기 떼 같았다. 아무것도 분간할 수 없었다. 높이 치솟는 불길 뒤로 악마의 연회에서 신나게 춤을 추는, 아니 펄쩍펄쩍 뛰어오르는 몸뚱이들이 보였다. 나도 그들처럼 악을 썼다. 그들은 겅중겅중 뛰어다니다 무릎을 꿇고, 와르르 모였다가 흩어지고, 창문까지 다가오려고 낑낑거리다가 다시 흩어졌다. 괴물, 괴물, 더 많은 괴물들. 여기, 저기, 저기, 여기. 이 창문에서 저 창문으로 오락가락했다. 나는 총신을 총안에 들이대고 한 방, 두 방, 세 방, 네 방 미친 듯이 쏘았다. 로마와 맞서 싸우는 야만족처럼 맹세하며 장전을 했다. 총을 쏘고 장전하고, 다시 쏘고……. 그렇게 몇 시간을 보냈다. 아니 어쩌면 몇 분인지도 모른다.

활활 타오르던 장작더미의 불길이 약해지기 시작했다. 그동안 장작불은 무엇보다도 내 사기를 높여주었다. 그런데 그 불이 사그라지고 있었다. 처음에는 그것도 깨닫지 못했다. 노리쇠가 막힐 때까지 나는 총을 쏘고 또 쐈다. 미친 사람처럼 노리쇠를 움직여봤지만 소용이 없었다. 다른 총은 어디 있지? 총을 찾다가 발밑에 흩어져 있는 원통형의 탄피를 밟고 그만 고꾸라졌다. 주머니에 있던 수많은 탄환들이 와르르 쏟아졌다. 탄환을 주우려고 했지만 탄피와 한데 뒤섞여버렸다. 나는 탄약통이 있는 곳까지 기어가 통 속에 손을 집어넣었다. 차가운 탄환을 한 움큼 움켜쥐었다. 그러느라 얼마간

51

시간이 흘렀는데 놀랍게도 괴물들이 울부짖는 소리가 들리지 않았다. 나는 흠씬 두들겨 맞은 개처럼 숨을 몰아쉬며 총안 위에 뚫어놓은 구멍으로 밖을 내다보았다. 적은 한 마리도 보이지 않았다. 불길은 한 뼘 정도 높이로 줄어들었다. 불꽃은 빨간색보다는 파란색에 가까웠고 탁탁 소리를 내며 타올랐다. 등대 불빛이 간헐적으로 이런 풍경을 비추고 지나갔다. 무슨 부정한 음모를 꾸미고 있는 건 아닐까? 모든 것이 수상했다. 밤은 여전히 칠흑 같았다.

멀리서 폭발음이 대기를 뚫고 울려 퍼졌다. 그렇다면? 바티스가 총을 쏘고 있었다. 괴물들이 등대를 습격하고 있었다. 나는 귀를 곤두세웠다. 바람이 휙 불고 지나가면서 굉음이 들려왔다. 섬의 맞은편 끝에서 괴물들은 회오리바람처럼 미친 듯이 울부짖었다. 바티스는 확실한 목표물만을 고르는 듯 간격을 두고 총을 쏘았다. 총소리가 날 때마다 울부짖는 소리가 더 커졌다. 바티스는 마구잡이로 총을 쏘지 않았다. 차분한 사내였다. 벼랑 끝에서 춤을 추는 것이 아니라 베테랑 맹수 조련사처럼 발사하고 있었다. 그는 웃고 있을까? 그럴 수도 있다. 하지만 장담할 수는 없다.

다음 순간, 총소리 대신 살을 에는 듯한 바람 소리가 들려왔다. 바람은 바로 옆의 숲을 스치고 지나갔다. 나뭇가지와 이파리가 서로 부딪쳐 윙윙대는 소리가 났다. 어리둥절했다. 싸움이 끝난 것 같았다. 그래도 방심할 순 없다. 그들이 다시 오지 않는다고 누가 장담할 수 있을까? 하지만 그들은 다시 오지 않았다.

◆◆◆

새벽 시간, 얇은 거즈를 통해 새어 들어오는 것 같은 빛. 연고를 바르고 붕대를 감았지만 손의 물집이 빨갛게 부어올랐다. 밤새도록 있는 힘을 다해 총을 쥐고 쏜 탓이었다. 코에서 퀴퀴한 담배 냄새가 났다. 목구멍에서 들큼한 맛이 나는 담즙이 넘어와 비위가 상했다. 내 처지가 비참했다. 다리가 후들거렸고 목이 뻐근했다. 노란 점들이 가물거리면서 눈앞이 흐릿했다. 하지만 괴물들은 결코 나를 동정하지 않으리라. 장작과 책 더미에서는 아직도 연기가 피어올랐다. 나는 문 밑에 구덩이를 파기 시작했다. 정오쯤 예기치 않은 손님이 찾아왔다.

바티스는 덩치가 크고 표정은 뿌루퉁한, 그야말로 완벽한 시베리아 사냥꾼의 모습이었다. 큼지막한 귀 덮개가 달린 펠트 모자를 쓰고, 두꺼운 실로 꿰맨 외투 차림이었다. 외투에는 버클이 많았다. 앞가슴에는 열십자로 끈을 매고 있었다. 엽총을 들고 작살같이 생긴 물건을 등에 멘 그는 느릿하면서도 자신 있게, 코끼리처럼 무덤덤한 표정으로 성큼성큼 다가왔다. 반가운 만남은 아니었다. 구덩이 속에 반쯤 들어가 있던 나는 다가오는 그를 보고 삽질을 멈췄다.

"견딜 만하시오? 두꺼비 얼굴들 말이오." 동정 어린 말투였다. 그러다 느닷없이 어조를 바꾸어 무심하게 덧붙였다. "벌써 죽은 줄 알았소."

나는 치밀어 오르는 화를 억눌러 참았다. 어쨌든 그 사내가 필요하다. 흥분해봐야 도움이 되지 않는다.

"이거 받으시오." 그가 작은 콩 자루 하나를 건넸다. "샘물도 쓰시오."

그는 다 죽어가는 사람에게 동냥을 베푸는 듯한 어조로 말했다.

진실만 빼고 다 주는 것처럼.

"바티스 씨, 난 콩 말고 다른 게 필요해요." 나는 여전히 구덩이 속에서 말했다. "등대, 등대요. 등대 밖에선 언제 죽을지 몰라요."

"오늘 밤엔 비가 올 거요." 그는 하늘을 쳐다보며 말했다. "빌어먹을. 비가 오면 두꺼비 얼굴들이 더 사나워지지."

"생각을 좀 해봐요." 나는 기어들어가는 목소리로 말했다. "혼자 싸우는 게 무슨 의미가 있습니까? 포식동물들한테 포위당할 때는 힘을 합쳐야 한다고요."

"물은 얼마든지 써도 좋소. 마음껏 써요. 정말이오. 콩도 그렇고. 참 커피도 있소. 커피 마시겠소? 물론 마시고 싶겠지. 커피가 필요하지, 아주 많이."

"왜 날 거부하는 겁니까? 내 의도를 보고 판단하세요. 겉모습이 아니라."

"당신의 겉모습이 의도를 말해주고 있소. 당신은 이해하지 못할 거요. 절대로 이해하지 못해."

"문제는 우리가 서로 이해할 수 있느냐는 거예요."

"문제는 내가 더 강하다는 거요." 그가 말했다.

믿을 수 없었다. 마침내 나는 고함을 지르고 말았다.

"죽이는 거나 죽게 내버려두는 거나 마찬가지야! 당신은 살인자야! 살인자! 이 세상의 모든 재판관이 당신한테 벌을 줄 거야. 일부러 아니면 귀찮아서 당신은 날 사자 굴에 던지고 있어. 등대에 숨어서 로마 귀족처럼 원형 경기장을 내려다보니까 기분이 좋으셨소, 바티스 씨?" 나는 으르렁거리며 몰아붙였다.

그는 무릎을 꿇었다. 그러자 우리 두 사람의 머리가 같은 높이가 되었다. 그는 양손을 깍지 낀 채 목청을 가다듬었다. 아무리 몰아붙여도 그는 꿈쩍하지 않았다.

"등대에는 다른 사람이 들어올 자리가 없소. 그건 변함이 없지. 당신이 이해해주길 바라지는 않아. 그냥 받아들이는 게 좋을 거요." 그는 몽골인처럼 작은 눈으로 내 시선을 피하며 말을 멈추었다. 그리고 한참 만에 다시 입을 열었다. "어제 총소리를 들었소. 무기를 좀 나눠 쏠 수 있을지……."

그는 말끝을 흐렸다. 섬에서 견딘 지가 훨씬 더 오래되었으니 탄환이 거의 없으리라. 비열함의 극치였다. 내가 죽거나 말거나 모르는 체하면서, 자기 목숨을 구하기 위해 탄환을 달라고 하다니. 게다가 이 모든 것의 대가가 겨우 콩 한 자루라니! 나는 흙을 한 삽 퍼서 그의 얼굴에 뿌렸다.

"이거나 먹어! 그게 말이 된다고 생각해? 이 짐승만도 못한 인간!"

나는 구덩이에서 나왔다. 그리고 물통과 콩 자루를 발로 걷어찼다. 이런 행동은 그 어떤 말보다 더 큰 위력을 발휘했다.

"난 폭력을 원하지 않소! 당신이 무슨 생각을 하든 해를 끼칠 마음은 없소. 나는 살인자가 아니오." 그는 이렇게 말하면서 등에 메고 있던 작살을 꺼냈다. 그는 딱히 나를 위협하지는 않았지만 두 손으로 작살을 붙잡고 있었다.

"꺼져, 어서 꺼져." 나는 고급 레스토랑에서 걸인을 내쫓듯이 한 손을 휘저었다. 하지만 그는 가지 않고 버텼다. 그는 잠시 더 버티다가 마지못해 발을 옮겼다.

"어서 꺼져, 이 벌레 같은 인간아, 꺼지란 말이야." 나는 욕을 하며 그에게 덤비듯 다가갔다. 바티스는 등을 보이지 않은 채 천천히 뒷걸음질했다. 나는 아무것도 아니었다. 다만 그와 총알 사이에 있는 장애물일 뿐이었다. 그는 원하는 것을 손에 넣을 수 없다고 판단하자 돌아서서 걸어갔다.

"언젠가 반드시 후회할 거야! 이 모든 걸 후회할 날이 올 거라고, 바티스 카포!" 그가 숲을 벗어나기 전에 다시 저주를 퍼부어댔다. 하지만 그는 뒤돌아보지 않았다.

이제야 괴물들이 밤에만 공격을 해온다는 것이 확실해졌다. 바티스는 무기를 가지고 있었지만 괴물 때문이 아니라 나 때문이었다. 그렇지 않다면 저렇게 편안하게 돌아다닐 수 없을 것이다. 안타깝게도 이런 사실을 너무 늦게야 깨달았다. 나는 첫 휴식이 마지막 꿈이 될까 봐 두려웠다. 저녁까지 깨어 있을 수 있을까 얼마나 걱정했던가? 한번 긴장을 풀면 영원히 지옥으로 떨어질까 봐 얼마나 전전긍긍했던가? 괴물도 두려웠지만 내가 취약하다는 현실도 그에 못지않게 두려웠다. 잠을 자지 못해 약에 취한 사람처럼 비몽사몽이었다. 꿈을 꾸고 있다기보다 착란에 더 가까웠다. 내 앞에, 의식의 경계선에 환상과 추억, 환영과 환각이 뒤섞여 나타났다. 암스테르담인지, 더블린인지 아무튼 어느 항구가 보였다. 타르가 수면에 떠다니다가 말뚝과 부딪치면서 내는 희미한 소리가 들렸다. 섬의 사택이 보였다. 사람의 모습을 닮은 악마가 내 침대에서 잠을 자고 있었다. 손을 뻗어 손가락 끝으로 그 괴물을 만질 수도 있었다. 그 순간 눈을 떴다. 나는 죽고 싶지 않다, 죽고 싶지 않다. 나는 어떻게 될까? 결국 어떻게 될까?

◆◆◆

셋째 날도 꼬박 밤을 새웠다. 잠을 자지 않고 과연 얼마나 버틸 수 있을까? 바티스가 예측한 대로 비가 억수같이 퍼부었고 천둥과 번개가 쳤다. 나지막이 드리운 넓은 구름층이 불발탄 폭죽처럼 흰 빛으로 번쩍였다. 천둥소리는 수천 개의 접시를 망치로 깨는 것처럼 날카로웠다. 창문 위에 뚫어놓은 구멍으로 거센 파도가 보였다. 밤의 수평선에는 해전을 시작한 순양함이 일제 사격을 퍼붓듯 불꽃이 번쩍였다. 번개가 수직으로 날카롭게 떨어지며 하늘을 두 쪽으로 갈랐다.

어느덧 비는 뿌연 장막으로 변했다. 창밖으로 내다보니 불과 몇 센티미터의 거리밖에 보이지 않았다. 빗물이 슬레이트 지붕을 두드렸다. 도랑은 빗물로 가득 차 콸콸 소리를 내며 흘렀다. 이번에는 괴물들이 다가오는 것을 보지 못했다. 갑자기 북을 치듯 사납게 문을 두드리는 소리가 들렸다. 이와 동시에 바리케이드처럼 문을 가로막고 있던 궤짝들이 쿵 소리를 내며 무너졌다. 나도 고꾸라지며 무릎을 꿇고 넘어졌다. 사악한 마법에 굴복한 기분이었다. 지옥에서 나오는 것 같은 그 울림이 문을 흔들자 싸우려는 의지도 흔들렸다.

세상의 모든 공포가 흔들리는 그 문에 집중되었다. 나는 절망과 광기에 사로잡혔다. 하지만 포기하지 않았다. 아직은 체념할 수 없었다. 순순히 내 운명을 받아들일 수가 없었다. 괴물들의 소리는 들리지 않았다. 미친 듯이 문을 두드리는 소리만이 들려왔다. 나는 흐느껴 울면서 주먹 쥔 손을 잘근잘근 깨물었다. 이 섬에서 살아나갈 수 있는 행운은 결코 찾아오지 않으리라는 생각이 들었다. 문이 열렸다. 몸이 사시나무처럼 떨렸다. 한순간에 내 몸이 갈기갈기 찢겨져 죽을지도 몰랐다. 최면에 걸린 듯 몸이 얼어붙어 문에서 눈을 뗄 수 없었다. 바로 그 순간 기적이 일어났다. 하지만 흔히 생각하는 기적과 정반대였다.

이제 구원은 필요 없었다. 다 부질없는 짓이었다. 나는 곧 죽으리라. 바로 이것이 기적이었다. 어떻게 되든 이제 더 이상 상관없다는 것. 나는 이미 죽은 목숨이었다. 죽어 있었다. 이미 죽었으니 이렇게 구석에 웅크리고 있을 필요가 없었다. 이런 꼴이 우스꽝스러웠다. 나는 죽었지만 떨지 않았다. 이미 죽었지만 망각의 상태에 이르기 전에 나락의 본질을 경험해야 할 운명이었다. 마구 흔들리는 저 문은 공포 그 자체가 아니면 무엇이란 말인가? 너무도 기진맥진한 나머지 바닥을 기어갈 수밖에 없었다. 내 마지막 의지는 손가락 끝으로 저 문을 만지는 것이었다. 빛의 궁전에 들어간 사람만이 알 수 있다는 세상의 모든 지혜를 얻으려는 사람처럼.

문과 나 사이의 거리가 불과 몇 센티미터로 좁혀졌다. 나는 마치 유리벽을 만지듯 문에 손바닥을 갖다 댔다. 바로 그 순간, 괴물 한 마리가 총안으로 쓰려고 뚫어놓은 작은 구멍을 부쉈다. 괴물의 팔이 그 구멍으로 전갈의 꼬리처럼 미끄러져 들어왔다. 그러곤 내 발목을 움켜쥐었다.

"안 돼!"

눈 깜짝하는 순간에 나는 가장 숭고한 영적 존재에서 가장 원초적인 동물로 돌아왔다. 아니, 난 죽고 싶지 않았다. 나는 괴물의 손을 물어뜯고 어금니로 깨물었다. 괴물의 가는 뼈를 으스러뜨리고 손가락을 덮은 막을 찢어놓았다. 괴물은 고통의 신음을 길게, 끝이 없을 것처럼 아주 길게 토해냈다. 그러면서도 괴물은 발목을 놓지 않았다. 나는 발뒤꿈치로 몸을 지탱하며 온 힘을 다해 몸을 뒤로 뺐다. 그 충격에 머리를 바닥에 부딪쳤다. 내 얼굴과 머리가 온통 파란 피로 흠뻑 젖었다. 그 때문에 바닥에 턱을 박은 채 미끄러졌다. 팔꿈치에서는 피가 뚝뚝 떨어졌다. 술에 취한 원숭이처럼 휘청거렸다. 한참 후에야 이를 악문 채 소름끼치는 소리를 내고 있는 게 바로 나라는 사실을 알았다. 손을 더듬거리자 총이 만져졌다. 나는 보지도 않고 장전하고 발사했다. 탄알은 문을 뚫고 나갔다. 누런 살덩이들이 사방으로 튀었다. 그들은 낙담한 사냥개처럼 울부짖었다. 문은 벌집이 되었다. 그들은 모두 사라졌지만 나는 여전히 총을 쏘았다.

폭풍이 가라앉았다. 날이 새기 시작하면서 빗줄기는 보슬비로 바뀌어 소리 없이 내렸다. 날이 훤해진 뒤에야 입안에 무언가가 가득 든 채로 입이 뻣뻣하게 굳어 있는 것을 깨달았다. 나는 잘린 손가락과 큼지막한 나비 날개 같은 피막을 뱉어냈다.

그날 밤 마지막 천둥소리를 들었을 때에야 비로소 정신이 들었다. 나는 수천 마리의 괴물들을 상대로 싸우고 있었다. 하지만 실제로 그들은 나의 적이 아니었다. 지진이 건물의 적이 아니라 그냥 지진인 것처럼.

내 유일한 적은 이름이 있었다. 그 이름은 바티스, 바티스 카포였다. 등대, 등대, 등대.

5

나는 사격 솜씨가 형편없었다. 공화국군으로 활약했던 과거도 별 도움이 되지 않았다. 제대로 총을 쏴본 적도 없었다. 내 과거는 한마디로 아이러니였다. 수백 자루의 총을 받고, 숨기고, 나누어주는 일만 했을 뿐이다. 어쨌든 사격 연습을 하기로 마음먹었다. 급해야 빨리 배우는 법이다. 라이플에는 조준할 때 이용하는 장치인 가늠쇠가 있다. 나는 가늠쇠를 50미터, 70미터, 100미터 거리에 고정한 다음 빈 시금치 통조림 깡통을 놓고 연습했다. 오전 내내 연습해 괜찮은 결과를 냈지만 몸이 지쳐 마음까지 피곤했다. 기진맥진해 감각이 둔해졌다. 총을 조준하고 한쪽 눈을 감으면 목표물이 두 개로 보였다. 끊임없는 목숨의 위협에 고전적인 고문이라 할 수면 부족까지 겹쳐 내 모든 신경계는 빠른 속도로 허물어졌다. 생체 리듬이 변하다 못해 아예 사라져버렸다. 나는 지휘관처럼 내 몸에 명령을 내렸다. 먹어. 마셔. 움직여. 오줌 눠. 자지 마! 그랬다. 잠에 대한 욕구와 잠에 대한 두려움. 불면증과 몽유병이 서로 뒤섞인 세계였다. 이따금 나 자신에게 이거 해, 저거 해, 장탄해, 담배에 불을 붙여, 하고 말했다. 하지만 약실이 가득 차서 탄환이 더 들어가지 않았다. 장전한 것을 기억하지 못한 것이다. 담배를 한 개비 물려고 했지만 이미 피우고 있었다.

그런데 한 가지 해야 할 일이 있었다. 그동안 일말의 희망도 없이 오직 살기 위해 견뎌냈을 뿐이지만 처음으로 어떤 목적의식이 느껴졌다. 결정을 내린 뒤 게릴라처럼 마음먹고 숲으로 향했다. 옷은 초목 색깔과 비슷한 튀지 않는 것으로 골라 입었다. 추위를 막고 손에 난 물집을 보호하려고 가죽 장갑도 챙겼다. 내가 있는 곳은 등대와 80여 미터 떨어진 지점이었다. 어떤 게릴라라도 그 지점을 선택했을 것이다. 뒤로는 초목이 짙게 우거져 있어 내 윤곽이 잘 드러나지 않았다. 앞에는 나무들이 서 있었지만 등대의 문과 발코니를 감시하는 데 방해되지는 않았다. 나는 단단하고 높은 나뭇가지로 올라갔다. 거기에는 움푹하게 파인 곳이 있어서 총의 위치를 바로잡기에 안성맞춤이었다. 문을 조준했다. 그가 저 문으로 나온다면 죽은 목숨이다. 하지만 인기척이 없었다. 그는 하루 종일 나타나지 않았다. 땅거미가 졌다. 다시 괴물들을 피해 철수하는 수밖에 없었다.

다행히 그날 밤은 조용했다. 사택은 습격을 당하지 않았다. 그저 몇 마리가 등대 근처를 에워싸고 있었던 것 같다. 괴물 냄새로 짐작할 수 있었다. 바티스의 총소리가 멀리서 들렸다. 하지만 그것이 전부였다. 무슨 일인지 도무지 알 수 없었다. 어쩌면 놈들이 내게 단단히 혼이 났는지도 몰랐다. 문을 뚫고 나간 총알에 몇 마리는 부상을 입었을 것이다. 별로 배가 고프지 않은 것인지도 몰랐다. 그들은 논리적으로 움직이지 않았고 특정한 방법으로 공격해오지도 않았다. 그래서 마지막 순간에는 눈을 감고서, 부족하지만 달콤한 휴식까지 취할 수 있었다. 동이 트자마자 다시 그 나무로 올라갔다.

이번에는 오래 기다릴 필요가 없었다. 30분도 채 지나지 않아 그가 발코니로 나왔다. 베테랑 복서 같은 상반신을 드러내놓고, 그는 녹이 슨 난간에 두 팔을 벌려 기대고서는 꼼짝도 하지 않았다. 눈을 감고 턱은 치켜들고서, 미약한 햇살을 마시고 있는 모습이 꼭 밀랍 인형 같았다. 그의 피부는 눈처럼 하였다. 개머리판을 어깨에 올려놓고 왼쪽 눈을 감았다. 총신 너머에 그의 가슴이 있었다. 하지만 주저했다. 만약 실수하면? 그냥 부상만 입히고 만다면? 그가 등대 안으로 들어가 숨는다면 완전히 놓치게 될 것이다. 오랜 고통을 겪고 죽는다 해도 결국 바티스는 발코니의 차단 덧창을 내릴 것이다. 발코니는 밧줄과 갈고리 하나만 있으면 충분히 올라갈 수 있지만 발코니 창문에 덧댄 철판은 뚫고 들어갈 수 없으리라. 이런 생각을 하면서 "아냐, 아냐, 이건 아냐. 말도 안 돼." 하고 중얼거렸다.

그를 죽일 수는 없었다. 상황이 아무리 몰아붙인다고 해도 나는 살인자가 아니었다. 사람에게 총을 쏜다는 것은 그냥 몸뚱이를 향해 총을 겨누는 것과는 달랐다. 그건 그 사람이 살아온 모든 시간을 죽이는 일이었다. 조준경 안에 들어온 바티스를 보며 그가 살아온 날들을 그려보았다. 그가 등대에 오기 전의 시간을 상상해보았다. 내 의지와는 반대로 머릿속에는 아직 섬으로 가는 여행이 시작되기 훨씬 전, 어린아이 바티스의 공포가 그려졌다. 그가 결코 선택한 적 없는 이 험한 세상이 젊은 시절 그에게 가져다준 실패와 환멸, 좌절. 그를 사랑하고 돌봐야 할 숭고한 사명을 지닌 세상 사람들이 그를 얼마나 때렸을까? 무방비로 나의 목표물이 된 지금, 그의 취약성이 고스란히 드러났다. 그는 왜 저 등대로 간 것일까? 원래 잔인한 인간이었을까, 아니면 상황이 그렇게 만든 것일까? 바티스는 웃통을 벗은 채 일광욕을 하고 있는 사내일 뿐이었다. 총 쏘는 행위를 정당화시킬 군복도 입고 있지 않았다. 한 인간의 목숨을

앗아간다는 것은 그 자체로 정말 비열한 짓이다. 그런데 저렇게 그저 일광욕을 하고 있는 사람을 죽인다는 것은 얼마나 더 가증스러운 일인가?

나는 자신의 비열함을 부끄러워하면서 나무에서 내려왔다. 사택으로 가는 길에 머리를 쥐어박으며, "멍청이, 멍청이, 넌 멍청이야." 하고 중얼거렸다. 괴물들은 성인이든 타락한 인간이든 똑같이 게걸스럽게 먹어치울 것이다. 모두가 똑같은 고깃덩어리 아닌가. 너는 섬에 있다. 살인마들이 모여 있는 섬에 있다. 여기선 이웃에 대한 사랑도 없고 철학도 없다. 시인도, 너그러운 인간도 살아남지 못한다. 오직 바티스 카포만이 살아남을 것이다. 사택으로 걸어가다 샘터에서 걸음을 멈추었다. 배에서 내린 이후 내내 진만 마셨다. 샘터에 있는 바티스의 물통에 입을 갖다 댔다. 물을 마시기 전에 물에 비친 내 모습을 빤히 들여다보았다.

내 모습이라는 것이 믿어지지 않았다. 지난 나흘간의 전투와 불면으로 형편없는 몰골이었다. 수염은 텁수룩하게 자랐고 얼굴은 백짓장 같았다. 죽은 사람처럼 창백했다. 특히 눈은 광인처럼 움푹 파였고 파란 홍채 주변은 붉게 충혈되어 있었다. 눈썹과 그 언저리는 온통 시퍼렇게 멍이 들었고, 추위와 두려움에 입술은 바짝 말랐다. 두꺼운 목도리처럼 목덜미의 상처에 두른 붕대에는 말라붙은 피와 반쯤 마른 핏덩이가 엉겨 붙어 있었다. 몸은 치유 능력을 기억하지 못했다. 부러진 손톱, 기름 같은 막으로 뒤덮인 검은 머리. 귀 윗머리를 한 움큼 들어보았다. 놀랍게도 머리카락이 희끗희끗하게 변해 있었다. 통 속에 머리를 처박고 마구 문질렀다. 하지만 그것으로 충분치 않았다. 더러움이 온몸을 덮고 있었다. 총과 탄알과 칼을 내려놓고 외투와 털스웨터, 셔츠, 부츠와 양말, 바지를 벗었다. 나를 감싸고 있던 옷가지 하나하나가 마치 전염병이라도 되는 듯 모두 벗어던졌다. 그리고 샘터의 벽으로 기어 올라갔다.

그 위에는 밤새 내린 비로 물이 고여 있었다. 웅덩이 물은 무릎까지 올라왔다. 물속에 주저앉았다. 냉기가 적당했다. 차가운 기운이 감각을 되살려주는 것 같아 기분이 좋았다. 정신이 들면서 힘이 났다. 물론 바티스 생각도 났다. 샘물은 훌륭한 함정이 될 수 있었다. 그는 물을 길러 올 것이다. 그럼 이곳에 매복하고 있다가 무방비 상태인 그를 죽일 필요도 없이 총으로 사로잡을 수 있을 것이다. 그를 인질로 잡아 등대 안에 사슬로 묶어두리라. 그리고 수평선에 첫 배가 나타나면 모스부호로 등대의 불을 켰다 껐다 할 것이다. 바티스는 재판에서 교수형을 받을까, 아니면 평생 정신병원에서 지내게 될까? 그것은 나중 문제였다.

구름 사이로 가느다란 빛줄기가 비쳤다. 하늘은 화창했다. 웅덩이 가장자리에는 보드라운 이끼가 덮여 있었다. 물 밖으로 나가는 일은 급할 게 없었다. 내 사지는 이미 수온에 익숙해져 있었다. 물에 잠겨 하늘을 바라봤다. 섬에 도착한 이후 처음 가져보는 나를 위한 시간이었다.

가까이 다가오는 발소리를 들은 것은 바로 그 순간이었다. 나는 머리만 내놓고 물속에 몸을 숨겼다. 내가 있는 곳에서 그를 볼 수는 없었지만 바티스가 나타난 것이 분명했다. 물통이 서로 부딪쳐 소리를 내는 것으로 미루어 그는 새 물통을 들고 온 것 같았다. 어떻게 해야 할까? 그가 내 옷과 총을 발견하는 것은 시간문제다. 그의 반응은 예측할 수 없다. 물만 떠 갈지도 모른다. 하지만 광인들은 지각 능력이 몹시 예민하다. 아무래도 내 의도를 간파할 것 같았다. 그리고 나는 무장해제된 상태다. 지극히 짧은 순간 한 가지 생각이 스치고 지나갔다. 내겐 선택권이 많지 않았다. 혹시 기적적으로 바티스가 내 옷을 못 보고 지나친다면 며칠 후에나 다시 샘터에 나타날 것이다. 그동안 괴물들은 나를 해치워버릴 것이다. 귀를 바짝 곤두세웠다. 그는 파이프 바로 앞에 있었다. 물통을 바꾸는 소리가 났다. '손을 멈춘다. 벗어놓은 옷을 본다. 주변에 누군가가 있다는 것을 눈치 챘다.' 나는 표범처럼 날렵하게 뛰어올랐다. 두 몸뚱이는 하나가 되어 굴렀다. 내 밑에 있는 그를 다리로 힘껏 조이면서 주먹을 치켜들었다. 하지만 주먹은 중간에 멈춰버리고 말았다. 바티스가 아니었다. 바로 괴물이었다.

나는 다시 펄쩍 뛰었다. 이번에는 최대한 멀리 몸을 뺐다. 그런데 뭔가 이상했다. 괴물들은 무시무시한 살인마들이었다. 하지만 내가 쓰러뜨린 것은 가볍고도 연약한 몸뚱이였다. 물통이 바닥에서 뒹굴며 서로 부딪쳐 시끄러운 소리를 냈다. 나는 호기심 때문에 도망가지 못하는 고양이처럼 거리를 둔 채 조심스럽게 그것을 지켜보았다. 쓰러진 괴물은 꼼짝도 않고서 상처 입은 새처럼 구슬프게 울었다. 불쾌한 비린내가 코끝에 스며들었다. 나는 땅바닥을 기었다. 그리고 더 자세히 보기 위해 얼굴을 가리고 있는 괴물의 팔을 잡아챘다. 그것은 분명히 그 괴물들 중 하나였다. 하지만 얼굴은 놀랄 만큼 부드러운 인상이었다. 동그스름한 얼굴에 머리카락이 없는 두개골. 연필로 그린 듯 정교하게 다듬어진 눈썹. 파란 눈동자. 맙소사, 눈은 파란색이었다. 바로 아프리카의 하늘색이었다. 아니 아프리카 하늘색보다 더 맑고 투명하고, 더 깊고 선명한 파란색이었다.

가늘고 뾰족하고 오똑한 코. 인간의 것보다 더 작은 귀는 물고기 꼬리 같은 모양이었으며, 네 개의 아주 작은 등골뼈로 나뉘어 있었다. 광대뼈는 거의 없었다. 목이 몹시 길고 온몸은 푸른빛이 도는 백회색의 피부로 덮여 있었다. 손가락 끝으로 조심스럽게 괴물을 만져보았다. 시체처럼 차가운 뱀의 촉감이었다. 괴물의 손을 보았다. 다른 괴물들의 손과는 달랐다. 손가락 사이의 막이 아주 짧아 거의 첫째 마디까지도 닿지 않았다. 괴물은 공포의 비명을 질렀다. 그 소리에 자극을 받아 나는 이유도 없이 괴물을 무자비하게 때리기 시작했다. 비명이 더욱 커졌다. 괴물은 긴 원피스처럼 보이는 단순한 모양의 스웨터를 입고 있었다. 그의 왼쪽 발목을 붙잡았다. 그러곤 갓난아이를 잡을 때처럼 위로 번쩍 들어올렸다. 암컷이었다. 성기에는 한 오라기의 솜털도 보이지 않았다. 그는 절망적으로 사지를 허우적거렸다. 나는 레밍턴을 집어 들고 개머리판으로 그의 사타구니를 사정없이 내리쳤다. 그는 애벌레처럼 고통스럽게 몸을 비틀다가 두 팔로 몸을 가린 채 얼굴을 바닥에 처박고 신음했다.

스웨터와 물통으로 미루어 볼 때 바티스가 저 어린 짐승과 어떤 관계가 있는 것이 분명했다. 그는 저 짐승을 대체 어디서 데려왔으며 또 어떻게 생각하는 걸까? 도저히 짐작할 수 없었다. 바티스는 개를 길들이듯 약간의 기술을 가르친 것 같았다. 예를 들면 물 긷는 일이다. 또 굳이 옷을 입혀놓은 것도 그랬다. 길거리 거지도 마다할 것 같은 스웨터였다. 구멍이 숭숭 뚫린 더럽기 짝이 없는 스웨터와 바다에서 태어난 몸뚱이의 결합은 정말 끔찍했다. 최고급 털옷을 입힌 영국 아줌마들의 우스꽝스런 강아지들보다 더 괴기스러웠다. 하지만 바티스 카포가 그 괴물에게 굳이 이런 수고를 아끼지 않는다면, 그건 그를 어느 정도 소중하게 생각하기 때문이리라. 이 의혹을 푸는 가장 좋은 방법은 괴물을 인질로 삼는 것이다. 만약 카포가 그에게 관심이 있다면 틀림없이 찾으러 올 것이다. 나는 괴물의 팔꿈치를 잡고 일으켜 세웠다. 그리고 물통을 머리에 뒤집어씌워 눈을 가렸다. 괴물은 벌벌 떨었다. 물통을 엮고 있던 끈으로 괴물의 손을 묶었다. 하지만 싸운 흔적은 없애지 않았다. 바티스가 그것을 보고 나를 따라오도록 하기 위해서였다. 개머리판으로 괴물을 한 대 쳤다. 그리고 사택을 향해 걸음을 옮겼다.

나는 걸상에 괴물을 묶어 옴짝달싹 못 하게 한 다음 머리에서 물통을 벗겨주었다. 그리고 한참 동안 그 앞에 앉아 있었다. 괴물의 입가에는 파란 피가 얼룩져 있었고, 심장은 토끼처럼 팔딱팔딱 뛰었다. 폐의 윗부분으로만 호흡을 하는 듯했다. 괴물은 멍하니 허공을 쳐다보았다. 그런 그를 깨어나게 하려고 눈앞에서 손가락 하나를 흔들어 보였다. 하지만 그는 여전히 허공만 응시했다. 그는 걸상 위에다 오줌을 쌌다. 나는 숲길을 향해 난 창문으로 밖을 내다보았다.

바티스는 오지 않았다. 화가 치밀어 있는 힘껏 괴물의 따귀를 갈겼다. 괴물은 바닥으로 쓰러졌다. 이번에는 신음조차 내지 않았다. 한쪽 구석에 몸을 웅크린 채 꽁꽁 묶인 손으로 머리를 감싸기만 했다.

정오가 지났다. 햇빛이 뿌옇게 흐려졌다. 바티스는 여전히 오지 않았다. 물론 괴물을 그대로 데리고 있을 생각은 추호도 없었다. 괴물들은 정상적인 상태에서도 무시무시한데 이 암컷의 냄새를 맡는다면 과연 어떻게 돌변할 것인가? 암컷의 피부는 돌고래처럼 매끄럽고 바이올린 줄처럼 팽팽했다. 젊고 생식 능력이 있는 것 같았다.

번식에 관한 한 자연은 매우 광범위한 교감 수단을 알고 있다. 어쩌면 이 괴물은 인간이 알지 못하는 화학적 메커니즘으로 자기 동족과 소통할 수 있을지 모른다. 나는 총으로 그 괴물을 단방에 끝내야겠다고 생각했다. 하지만 해가 기울기 시작할 무렵, 창문을 두드리는 소리가 들렸다.

"나쁜 개자식아!" 바티스가 고함을 질렀다. "왜 싸움을 걸어? 두꺼비 얼굴들만으로는 모자라서 그러냐?"

"그러는 당신은?" 내가 허공에 대고 소리쳤다. "안 그래도 모자라는 탄약을 나랑 다 쓰고 싶냐?"

"도둑놈! 젠장, 빌어먹을!"

그는 총을 쏘았다. 탄환이 창문틀에 박혀 톱밥이 쏟아져 내렸다. 나는 괴물을 창문 가까이로 끌고 갔다.

"이제 쏘시지요, 카포 씨! 잘하면 정확히 맞출 수도 있겠는데!"

"풀어주지 못해!"

대답 대신 괴물의 팔을 비틀었다. 괴물이 비명을 질렀다. 숲의 어딘가에서 분노에 찬 고함이 들렸다. 바로 내가 듣고 싶었던 소리였다. 웃음이 나왔다.

"무슨 일이오, 카포 씨? 마음에 안 들어요? 자, 그럼 이 소리를 들어봐."

나는 장화 신은 발로 괴물의 벗은 발을 무자비하게 짓밟았다. 고통스런 울부짖음이 숲으로 퍼져나갔다.

"놔두시오! 제발, 죽이지 말아요! 원하는 게 뭐요? 원하는 게 뭐야?"

"함께 얘기를 하는 겁니다. 얼굴을 맞대고."

"나오시오. 얘기합시다!"

그렇게 빨리 대답을 들을 줄은 예상하지 못했기에 그의 말을 곧이곧대로 믿을 수가 없었다.

"판단력을 잃은 거요? 아니면 날 바보 취급하는 겁니까? 밖으로 나와야 할 사람은 당신이야!"

그는 대답하지 않았다. 내가 가장 두려워했던 것은 바티스가 그냥 가버리는 것이었다. 왜 그냥 가지 않는 걸까? 괴물에 대한 그의 집착을 이해할 수 없었다. 아일랜드의 농부들은 소 한 마리 때문에 이웃 사람을 죽이기도 한다. 하지만 늑대 한 마리 때문에 목숨을 거는 사람은 아무도 없다. 이 괴물이 어떤 가치가 있는지 나로서는 도무지 헤아릴 길이 없었다.

나뭇가지들이 살짝 움직였다.

"카포, 나와요, 빨리!" 내가 소리쳤다.

그에게 소리치기 위해 괴물을 창문에서 멀리 떨어지게 했다. 그러자 총신이 두 개짜리인 카포의 엽총과 그 총구를 비추는 노란 햇살이 보였다. 그가 또 총을 쏘았다. 바티스가 쏜 탄환은 하나하나가 폭탄이나 다름없었다. 총알은 한 뼘 정도 빗나가 창틀 윗부분에 맞았고, 창틀이 떨어져 내리면서 부서진 조각 하나가 내 눈썹에 박혔다. 약간의 부상이 오히려 화를 더 돋웠다. 나는 맹수로 돌변해 부츠를 신은 발로 괴물을 누르고, 두 손으로는 총을 잡고 숲을 향해 쏘아대기 시작했다. 모든 각도를 커버하면서 가슴 높이로 사격을 했다. 그가 어디에 있는지는 몰랐지만 그렇게 쏘면 몸을 웅크리지 않을 수 없을 터였다. 그런 다음 아무 반응이 없는 그에게 외쳤다. "의도가 뭐요? 쳐들어와서 날 정복하려는 거야?" 난 그가 어디서 어떻게 공격해올지 몰라 미친 듯이 이 창문 저 창문으로 뛰어다녔다. 만약 바티스가 바깥벽을 확보한다면 안전을 보장받을 수 없을 것이다. 그때 뒤쪽 창문에서 그의 모습이 보였다. 그는 등 뒤에서 나를 공격하려고 해변 쪽에서 총을 겨누고 있었다. 서둘러 총을 쐈지만 해변의 경사면이 그를 보호했다.

"죽여버릴 거야!" 그는 몸을 웅크리면서 협박했다. "정말 죽여버리겠어."

그러나 주변 상황은 그의 말을 뒷받침해주지 못했다. 바티스는 봉쇄되어 있었던 것이다. 물론 그가 모래에 바짝 몸을 눕히고 있는 동안에는 내가 있는 곳에서 그의 모습이 보이지 않는다. 하지만 왼쪽으로든 오른쪽으로든 그는 결국 해변에서 나와야 할 테고, 그 순간 나는 쉽게 그를 쏠 수 있었다. 나오지 않으면 더 불리했다. 밤이 되어 괴물들이 그곳 해변에 누워 있는 그를 발견하면 좋아서 미쳐 날뛸 테니까.

"항복하는 수밖에 없어!" 내가 말했다. "항복하지 않으면 둘 다 죽여버리겠어!"

나는 위험을 감수하며 그가 예측하는 것보다 훨씬 더 빨리 결정을 내렸다. 바티스는 오른쪽에서 튀어나왔다. 그리고 몸을 웅크린 채 뛰면서 목청을 높여 고함을 질렀다. 겨우 두 번 총을 쏠 시간이 있었다. 탄환은 바닷물 속으로 사라졌고 그는 숲으로 뛰어 들어갔다.

서로의 응수가 끝났다. 등대로 돌아간 걸까? 그는 내가 그렇게 생각하길 바랄 것이다. 과연 바티스 같은 인간에게 분별력이 있을까? 나는 인질의 목에 밧줄을 묶고, 밧줄의 다른 쪽 끝은 침대 다리에 묶었다. 그리고 문을 열고 인질을 밖으로 떠밀었다. 그 광경을 보면 바티스는 틀림없이 고통스러워할 것이다. 무모한 짓을 할지도 모른다. 괴물은 망설였다. 그런 다음 풀려났다고 생각하며 달아났지만 밧줄이 팽팽해지는 바람에 몇 미터 못 가 도로 쓰러지고 말았다.

처음 몇 분 동안은 아무런 반응이 없었다. 나는 창문으로 동정을 살폈다. 밧줄에 묶인 채 땅바닥에 쓰러져 있는 괴물이 보였다. 잠시 후 괴물은 주인에게 돌아가려는 개와 똑같이 행동했다. 포기했다가, 주저앉았다가 다시 시도했다. 바로 그 순간 탄환이 정확하게 밧줄을 끊고 지나갔다. 우리 두 사람의 광기가 발동했다. 서로를 쏘는 대신 인질을 쫓는 광포한 경주를 시작한 것이다. 나는 사택에서 나왔고 그는 숲에서 나왔다. 하지만 바티스가 더 멀리 있었다. 내가 먼저 괴물의 목덜미를 움켜잡았다. 다른 한 손으로는 라이플을 잡았다. 괴물은 저항하지 않았지만 한 손으로 라이플을 조작하기엔 팔의 힘이 부족했다. 결국 바티스를 쏘는 데 실패하고 말았다. 카포는 바람에 날리는 털 뭉치처럼 가볍게 몸을 움직였다. 등에는 작살을 짊어지고 있었다. 그는 인질이 다칠까 봐 감히 내게 총을 쏘지 못했다.

"항복해!" 내가 위협했다. "당신은 죽은 목숨이야!"

그는 내게 침을 뱉고는 날렵하게 숲을 향해 뛰어갔다. 민첩한 사람을 죽이기는 결코 쉽지 않다는 옛말이 옳았다. 탄알도 떨어진 데다 어설픈 사격술에 화가 난 나는 개머리판으로 인질을 때리며 은신처로 돌아왔다.

◆◆◆

어둠이 우산처럼 섬을 덮기 시작했다. 나는 괴물들이 우글거리는 이 섬에서, 라이플을 손에 들고 바다의 도롱뇽을 옆에 둔 채 숲을 바라보았다. 아무래도 믿을 수가 없었다. 선장과 아일랜드 정치 얘기를 하던 때가 바로 나흘 전이었다. 나는 중얼거렸다. 이 모든 건 현실이 아냐. 그런데 현실이야. 그래, 그래, 현실이지. 이렇게 현실과 비현실에 대해 세상과 논쟁을 벌이고 있는데 느닷없이 총소리가 울렸다. 정신이 번쩍 들었다. 땅거미가 내려앉았다. 카포보다 괴물들이 먼저 떠올랐다. 그때 우렁찬 목소리가 들려왔다.

"당신이 나한테 총을 쏘지 않는다는 걸 어떻게 알지?"

"마음만 먹었다면 벌써 당신을 죽였을걸." 내가 즉시 대답했다. "일광욕을 좋아하십니까, 카포 씨? 새벽에 발코니로 나가는 걸 좋아하시나요? 벌거벗고? 난 당신을 정확히 조준했어. 방아쇠를 당겨 당신의 머리를 날려버리기만 하면 됐다고." 나는 군인처럼 명령했다. "빨리 나오지 못해, 빌어먹을! 어서 나오란 말이야!"

잠시 망설이던 그가 숲에서 모습을 드러냈다.

"엽총을 버려." 내가 명령했다. "무릎 꿇어."

쉽지 않았겠지만 그는 시키는 대로 했다. 무표정하게 무릎을 꿇은 카포는 '나 여기 있소'라고 말하듯 두 팔을 활짝 벌렸다.

"이제 당신이 나오시오!" 두 손을 뒤통수에 올린 채 그가 요구했다. "같이, 같이 나오시오!"

나는 인질을 방패로 앞장세웠다. 거리가 좁혀지자 바티스를 향해 인질을 떠밀었다. 그리고 라이플로 둘을 겨냥했다. 카포는 병든 산양을 살피는 수의사처럼 인질을 자세히 들여다보았다.

"이 파란 게 피라는 걸 모르시오?" 그는 꼬질꼬질한 손수건으로 괴물의 입술과 코를 닦으며 투덜거렸다. "다쳤잖소!"

"공화국군에게 뭘 바랍니까?" 내가 잔혹한 어조로 말했다. 바티스는 좌우를 살피다가 나를 쳐다보았다.

"좋아. 날이 어두워지고 있소. 원하는 게 뭐요?"

"굳이 말할 필요가 없을 텐데."

나는 라이플을 무릎에 올려놓고 땅바닥에 앉았다. 즉시 분위기가 평화로워졌다. 방금 전까지만 해도 서로의 목을 따려고 했는데 지금은 대화를 나누고 있었다. 우리는 현실이라기보다는 과장된 말싸움 한판에 모든 기력을 낭비한 두 명의 페니키아인이었다. 섬은 낯선 땅이었다.

"지금 당장 당신을 죽여야 마땅하겠지만 그럴 생각이 없습니다." 내가 누그러진 목소리로 말을 이었다. "사실 이 빌어먹을 섬에서 일어나고 있는 일은 중요하지 않습니다. 어떤 이유에선지 모르지만 당신은 이 섬을 떠나고 싶어 하지 않는군요. 내가 상륙했을 때 당신은 얼마든지 떠날 기회가 있었는데 그러지 않았어요. 좋아요, 그냥 여기서 살아요. 그게 소원이라면. 하지만 난 나가고 싶어요. 살아서 멀쩡하게 나가고 싶다고."

손가락으로 등대를 가리켰다.

"나도 저 등대로 들어갈 겁니다. 당신과 같이든 혼자든. 들어가서 살아남을 생각입니다. 머지않아 배가 지나가면 불빛으로 모스부호를 보내 구조 요청을 할 거고 여기보다 조용한 곳으로 갈 겁니다. 그게 다예요. 물론 내 물건은 모두 당신에게 줄 겁니다. 라이플도. 레밍턴 두 자루도. 탄환도 수천 발이나 있어요. 당신한테 아주 유용한 물건일 겁니다."

그가 반쯤 입을 벌린 채 뜻 모를 미소를 지었다. 그는 자그마한 알루미늄 수통을 꺼내 내용물을 한 모금 마셨다. 내게는 권하지 않았다.

"당신은 아무것도 모르는 거요. 이 섬은 상선의 모든 항로에서 벗어나 있소. 기상관 후임이 오기 전까지는 배가 오지 않소. 앞으로 일 년 동안."

"왜 날 속이는 겁니까?" 내가 외쳤다. "등대가 있잖아요! 등대는 항로가 있는 곳에 세워지는 거 아닙니까."

그는 고개를 가로저었다. 그리고 물고 있던 담배를 내던지며 말했다.

"이 항로는 오래전에 버려졌소. 원래 이 섬은 보어인[4] 지도자들을 수용할 감옥으로 지정된 곳이오. 아마 그럴 거요, 잘은 모르지만. 그런데 해도가 오래되다 보니 섬의 크기를 착각한 것이오. 여긴 감옥 초소조차 세울 데가 없소. 그들은 이것보다 훨씬 더 넓은 줄 알았던 거요." 그는 한 팔을 크게 휘저었다. "공사는 어느 민영 기업에서 하기로 계약을 했지. 측량 기사들이 직접 와보고서야 그 프로젝트가 실행 가능성이 없다는 걸 알았어. 그래서 잽싸게 예산을 맞춘 거지. 고위층에서 계획을 취소하기 전에 말이오. 등대는 감옥 설계도에 포함되어 있었소. 그래서 부랴부랴 등대부터 건설했던 거지. 군자금을 횡령했다는 비난을 듣지 않으려고 그랬던 거요. 물론 서류상의 문제이긴 하지만. 아무튼 그들은 등대 하나 달랑 지어놓고 떠나버렸소." 그는 빈정대듯 한숨을 쉬었다. "저 빌어먹을 등대

---

4 남아프리카공화국의 네덜란드계 백인

는 굳이 세울 필요도 없었던 거지. 여긴 공사 감리도 안 왔소. 영국인들이 등대 소유권을 국제사회에 양도한 뒤로는 관리가 더 소홀해졌소. 그게 무슨 의미 같소? 전에는 그나마 군대 소유였는데 지금은 어느 누구에게도 소유권이 없다는 뜻이오."

나는 다시 주저앉았다. 무슨 소린지 좀체 이해가 가지 않았다.

"믿을 수 없어요! 그렇다면 당신은 여기서 뭘 하는 겁니까? 제구실도 하지 못하는 등대에서 대체 뭘 하고 있단 말입니까?"

그는 기분이 바뀌어 있었다. 인질로 잡힌 괴물 걱정에 두려워 떨다가 괴물을 무사히 되찾자 마음이 누그러졌다. 그는 만면에 웃음을 가득 지으며 내게 수통을 건네주었다. 수통에 든 술은 차갑고 쓴맛이 났다. 그의 제스처는 술보다 훨씬 진정 효과가 컸다.

"나는 등대지기가 아니오. 전임 기상관이오. 자격증이 없었지만 회사 사람들은 기상관 자격에 대해 별로 까다롭게 굴지 않더군." 그는 잠시 말을 멈추었다. "등대 얘기는 이 섬에 나를 실어다준 선원한테서 들었소. 그 사연을 알고 있던 남아공 사람이었는데……."

그가 수통을 돌려달라고 손짓했다. 한 모금 마신 그가 다시 덧붙였다.

"이봐 친구, 당신은 왜 온 거요? 승리자들은 절대로 이런 곳에 나타나지 않는 법이오. 정직하고 지조 있는 사람들도 그렇지. 그런데 당신은? 부인이 철도 기술자와 야간도주라도 했소? 군대에 지원할 용기가 없었던 거요? 아니면 일하던 은행에서 횡령이라도 하셨나? 카지노에서 돈을 다 날렸소? 대답하지 마시오. 아무럼 어떻소. 실패자들의 지옥에 온 걸 환영하오. 패배자들의 낙원에 온 걸 환영해주지." 그러곤 어투를 바꾸어 말했다. "다른 레밍턴은 어디 있소?"

나는 기진맥진해 있었으므로 그가 총을 챙기도록 내버려두었다. 괴물은 멍한 표정으로 바닥을 들여다보았다. 그리고 손가락으로 진흙을 헤집어 구더기 한 마리를 집어 씹지도 않고 삼켰다. 바티스는 집 안으로 들어갔다. 그는 보물을 보며 황홀해하는 해적처럼 탄약 상자 앞에 무릎을 꿇었다. 상자를 열어 레밍턴과 탄환을 확인하고는 흡족해했다. "좋은 물건이군. 그래, 좋은 물건이야." 그는 소총의 개머리판을 쓰다듬으면서, 또 고리대금업자가 금화를 헤집듯 탄환을 헤집으면서 말했다.

"좀 도와주시오!" 갑자기 그가 말했다. "날이 어두워지고 있소. 무슨 뜻인지 잘 알잖소."

바티스는 자신의 엽총을 들고 레밍턴은 어깨에 둘러멨다. 우리는 탄약 상자의 옆구리에 난 손잡이를 하나씩 잡았다. 날이 어두워지고 있었다. 그는 괴물을 떠밀었다. 우리 셋은 걸음을 서둘렀다. "빨리, 빨리!" 그가 나를 몰아세웠다. "등대로, 등대로!" 그리고 똑같은 말을 독일어로 반복했다. "춤 로이히트투름, 춤 로이히트투름 zum Leuchtturm, zum Leuchtturm!" 하지만 그와 발을 맞춰 움직이는 것은 결코 쉽지 않았다. 나는 나무뿌리와 탄약 상자에 걸려 넘어졌다. 탄환이 바닥으로 흩어졌다. "이런 빌어먹을!" 그가 탄알을 주워 담으며 나무랐다. "취했소?" 탄알은 이끼와 진흙으로 뒤범벅이 됐다. 우리는 더 빨리 뛰었다. 날이 어두워지고 있었다. "오, 하느님 맙소사! 하느님 맙소사!" 바티스가 중얼거렸다. 그리고 또 똑같은 말을 했다. "춤 로이히트투름! 등대로!"

이제 등대까지는 겨우 20미터 정도를 남겨놓고 있었다. 우리는 등대 문까지 이어진 화강암 언덕을 힘겹게 올랐다. 그 순간 그가 갑자기, "쏴, 총을 쏴!" 하고 말했다. 나는 영문을 몰랐다. "멍청하긴, 등대 뒤쪽!" 그림자 몇 개가 우르르 흩어지는 것이 보였다. 하나는 왼쪽으로, 두 번째는 오른쪽, 세 번째, 네 번째. 나는 닥치는 대로 쏘았다. 총의 위력을 잘 알고 있는 괴물들은 총소리와 동시에 사라졌다. 바티스가 혼자 상자를 들었다. 내가 문을 밀었다. "열렸어." 그가 소리쳤다.

문을 닫고 빗장을 지르자마자 괴물들은 미친 듯이 철문을 두드려댔다. 나는 다짜고짜 탄약 상자를 들고 휘청거리는 바티스를 막아섰다.

"무슨 짓이오!" 그가 소리쳤다. "등대를 공격하고 있소. 탄알이 필요해!"

"내 눈을 봐요."

"그건 왜?"

"내 눈을 보라니까."

"왜?"

"내 눈을 보란 말이야."

그는 내가 시키는 대로 했다. 나는 그의 라이플을 낚아채 내 가슴에 총구를 갖다 댔다.

"날 죽이고 싶어요? 그럼 지금 죽여요. 자다 말고 죽고 싶진 않으니까. 죽일 생각이라면 지금 죽여요. 그럼 살인자야 되겠지만 배신자까지 되진 않겠지."

그는 뜻 모를 공격에 대답할 적절한 말을 찾지 못해 씩씩거리다가 아주 거친 동작으로 내게서 라이플을 빼앗았다. 그리고 내 관자놀이에 총구를 갖다 댔다. 차가웠다.

"당신은 영원히 살고 싶어 하는 사람인가? 당신 부모는 성경도 안 읽어줬어? 우리 모두 결국엔 죽는다고 하지 않던가?"

그는 총을 내려놓았다. 그리고 눈을 내리깔았다.

"우린 결국 모두 죽는 거요. 오늘이든 내일이든 때가 되면 다 죽어. 당신도 총이 있소. 죽고 싶으면 혼자 죽으시오."

뜻밖에도 그의 굳은 표정에 미소가 떠올랐다. 급박한 상황도 개의치 않고 그는 잠시 침묵하며 뜸을 들였다. 밖에서 시끄러운 소리가 들리는 동안 그는 나를 뚫어지게 응시했다. 이윽고 그가 말했다.

"당신은 등대에 숨고 싶어 했고 이제 여기 와 있소. 축하라도 받고 싶소? 당신이 뭘 안다고 그러시오. 당신은 감옥 쇠창살에 가까워져야 더 자유롭다고 느끼는 그런 사람이야." 그는 한 손을 내밀었다. "자, 이제 탄환이나 주시오. 두꺼비 얼굴들이 문을 두드리고 있소."

나는 그가 원하는 것을 주고 물러났다. 바티스는 자신의 라이플, 레밍턴과 탄약 상자를 들고 가면서도 바람처럼 계단을 올랐다. 나는 빈 자루 두어 개를 발견해 임시 매트리스를 만들었다. 괴물들이 울부짖고 있었다. 바티스는 위층 어딘가에서 총을 쏘았다. 하지만 내 머릿속엔 단 한 가지 생각뿐이었다. 잠을 자고 싶다는 것.

잠을 자라.

잠을 자라.

잠을 자라.

6

잠에서 깨어나자 세상은 황홀할 만큼 호젓했다. 그날 밤 내 몸은 나사로[5]처럼 생기를 되찾았다. 밖에서 파도가 암초에 부딪치는 소리가 은은하게 들려왔다. 그 소리를 들으니 진정제를 먹은 듯 마음이 차분히 가라앉았다. 등대 내부는 튼튼하면서도 아늑했다. 나선형의 계단을 따라 나 있는, 서로 높이가 다른 좁고 긴 창문으로 햇살이 새어 들어왔다. 가까운 들보 부근에서 떠도는 먼지가 터무니없게도 감상적인 분위기를 자아냈다. 입안이 바짝 말랐다. 상체를 일으켜 주둥이가 가늘고 긴 병 하나를 집어 들었다. 식초였다. 그래도 상관하지 않았다. 아마 펄펄 끓는 기름이었다 해도 마셨을 것이다. 몸을 움직이는 순간, 아주 오랫동안 피가 통하지 않았던 것처럼 바늘로 찌르는 듯한 통증이 온몸에 퍼졌다. 주저앉은 채 주변을 살펴보았다. 등대 아래층 창고는 상자며 자루, 궤짝들이 들어차 훨씬 더 복잡해진 것 같았다. 그것들을 자세히 살펴보았다. 모두 내 물건이었다. 바티스가 등대로 들어왔다.

"아침 내내 이것들을 다 옮겼어요?" 나는 마취에서 깨어난 듯한 목소리로 말했다.

"자그마치 오십 시간이나 잤소." 그는 어깨에 메고 있던 밀가루

---

5 신약성경에 나오는 인물로, 죽은 지 나흘 만에 예수가 회생시킨 사람

자루를 내려놓으며 대답했다. 나는 어리둥절한 표정으로 내 손을 들여다보았다.

"배가 고프군요."

"당연하지."

그는 더 이상 말하지 않았다. 나는 그를 따라 계단을 올라갔다. 그는 뒤도 돌아보지 않고 계속 걸어가면서 말했다.

"두꺼비 얼굴들 소리를 못 들었소? 정말 아무 소리도 못 들었단 말이오? 어젯밤엔 꽤나 끔찍했는데. 어찌나 소란을 피우던지." 그리고 목소리를 낮춰 덧붙였다. "바다 쓰레기 같은 놈들⋯⋯."

그는 들창문을 열었고 우리는 안으로 들어갔다. "앉으시오." 그가 의자와 테이블을 가리키며 말했다. 나는 그가 시키는 대로 했다. 그는 발코니 쪽을 쳐다보며 파이프에 담배를 채웠다. 나는 테이블에 팔꿈치를 올려놓고 손으로 얼굴을 문질렀다. 내 앞에 접시가 놓였다. 그런데 접시를 놓는 손은 바로 그 괴물의 손이었다. 막에 싸인 가는 손가락. 나는 반사적으로 의자에서 펄쩍 뛰어오르며 외마디 소리를 질렀다. 심장이 쿵쾅거리며 두방망이질했다. 내가 섬에 와 있음을 실감했다.

"비명까지 지를 건 없잖소." 바티스가 말했다. "완두콩 수프요."

바티스는 농부가 노새에게 멈추라고 명령하듯이 혀를 차며 괴물을 얼렀다. 그러자 괴물은 유령처럼 들창문으로 스르르 빠져나갔다. 내가 접시를 다 비울 때까지 우리는 아무 말도 나누지 않았다.

"수프 잘 먹었어요."

"수프는 당신 거요."

"그럼 수프를 만들어줘서 고마워요."

"저 녀석이 만든 거요."

괴물은 쇠사슬에도 밧줄에도 묶여 있지 않았다. 내가 물었다.

"등대에서 도망치려고 하지 않나요?"

"양치기 개가 도망치는 거 봤소?"

침묵이 흘렀다. 나는 호기심을 물리치지 못했다.

"접시나 물통을 나르는 일 외에 또 다른 재주가 있습니까? 혹시 라틴어도 가르쳤나요?"

그는 나를 빤히 쳐다보았다. 굳이 그와 다투고 싶지는 않았지만 싸움에 맞설 용의는 얼마든지 있었다.

"아니." 그가 대답했다. "라틴어도 안 가르쳤고, 그리스어도 안 가르쳤소. 저것만 가르쳤소." 그는 레밍턴의 개머리판을 가리켰다. "라틴어와 그리스어보다 훨씬 더 중요한 거지."

"아, 당연하죠." 내가 고개를 끄덕이며 대답했다. 머리를 쪼갤 듯한 편두통 때문에 말을 계속할 수 없었다.

"굳이 대답하자면 아주 중요한 걸 가르쳤소. 두꺼비 얼굴들이 가까이 다가오면 노래를 부르지."

"노래를 불러요?"

"노래를 부르지. 카나리아처럼." 그는 깊고 으스스한 목소리로 말하고 껄껄 웃음을 터뜨렸다. 그리고 덧붙였다. "저놈을 키우면 주인에게 행운이 따르는 것 같소. 저놈보다 더 귀여운 마스코트는 없어."

우리는 더 이상 아무 말도 하지 않았다. 의자에서 꼼짝할 수가 없었다. 머릿속이 빙빙 돌았다. 말과 그 말이 의미하는 이미지를 함께 떠올릴 수 없었다. 나는 눈사태에서 살아난 사람처럼 혼란과 슬픔에 젖어 방과 침대, 발코니, 꼼짝 않고 있는 바티스와 총안을 쳐다보았다. 그 어느 것도 진짜 같지가 않았다.

"상황 돌아가는 걸 좀 알아야겠군." 내 상태를 파악한 바티스가 말했다. "따라오시오."

우리는 위층 숙소에서 이어지는 철 계단을 올라갔다. 등대의 둥근 지붕 바로 아래에는 등대 불빛을 조종하는 기계가 있었다. 강철로 된 톱니바퀴 장치로 복잡한 시계처럼 보였다. 방의 한가운데에는 두 개의 조명등에 전기를 공급하는 발전기가 있었다. 발전기와 조명등은 쇠로 된 몇 개의 축으로 이어져 있었다. 구동 장치는 방의 모서리를 따라 나 있는 미니 철로 위에 놓여 있었다. 바티스가 세 개의 지레를 작동시키자 기계는 코끼리 우는 소리를 내며 움직이기 시작했다.

"보다시피 조명등의 각도를 등대 주변만 비추도록 조절했소. 그래야 괴물들이 가까이 다가오는 것을 잘 볼 수 있지. 조명이 한 번돌 때마다 기울기가 달라지거든. 등대 바로 밑을 비췄다가 다른 먼곳을 비췄다가 하는 거요. 숲 전체를 비출 수도 있지. 필요하면 섬의 맞은편 끝에 있는 기상관 사택도 비출 수 있소."

"그건 나도 잘 압니다."

내 말이 비난인지 사실의 확인인지 나 자신조차 알 수 없었다. 바티스는 아무래도 상관없다는 듯한 표정이었다.

"조명이 문만 집중적으로 비출 수도 있소. 하긴 그래 봐야 무슨 소용이 있나? 불빛을 날쌔게 피해가는 걸. 어쨌든 계속 불빛을 움직이면서 괴물들을 쫓는 거요. 극악무도한 짐승들은 하늘의 빛이건 인간의 빛이건 아무튼 빛이라면 질색을 하지."

그곳은 섬에서 가장 높은 지점이라 전망이 무척 아름다웠다. 섬은 양말 모양으로 펼쳐져 있었다. 사택의 슬레이트 지붕은 섬의 맨 구석, 그러니까 양말의 발뒤꿈치 지점에 위치해 있었다. 사택의 가장자리를 따라 펼쳐져 있는 해변 양옆으로는 크기가 각기 다른 암초들이 바다에 난 얼룩처럼 떠 있었다. 그런데 섬에서 북쪽으로 100미터 아니 150미터 떨어진 곳에 다른 암초보다 유난히 큰 암초가 눈에 띄었다. 더 자세히 살펴보니, 해변에 튀어나와 있는 자그마한 이물이었다.

"포르투갈 배였소." 묻기도 전에 바티스가 말했다. "난파된 지 얼마 안 됐소. 포르투갈 사람들은 모잠비크에서 출발해 칠레 남부 항구로 가곤 했소. 밀수를 하느라고 상선 항로에서 멀리 떨어진 항로로만 다녔지. 그런데 작은 배라서 문제가 많았소. 부베 섬으로 가려고 했다가 암초에 걸린 거야." 그는 어린 시절 추억을 떠올리듯 무심하게 설명했다.

"당신은 친절하고 부지런하시니 저 사람들에게 은신처와 식량을 제공해주고 살려줬겠군요." 내가 빈정댔다.

"실은 속수무책이었소." 그가 둘러댔다. "한밤중에 암초 지대를 항해하다니! 선원들은 이물이 부딪친 저 바위로 기어 올라갔소. 보이시오? 저 좁은 바위로. 물론 해가 뜨기도 전에 전부 잡아먹혔지."

"그런데 그 사람들의 국적과 항로, 목적지를 어떻게 그리도 잘 알죠?"

"아침에 보니까 한 사람이 아직 살아 있었소. 어떻게 살아남았는지는 모르겠지만 물에 잠긴 이물 선실에 숨어 있더라고. 망원경으로 그 사람을 볼 수 있었지. 나는 해변에서 고함을 치며 그 사람에게 말을 걸었어. 처음에는 말이 통하지 않았지. 유리가 너무 두꺼워서 입술이 움직이는 것만 보였거든. 결국 그 친구가 선실에서 나와 갑판으로 올라와 나랑 잠깐 얘기를 나눴지. 그 불쌍한 친구는 완전히 미쳤더군, 완전히 미쳤어. 나한테 총까지 쐈지." 바티스는 쓸쓸한 미소를 지었다. "나를 두꺼비 얼굴로 착각한 거지. 그래 봤자 사격 솜씨가 형편없어서 빗나갔지만. 그러다가 그는 다시 선실로 돌아갔고, 거기서 밤이 되기를 기다렸어. 아직도 그 사람 얼굴이 생각나는군. 망원경에 비친 얼굴이. 불쌍한 친구. 조금만 생각이 있었어도 자신을 위해 마지막 탄환 한 알을 남겨뒀을 텐데."

바티스를 여러 가지로 비난할 수도 있었다. 하지만 참기 힘든 것은 그가 들려준 이야기가 아니라 그의 말투였다. 그는 그 불행한 포르투갈 선원들의 운명을 소름끼치도록 냉정하게 들려주었다. 생각을 덧붙이지 않은 채, 감정을 개입시키지 않고. 우리는 다시 아래로 내려갔다. 그는 방어 전략에 관해 설명해주었다. 그는 무엇보다 발코니를 지키려고 애쓰고 있었다. 총안으로는 괴물들을 관찰하고 총을 발사했다. 그곳을 통해 360도로 등대를 커버했다. 총안으로 괴물이 들어올 걱정은 없었다. 두꺼비 얼굴들이 들어오기에는 구멍이 워낙 좁고 돌도 단단했다. 그나마 억지로 밀고 들어올 수 있는 곳이 있다면 발코니였다. 그래서 끝이 뾰족한 말뚝과 방어시설이 사방 벽에 설치되어 있었던 것이다. 발코니에서는 아무리 괴물들이 떼로 몰려와도 충분히 물리칠 수 있었다.

"발코니에서 방어하는 것 자체가 그들에겐 위협이겠군요." 내가 말했다. "차라리 당신이 만든 덧창을 그냥 내리는 게 더 나을 텐데요?"

"길게 보면 결국 소용이 없을 거요. 두꺼비 얼굴들은 사람보다 훨씬 힘이 세거든. 결국엔 덧창을 부숴버릴 거요. 이 섬엔 그걸 수리할 만한 자재가 없지. 내부에 갇히면 스스로 포로가 되는 거요. 덧창에 총안을 뚫는다 해도 총을 쏠 수 있는 범위가 늘 좁지. 두꺼비 얼굴들을 사정거리에서 멀리 두는 게 최선이야."

설명을 듣고 나니 그가 정말 현명하게 여겨졌다. 우리는 아래층까지 내려갔다. 무척 튼튼해 보이는 현관문 안쪽에는 두툼한 빗장세 개가 가로로 걸려 있었다. 문을 열려면 문 옆에 달린 돌구멍에 빗장을 질러 넣어야 했다. 바티스가 등대 외부에 쳐놓은 방어수단은 이미 내가 본 대로였다.

"원숭이들처럼 기어 올라오는데 얼마나 민첩한지!" 그가 감탄하며 말했다.

대처 방법은 별 게 없었다. 거미줄처럼 그물을 쳐놓고 빈 깡통을 매달아 그들이 기어오르는 소리를 미리 듣는 것, 그리고 종이를 끓여 만든 반죽에 돌멩이와 모래를 섞어 못과 깨진 유리 조각을 박아 넣는 것이 고작이었다.

"녹슨 못이나 빈 병은 절대 버리지 마시오." 그가 인색한 장사꾼처럼 충고했다. "이 두꺼비 얼굴 왕국에서 유리는 공식 화폐이고, 못은 돈 주고도 살 수 없는 가장 귀한 물건이오."

그는 더 이상 말하지 않았다. 오후에는 기상관 사택에 가보았다. 등대와 비교하면 성냥으로 만든 것처럼 금방이라도 부서질 듯 약해 보였고 무방비 상태였다. 한심하기 짝이 없었다. 바티스는 매트리스만 빼고 전부 다 옮겨놓았다. 나는 만약의 경우를 대비해 마스코트를 데리고 갔다. 다시 돌아갔을 때 등대 문이 열려 있으리라는 보장이 없었기 때문이다. 그는 불쾌해하지 않았다. 게르만 민족은 원래 그렇다. 직선으로 뻗는 풍부하고 깊은 사고력도 폭력적인 사건이 발생하면 90도로 회전한다. 적어도 겉으로 보기엔, 그동안 벌어진 사건으로 그는 나라는 존재를 확실히 받아들인 것 같다.

다시 등대로 돌아온 나는 아래층의 한쪽 구석에 매트리스를 설치했다. 그리고 거기서 바다 쪽으로 발을 뻗고 잠을 자기로 했다. 바다와 가장 가까운 벽이었다. 폭풍우가 치는 밤에는 파도가 암초에 부딪치고 등대를 때린다. 이런 사나운 파도에서 나를 막아주는 것은 등대 벽 하나였다. 하지만 등대는 튼튼한 건물이었다. 파도와 무척 가까이 있으면서도 안전하다는 사실은 아늑한 담요를 덮은 듯 포근하게 느껴졌다.

최소한의 덮개만을 깔아 겨우 침대를 완성했을 때 바티스가 나를 불렀다. 그는 위쪽의 열린 들창문으로 반쯤 몸을 내밀었다.

"형씨! 문은 잘 닫았소? 올라와요. 두꺼비 얼굴들이 오고 있소."

호전적인 분위기가 감돌았다. 바티스는 이쪽저쪽을 오가며 총안으로 밖을 내다보았다. 그와 동시에 탄환과 조명탄 등 다양한 장비들을 한데 모았다.

"뭘 꾸물대시오! 빨리 총을 가져오지 않고!" 그는 내게 눈길도 주지 않은 채 명령했다. 한때 적이었던 그가 지금은 형제로 돌변해 있었다.

"오늘 정말 괴물들이 몰려올까요?"

"지금 교황이 로마에 사느냐고 물어보는 거요?"

우리는 좁은 발코니로 나갔다. 그는 오른쪽에 나는 왼쪽에 무릎을 꿇고 앉았다. 하지만 난간과 문지방 간격이 너무 좁아서 우리 사이의 거리는 세 뼘도 채 되지 않았다. 양옆과 밑에는 다양한 크기의 말뚝들이 들소 뿔처럼 사방에 박혀 있었다. 그중에는 파란 피가 말라붙어 있는 것도 있었다. 바티스는 엽총을 가슴에 바짝 갖다 댔다. 그리고 옆에 레밍턴과 조명탄 세 통을 놓았다. 등대 불은 이미 켜져 있었다. 기계 소리가 약하게 들려왔다. 머리 위로 조명등이 지나갈 때마다 시계추가 덜컥거리는 소리가 크게 들렸다가 멀어지면 소리도 점점 작아졌다. 불빛이 화강암 언덕 밑을 비췄다. 조금 더 멀리 숲의 경계도 오락가락하며 비췄다. 하지만 그들은 나타나지 않았다. 내 마음속에서 이는 불안은 관심 없다는 듯 살을 에는 매서운 바람이 윙윙대며 가느다란 나뭇가지들을 휩쓸고 지나갔다. 불빛이 등대 뒤쪽을 비췄다. 그곳은 칠흑 같은 어둠이었다.

"바다는 우리 뒤쪽에 있는데 이쪽으로 온다는 걸 어떻게 압니까? 물속에서 나온다면 등대 반대쪽으로 올라오지 않을까요." 내가 말했다.

"바다는 사방에 있소. 여긴 섬이니까. 짐승이라고 문이 어느 쪽인지 모르겠소? 문 뒤에 먹이가 있는데." 바티스는 내가 아직 기력을 회복하지 못해 불안정한 상태라는 것을 일깨워주었다. "내키지 않으면 물러나 있으시오. 나한테 탄알이나 넘겨주고. 아니면 술이나 마시든지. 좋을 대로 하시오. 나 혼자서도 충분히 잘해왔으니까."

"아닙니다. 나도 있겠습니다." 그리고 덧붙였다. "너무 무서워서 그런 거죠."

벽에 매달린 깡통에서 소리가 났다. "바람이오, 바람, 그냥 바람." 그가 한 손으로 나를 토닥이며 진정시켰다. 나는 목표물이 나타나지 않는데도 총을 쏘고 싶어 안달했다. 바티스는 카멜레온처럼 머리를 움직이며 조명탄을 쏘았다. 빨간 불빛이 하늘을 향해 날아가다가 포물선을 그리며 천천히 떨어졌다. 드넓은 지면에 빨간 불빛이 비쳤다. 그들은 없었다. 두 번째, 이번에는 초록색 조명탄을 발사했다. 역시 아무것도 없었다. 푸른빛이 사라지면서 바위와 바람에 흔들리는 나무들만 보였다.

"마인 고트, 마인 고트."[6] 갑자기 바티스가 중얼거렸다. "괴물들이 이렇게 많은 건 처음이오."

"어디 있는데요? 아무것도 안 보이는데."

바티스는 대답하지 않았다. 그는 바로 내 곁에 있었지만 멀게 느껴졌다. 그는 등대 바깥이 아니라 자신의 내면을 들여다보는 것 같았다. 그는 멍한 표정으로 젖은 입술을 벌렸다.

"아무것도 안 보이는데요. 카포 씨! 아무것도 안 보여요. 뭐가 많다고 하는 거예요?"

"노래를 많이 부르니까." 그가 퉁명스럽게 대답했다.

마스코트가 아득히 먼 옛날의 노래를 부르기 시작했다. 말로 형용할 수 없는 멜로디, 어떤 악보로도 그려낼 수 없는 노래였다. 얼마나 많은 인간이 그 노래를 들어봤을까? 태곳적부터, 인간이 인간이었던 때부터 얼마나 많은 사람들이 그 노래를 들어봤을까? 오직 바티스 카포와 나뿐일까? 최후의 전투에 임했던 자들은 모두 들어봤을까? 그것은 소름끼치는 성가이며, 야만적인 찬가였다. 악의와 순수가 뒤섞인 아름답기 그지없는 노래였다. 그 노래는 수술용 메스처럼 우리의 모든 감정을 낱낱이 해부했다. 그리고 그 감정을 뒤섞고, 자극하고, 세 번 부인했다. 노래는 노래를 부르는 자에게서 벗어나 독자적인 생명력을 지니고 있었다. 나락의 깊이를 표현하기

---

6 Mein Gott, mein Gott. '맙소사'라는 뜻

위해 자연이 창조한 목소리가 노래를 부르는 것이었다. 다리를 꼬고 앉은 마스코트는 바티스처럼, 나타나지 않는 괴물들처럼 초연했다. 오직 태어나는 인간, 혹은 죽어가는 인간만이 그날 밤 등대에서 나처럼 그렇게 외로울 수 있으리라.

"저기 있군." 바티스가 말했다.

공격은 아주 먼 지점에서 시작되었다. 그들이 숲에서 나왔다. 길양옆으로 떼를 지어 몰려드는 괴물들이 보였다. 눈으로 본다기보다느낌으로 알 수 있었다. 그들의 목소리가 들렸다. 100마리, 200마리, 아니 어쩌면 500마리쯤 되는 괴물들이 한꺼번에 목청을 울리며 오글오글 울어대는 소리였다. 맙소사, 목에서 울려나오는 그 소리, 누군가 구역질하는 소리. 뒤에서 마스코트가 노래를 멈추었다. 순간 괴물들 역시 등대로 오는 걸음을 멈추었다. 불빛이 비추는 바로 그 경계선에서. 하지만 갑자기 괴물들이 활기를 되찾았다. 그들은 달리고 뛰어올랐다. 뛰어오를 때마다 불빛 속에서 그들의 머리가 불쑥불쑥 드러났다. 나는 사방으로 미친 듯이 총을 쐈다. 몇몇은 쓰러지고 몇몇은 뒤로 물러섰지만 수가 워낙 많았기 때문에 대다수는 다시 앞으로 걸어왔다. 기관총이 필요할 것 같았다. 내가 미친 듯이 총을 쏘자 바티스가 내 총신을 부여잡았다. 총신에서 불이 나고 있었지만 그의 투박한 손은 꿈쩍도 하지 않았다.

"지금 뭐하는 거요? 제정신이오? 탄알을 그렇게 마구 써버리면 며칠이나 버티겠소? 총알을 낭비하고 싶진 않소. 내가 쏘랄 때까지 쏘지 마시오!"

그다음 장면은 소름끼치는 교훈이었다. 한 떼의 괴물들이 웅성거리며 엎치락뒤치락 문을 밀쳐댔다. 괴물들은 문을 밀고 들어올 수도 없고 벽을 기어오를 수도 없었다. 하지만 몸으로 탑을 쌓을 만큼 수가 많았다. 벌거벗은 팔과 다리와 몸통이 마그마처럼 솟구쳤다. 그들은 서로를 밀치고 밟으면서 위로 올라왔다. 그렇게 포개져 쌓인 몸뚱이가 수 미터에 달했다. 바티스는 무서울 정도로 냉정하게 기다렸다. 가장 높이 올라온 괴물의 발톱이 맨 밑의 나무 말뚝을 잡으려는 찰나, 그가 2연발총을 난간 밖으로 내밀었다. 그와 동시에 총신이 불을 뿜었고 괴물의 머리통은 산산조각 났다. 괴물이 떨어지자 그와 동시에 탑도 무너졌다.

"그렇지, 그래, 바로 그거야!" 바티스가 고함을 질렀다. "왼쪽!"

그와 비슷한 또 다른 탑이 내 옆에서 올라왔다. 나는 두 마리를 쏘아 쓰러뜨렸다. 그들은 상처 입은 하이에나처럼 울부짖으며 주변을 배회했다. 작은 무리들이 시체들을 운반했다.

"도망치는 놈들은 쏘지 마시오. 총알을 아껴야지. 죽은 고기를 충분히 주면 저희들끼리 먹어치울 거요." 바티스가 일러주었다.

그의 말대로였다. 무너진 괴물 탑은 짓밟아 뭉개진 개밋둑을 연상시켰다. 그들은 다섯 마리, 여섯 마리, 일곱 마리, 아니 여덟 마리씩 무리를 지어 죽은 몸뚱이들을 운반했다. 하지만 끈기 없이 이내 흩어졌다가 야생 오리들처럼 꽥꽥거리며 어둠 속에서 다시 모여들었다. "꽈, 꽈, 꽈." 바티스가 경멸하듯 흉내를 냈다. "꽈, 꽈, 꽈……."

"언제나 똑같아." 그는 나를 의식해서라기보다 자기 자신에게 말하고 있었다. "바티스를 잡아먹고 싶지만 결국엔 자기네 시체를 먹고 말지. 바다 쓰레기들, 바다 쓰레기들……. 누구한테 덤비겠다는 거야? 꽈, 꽈, 꽈! 꽈, 꽈, 꽈!"

그 순간 바티스는 천하무적이었다. 내게는 섬이 무시무시한 곳이 었지만 그에게는 겨드랑이에 양손을 찔러 넣고 휘파람을 불 수 있는 곳이었다.

우리의 승리를 고비로 공격은 하강국면으로 접어들었다. 그 다음 날 밤은 겨우 두어 마리만 눈에 띌 뿐이었고, 가까이 다가오지도 않았다. 그 다음 날 밤은 약간 시끄러운 소리만 들려왔다. 등대에서의 셋째 날 밤은 처음으로 단 한 마리의 괴물도 나타나지 않았다. 하지만 편안한 밤은 아니었다. 새벽까지 쉬지 못했기 때문이다. 바티스는 괴물들이 결코 규칙적으로 움직이지 않으며 언제라도 우리를 공격할 수 있다는 것을 경험으로 알고 있었다. "절대 프로이센의 기차 시간표 같은 게 아니오." 그가 경고했다.

◆◆◆

나는 등대 아래층을 완전히 내 숙소로 만들었다. 땅거미가 지면 계단을 올라가 발코니 싸움터에 자리를 잡고 앉았다. 밤과 낮이 여러 차례 이어졌다. 시간이 흐르면서 함께 사는 분위기가 자연스럽게 형성되었다. '저 사람이 누구였더라?' 전임 기상관이었던 그에게서는 고생한 조난자에게서 흔히 볼 수 있는 흔적이 보이지 않았다. 이기적이고 무뚝뚝한 들고양이처럼 사회성이 결여된 그의 모습은 자발적인 유배 생활 때문에 생긴 게 아니라 애초에 갖고 있던 성향이 더욱 강화된 것처럼 보였다. 포악한 면모에도 불구하고, 또 부인할 수 없는 천박한 결점에도 불구하고 그는 가끔 가난한 귀족의 품성을 드러냈다. 퉁명스럽긴 하지만 나름대로 성실한 면모, 그리고 표현이 적절치 않지만 총명함도 있었다. 그의 조심성은 파이프에 담배를 채울 때 돋보였다. 그 일을 하면서도 한 눈은 늘 바깥을 감시했다. 나는 볼테르 철학의 회의주의자들이 떠올랐다. 상상력을 발휘하고자 노력하지만 선천적으로 바리케이드를 치고 사는 사람들. 그는 단 하나의, 하지만 근본적인 진실에 갇힌 인간의 전형이었다. 그는 모든 것을 단순화해 문제의 근본을 직관적으로 이해하는 재주가 있었다. 실제적인 문제에 봉착하면 그는 명철하고 냉정해졌다. 그는 이 탁월한 기술로 섬에서 살아남았다. 하지만 다른 순간에는 아무 개념 없는 사람으로 전락했다. 이 근육질의 사내는 식사를 할 때마다 영락없이 반추동물로 돌변했다. 호흡이 가파르고 거칠어 멀리서도 숨소리가 들릴 정도였다. 그는 또한 자신이 만든 신화에 파묻혀 공상하기를 즐겼다. 그는 철저히 경멸적인 몸짓으로 자신이 이 세상을 위해 존재하는 것이 아니라, 이 세상이 자신을 위해 존재하는 것임을 분명히 드러냈다. 그는 광기에 사로잡힌 카이사르 같았다. 눈에 보이지 않는 말발굽 소리를 듣고 수천 명의 목을 베었던 인물.

하지만 나는 그에 대해 두려움도 불신도 갖지 않았다. 그에게 기대할 수 있는 것은 까마귀의 외로움뿐이었다. 원래 타고난 고상함 때문인지, 아니면 거친 섬 생활에서 얻은 야성 때문인지, 그는 배반의 유혹에 넘어갈 사람처럼 보이지 않았다. 바티스는 미래를 계획하며 살았다. 비록 그에게 '미래'는 단지 내일만을 뜻하는 단어이긴 했지만. 그는 결코 과거를 돌이켜보지 않았다. 나는 등대로 들어온 이후 이를 기정사실로 받아들였다. 내가 들어온 뒤로 우리의 공통된 역사, 즉 서로 인색하게 굴었던 일, 적대심, 협박 등은 모두 깨끗이 사라졌다.

나는 처음 겪는 이 상황을 헤쳐나가고 있었다. 생존이라는 이름 하에 불편한 모든 것들을 감수할 준비가 되어 있었다. 나를 불편하게 하는 것은 성격의 차이가 아니었다. 그런 차이점은 당연하게 받아들였다. 하지만 부부 사이에서 그러는 것처럼 가장 참을 수 없는 드라마는 사소한 일에서 시작됐다. 예를 들면 그는 유머 감각이 거의 없었다. 바티스는 혼자 있을 때만 웃었다. 같이 웃는 일은 절대로 없었다. 내가 농담을 할 때나 쉬운 농담을 설명할 때, 그는 멍한 표정으로 나를 쳐다보았다. 재미를 느끼지 못하는 자신의 성격을 자기도 잘 아는 것 같았다.

여우비가 내리던 어느 아침의 일이 생각난다. 나는 프레이저의 책을 읽고 있었다. 바티스는 그 책이 자기 것이 아니라 이전부터 등대에 있던 책이라고 했다. 등대 공사를 한 사람들 중 누군가가 두고 갔다는 것이다. 나는 별 흥미도 없이 반쯤 졸면서 그 책을 읽고 있었다. 그런데 바티스가 내 앞으로 지나갔다. 그는 고개를 숙이고 몸을 흔들며 웃었다. 그런 식으로 무언가를 표현하고 싶었는지, 아니면 그냥 그곳을 지나가고 있었는지 모른다. 그는 농담하며 또 웃었다.

"······그는 소돔 사람[7]이 아니라 이탈리아 사람이었지."

메아리처럼 울려 퍼지는 웃음. "그는 소돔 사람이 아니라 이탈리아 사람이었어." 그가 되풀이했다. 계단을 오르면서도 웃음을 터뜨리며 같은 말을 반복했다.

---

7 남색자라는 뜻이 있다.

두 번째로 그의 웃음을 들은 것은 전혀 다른 상황에서였다. 어느 날 괴물들의 치열한 공격이 끝난 후 나는 매트리스로 갔다. 날이 훤했으므로 위험은 이미 사라졌다. 막 잠잘 준비를 하는데 시끄러운 소리가 들렸다. 나는 침대에서 벌떡 일어났다. 처음에는 마스코트가 낑낑거리는 소리가 났다. '볼기짝을 때리나?' 그 소리에 바티스의 친근한 소리가 겹쳐졌다. 내 귀를 믿을 수 없었다. 결국 환각이라고 생각하기에 이르렀다. 그러나 아니었다, 환각이 아니었다. 그것은 신음이었다. 쾌락의 신음. 위에서 침대가 흔들리면서 천장이 규칙적으로 들썩거렸다. 그리고 마치 눈이 내리는 것처럼 작은 대팻밥이 등대 천장에서 우수수 떨어져 내렸다. 내 어깨와 머리에 톱밥이 내려앉았다. 등대의 둥근 구조 때문에 소리는 메아리처럼 울려 퍼졌다. 나는 의혹에 가득 차 상상의 나래를 폈다. 교접은 한 시간, 아니 두 시간 동안 계속되다가 소리와 움직임이 절정에 달하면서 멈췄다.

밤마다 우리를 공격하는 괴물 중 하나와 어떻게 수간을 할 수 있을까? 어떻게 해서 그는 문명과 자연 사이에 가로놓인 장벽을 넘은 것일까? 그것은 절망적인 상황에서 벌어질 수 있는 식인 행위보다 더 나쁜 행위였다. 바티스의 음란함은 정신병 수준이었다.

물론 원한다면 못할 것도 없는 일이다. 예의상 나는 그 얘기를 드러내놓고 따지지 못했다. 내가 그 일에 대해 안다는 것을 그도 이미 알고 있었다. 그런데도 그가 그 얘기를 꺼내지 않는 것은 수치심 때문이 아니라 별로 개의치 않기 때문이었다. 어느 날 아주 잠깐 동안 그가 그 얘기를 했다. 나는 그저 평범하게, 의사처럼 물었다.

"아프지 않아요?"

"아프다니?"

"성교할 때 통증이요."

그때 우리는 그의 방에서 함께 식사를 하고 있는 중이었다. 그는 입을 벌리고 숟가락을 입에 넣으려던 찰나였다. 그는 식사를 끝내지 못했다. 어찌나 웃었던지 그의 아래턱이 빠지는 줄 알았다. 그는 배와 가슴, 목에 힘을 주며 웃어댔다. 자신의 넓적다리를 때리며 웃었다. 그렇게 온몸으로 웃어대다가 몸의 균형을 잃을 정도였다. 그는 눈물까지 찔끔거렸다. 눈물을 닦으려고 잠시 웃음을 멈추었다가 다시 웃기 시작했다. 그는 라이플을 닦으면서도 여전히 웃음을 멈추지 못했다. 날이 어두워지고 밤이 되어 긴장해야 할 때까지도 그는 내내 웃고 있었다.

어느 날 또 한번 우연히 마스코트 얘기가 나왔다. 나는 허수아비 옷 같은 그 더럽고 해진 스웨터를 그에게 입힌 이유를 물었다. 대답은 시원하면서도 단호했다.

"그거야 체면 때문 아니겠소?"

그는 그런 사내였다.

7

1월 11일

일본의 무사 철학자 무사시는 선택된 소수만이 전쟁의 기술을 깊이 이해할 수 있다고 말했다. 바티스 카포는 그런 사람 중 하나다. 밤에는 전쟁을 하고 낮에는 사랑을 한다. 그 두 가지 가운데 어느 것이 그를 더 열광시키는지 알기는 어렵다. 내 짐 속에 늑대를 잡기 위한 올가미 두 개가 있었다. 상어 턱처럼 생긴 쇠 올가미였다. 그는 사정거리 내에 그 올가미를 설치했다. 소극적인 야간 공격인 셈이다. 괴물 두 마리가 올가미에 걸렸고, 그는 그들을 총으로 쏴 죽였다. 물자를 아끼라는 그의 원칙에 따르자면 불필요한 일이었다. 다음 날 아침 그는 올가미가 있는 곳으로 갔다. 말은 안 했지만 전리품을 챙기기 위해서였다. 그런데 먹성 좋은 괴물들이 시체와 올가미까지 모두 다 가져가고 말았다. 그는 몹시 실망했다

1월 13일

무사시의 또 다른 격언: 훌륭한 무사는 그가 표방하는 대의명분으로 규정되는 것이 아니라 싸움에서 얻어내는 의미로 규정된다. 불행히도 이 격언이 등대에서는 유효하지 않다.

1월 14일

밤. 다른 날과 달리 구름 한 점 없다. 별과 유성이 보이는 밤하늘은 환상적이었다. 너무 감동적이라 눈물까지 난다. 위도와 별의 위치에 대해 생각했다. 하지만 유럽에서 너무 멀리 떨어져 있기 때문에 별자리의 위치가 바뀌어 알 수가 없다. 무질서는 없다. 그것은 인정해야 한다. 무질서는 다만 새로운 질서와 위치를 파악할 수 있는 능력이 우리에게 없기 때문에 존재할 따름이다. 우주는 무질서에 민감하지 않으나 우리는 민감하다.

1월 16일

아무 일 없다. 공격도 없다.

1월 17일

아무 일 없다.

1월 18일

아무 일도 없다. 괴물들은 어디 있을까?

1월 19일 ~ 1월 25일

남쪽의 여름은 소심하게 사라져버린다. 정말 순식간에 사라진다. 오늘 나비 한 마리를 보았다. 여기 등대에서. 나비는 우리의 괴로움과는 상관없이 제 마음대로 날아다녔다. 카포는 나비에게 특별한 관심은 없었지만 손바닥으로 때려잡으려고 했다. 그랬다면 범죄를 저지른 격이리라. 나는 안다. 추위가 다가오고 있고 이제 다시는 나비를 볼 수 없을 것이다. 하지만 카포 같은 사람과 그런 얘기를 하기란 불가능하다.

이런 일로 철학적이지는 않지만 더 불안한 생각을 하게 됐다. 여름에는 밤이 몹시 짧았다. 지금은 인정사정없이 겨울이 다가오고 있다. 어둠이 다가오고 있다는 말이다. 공격은 늘 밤에 일어나고, 어둠은 날이 갈수록 길어진다. 밤이 스무 시간 아니 그 이상 계속된다면 어떻게 될까?

1월 26일

섬이 좁기 때문에 사물들이 한눈에 보인다. 나는 섬 곳곳을 천 번도 넘게 샅샅이 살펴보았다. 우리는 등대의 각 부분이 어느 지방인 것처럼 말한다. 모든 구석마다 이름이 있고 모든 나무, 돌멩이마다 다 이름이 있다. 독특하게 생긴 나뭇가지에는 당장 이름이 붙여진다. 이렇게 이곳은 본질을 변화시킨다. 만약 누군가가 우리의 말을 듣는다면 아주 먼 곳의 얘기를 하는 줄 알 것이다. 하지만 여기에 존재하는 것들은 모두 한 걸음 내에 있다.

시간도 상대화된다. 거미줄에 걸린 물 한 방울이 땅에 떨어지는 데 몇 세기가 걸릴 수도 있다. 하지만 여기선 눈 한 번 깜박하고 나면 일주일이 지난다.

1월 27일

등대의 독특한 울림 때문에 에로틱한 신음 소리가 내게도 들려온다. 바티스는 대개 발코니에서 내가 방으로 돌아가고 그가 자기 방으로 돌아가는 밤의 마지막 시간을 선택한다. 그는 그 짓을 두 시간, 세 시간 아니 네 시간까지 계속할 수 있다. 그의 신음 소리는 기계처럼 규칙적으로 들린다. 사막을 가로지르는 목마른 사내가 단조로운 고통을 내지르듯 신음한다. 이따금 나는 그 짧은 리듬이 며칠이고 계속될 수도 있을 거라는 망상을 한다.

신기하게도 마스코트는 오르가슴을 여러 번 느낀다. 나는 그 영원한 흥분을, 점차 정도가 더해졌다가 절정에 도달해서 끝이 나는 그 경련을 따라갈 수 있다. 1분 30초마다 화산이 폭발하듯 길고 긴 흥분이 터져 나오고, 쾌락은 20초 동안 지속된다. 그리고 쇠잔하는 게 아니라 다시 시작된다. 무심한 바티스는 한 번 그리고 두 번, 쾌락이 욕설과 함께 소멸될 때까지 마스코트를 공격한다.

1월 28일

우리의 식단에는 게 요리도 포함되어 있다. 유럽에서는 아무도 게를 먹지 않는다. 게는 껍질이 몹시 두꺼운 데다 기름이 많고 살은 별로 없다. 하지만 우리는 개의치 않는다. 뾰족한 수가 없지 않은가. 처음에는 순진하게도 해변의 암초 사이를 껑충껑충 뛰어다니며 게를 잡았다. 게들은 바위 틈새로 몸을 숨기며 나를 따돌렸다. 파도가 소리 없이 바위의 오목한 곳에 부딪치면 거품이 나를 적셨다. 이것은 재미있다기보다는 위험한 일이었다. 나는 단지 식량 확보에 도움을 주고 싶었을 뿐이다. 하지만 시간이 흐르자 차가운 바닷물에 손이 곱았다. 그렇게 많이 욕설을 내뱉기는 참으로 오랜만이었다. 바티스가 그곳을 지나다가 내게 말했다.

"절름발이 염소 같소, 형씨."

그는 도끼를 어깨에 메고 숲으로 향했다. 마스코트가 그의 뒤를 따라갔다. 그는 혀를 차며 마스코트에게 명령했다. 마스코트는 뱀처럼 돌 사이를 미끄러지며 아주 쉽게 게를 잡았다. 돌에 단단히 붙어 있는 홍합도 가볍게 떼어냈다. 끌과 망치가 없어 감히 잡을 엄두도 못 냈던 것이다. 마스코트는 손톱만으로 충분했다. 나는 그저 바구니만 들고 있으면 됐다. 마스코트는 가끔 게를 바구니 속으로 던지기 전에 다리 하나를 떼어 통째로 먹어치웠다.

내가 유일하게 등대 식량에 기여한 것은 숲에서 발견한 버섯이었다. 홍합이 바위에 들러붙어 있듯이 버섯은 나무껍질에 들러붙어 있었다. 버섯을 따는 데는 칼이 필요했다. 영양은 별로 없을 것 같았지만 그래도 버섯을 땄다. 또 숲에서 사는 식물의 뿌리를 뽑아다가 짓이겨 비타민이 풍부한 즙을 짜냈다.

바티스는 늘 말이 없고 생각에 잠겨 있었으므로 그와 나눴던 대화를 여기에 다시 쓰지 않을 수 없다.

"그게 독초가 아니라는 걸 어떻게 아시오?" 짓이긴 뿌리에 진을 넣고 섞은 다음 짜낸 시럽을 불안한 눈초리로 바라보던 그가 물었다.

"사람처럼 풀도 좋고 나쁜 게 없어요. 서로 다를 뿐이죠." 그것을 한 모금 마시며 대답했다. "우리가 아는 풀이냐 모르는 풀이냐일 뿐입니다."

"세상에는 아주 나쁜 사람들이 득실득실하지. 인간이 선하다는 건 순진한 사람이나 믿을 거요."

"인간의 타고난 품성, 그러니까 사람이 원래부터 착하다든지 아니면 나쁘다든지 하는 말들은 다 무의미합니다. 그가 속한 사회가 좋은가 나쁜가의 문제지요. 인간에 대한 평가는 성격과는 무관한 겁니다. 가령 두 명의 조난자가 있다고 쳐요. 둘 다 성격이 못된 사람이라고 해봅시다. 두 사람이 따로 있으면 서로 굉장히 싫어해요.
그런데 일단 같이 있게 되면 살기 좋은 곳을 만들려고 서로 힘을
합칠 수밖에 없어요. 그들의 개인적인 결점이 무슨 상관있겠어요?"

그가 내 말에 귀를 기울이고 있는지 알 수 없었다. 그는 시럽을
한 모금 마시고 나서 말했다.

"우리 오스트리아엔 슈냅스라고 하는 네덜란드 진이 있지. 난 그
게 진짜 진보다 더 좋소."

우리는 낚시도 했다. 내가 섬에 오기 훨씬 전에 바티스는 이미
남쪽 해안의 작은 돌섬을 완벽한 낚시터로 만들어놓았다. 그런데
문제는 물고기가 없는 것이 아니라 너무 많다는 사실이었다. 이 위
도에 사는 물고기들은 멍청하기 짝이 없었다. 아니면 낚싯바늘을
본 적이 한 번도 없거나. 물고기들은 낚싯대를 통째로 끌고 갈 만
큼 힘이 셌다. 이를 막으려고 바티스는 다리 사이에 말뚝처럼 낚싯
대를 단단히 끼웠다. 그는 튼튼한 낚싯대와 닭다리처럼 낚싯바늘을
고안했다. 그런데 자주 낚싯대를 잃어버렸다. 낚시를 한 다음 날이
면 파도에 쓸려간 낚싯대가 저만치서 둥둥 떠다녔다. 이럴 땐 공연
히 부아가 났다. 어쨌든 섬에선 자급자족이 가능했다. 내가 가져온
식량은 우리 식단의 부족함을 채워주고 풍성하게 해주었지만 그렇
다고 그것에만 의존하지 않았다.

1월 29일

일상적인 나의 하루: 동이 트면 발코니에서 보초 서는 일을 그만
두고 내 방으로 돌아온다. 총을 던져놓고 매트리스에 눕는다. 옷을
입은 채 누울 때도 많다. 석유램프처럼 의식이 가물가물하다. 몸이

요구하는 만큼 잠을 잔다. 등대로 이사 온 후부터 꿈이 생각나지 않는다.

정오쯤 아니면 그보다 조금 더 늦게 일어난다. 죄수들처럼 양철 식판에 아침식사를 한다. 날씨가 너무 좋아 식판을 들고 밖으로 나갔다가 다시 안으로 들어온다. 화장실에 가는 것은 가장 즐거운 일이다. 정기적으로 관찰한 것에 따르면 내 머리카락, 특히 목덜미의 머리카락 색이 완전히 변했다. 처음 며칠 동안 겪었던 공포 때문에 머리카락이 완전히 잿빛으로 변했는데, 그냥 그 상태로 굳어진 것이다. 그다음에는 옷을 입는다. 투박한 바지를 자주 입는다. 거친 일을 하기에 안성맞춤이다. 셔츠 위에는 목까지 올라오는 바다색 스웨터를 입는다. 처음 며칠은 허리까지 내려오는 카키색 재킷을 입었다. 깊은 안주머니가 두 개 달려 있는 재킷이었는데, 그 주머니에는 사탕처럼 탄알을 넣어두었다. 이 옷은 원래 영국군의 방수복이었다. 나중에 바티스가 가르쳐주어서 알았다. 누군가가 등대 구석에 던져놓고 간 옷이다. 군대 창고 물품이나 비품에 들어 있던 것일지도 모른다. 무척 쓸모 있는 재킷이었지만 그게 뭐라는 것을 알고 난 뒤 나는 그것을 바다 멀리 던져버렸다. 바티스는 노발대발 했다.

비가 와도 일주일에 두 번은 운동을 한다. 내겐 습관적인 일이다. 이곳엔 이발소가 없기 때문에 나는 중세 시동처럼 머리를 잘랐다. 면도는 자신 있다. 깨끗하게 면도한 얼굴이 좋은 이유가 뭘까? 위생 때문에? 그래야 매일매일 나를 단련할 수 있으니까? 그건 아닌 것 같다. 야만과 문명은 면도를 말끔히 하는 일처럼 아주 사소한 것으로 구분된다. 나는 바티스의 덥수룩한 수염만 보면 질겁한다.

그는 수염에 별로 신경을 쓰지 않는다. '면도는 질색이오'라고 할 것이다. 가장 참을 수 없는 것은 그가 밖에서 등대 벽에 등을 기대고 앉아 일광욕을 할 때다. 그가 악어처럼 꼼짝하지 않고 앉아 있는 동안 마스코트는 그의 수염을 들쑤신다. 어느 날 그 행동이 수염 속에 있는 이를 잡아먹기 위한 것임을 알게 됐다.

화장실에서 나오면 바티스와 같이 잡일을 한다. 장작을 주워 오는데, 그것을 말리는 데는 시간이 걸린다. 언제 사용할지 알 수 없지만 일단 등대의 피난처에 장작을 쌓는다. 어쩌면 소용없는 일일지도 모르지만, 그 일을 할 때는 미래에 대한 희망이 생긴다. 또 매달아놓은 깡통을 수리하고, 녹슨 못을 찾고, 병을 깨어 유리 조각을 만든다. 돌멩이 틈새의 방어를 강화하기 위해서다. 이곳 등대에 살아본 적이 없는 사람은 못과 못, 혹은 유리와 유리 사이의 1센티미터 공간이 주는 강박관념을 결코 이해할 수 없을 것이다. 또 말뚝을 새로 만들고, 남은 탄알을 세고, 식량을 분류해놓는다. 대체로 바티스는 내가 제안하는 계획에 반대하지 않는다. 탄약통의 바닥을 별 모양으로 절개해 날카로운 파편처럼 만든다든지, 등대 주변 화강암 언덕에 끝이 뾰족한 한 뼘짜리 말뚝을 박는 일 등이 그것이다. 이렇게 하면 괴물들이 밤에 습격해오다가 발에 상처를 입을 것이다. 로마 군대의 전략을 본뜬 아이디어였다. 물론 그렇다고 괴물들의 접근을 아예 막을 수는 없다. 하지만 더 힘들게 할 수는 있다. 그랬다. 이 혁신적인 장치로 우리의 은신처는 훨씬 더 호젓한 곳이 되었다.

그리고 밤이 될 때까지 자유 시간을 누린다. '자유 시간'이라는 말이 이곳에서 어떤 의미를 지닐 수 있다면.

2월 1일

아름다운 노을이다. 수평선은 마치 무대장치인 듯 낮을 빨아들였다가 빛을 흡수하고 밤을 내보냈다. 거대한 붓이 하늘을 검은색으로 칠한 다음 작은 불똥을 그려 넣은 것 같았다. 이 작은 불똥은 별이다. 보초를 서고 있는데 부지런한 괴물 한 마리가 정탐하는 게 보였다. 유난히 몸집이 작은 괴물이었다. 워낙 민첩하게 숨었기 때문에 하마터면 못 볼 뻔했다. 그런데 괴물은 하필이면 내가 바티스를 죽이려고 했을 때 올라갔던 바로 그 나무에 있었다. 그래서 보게 된 것이다. 녀석은 올빼미처럼 나를 관찰했다. 나는 걸상에 앉아 담배를 피우다가 잠깐 담배를 난간에 내려놓고 침착하게 녀석을 겨냥했다. 녀석은 내 동작을 자신의 죽음과 연관시키지 못했다. 여전히 영문을 모른 채 나무에 앉아 나를 바라봤다. 녀석의 심장이 조준경에 들어왔다. 발사. 녀석의 몸뚱이가 낙엽처럼 떨어져 내리더니 시야에서 사라졌다. 땅바닥에 떨어지기 전, 무릎이 나뭇가지에 휘감겼다. 팔이 축 늘어졌다. 탄환은 괴물의 가슴을 관통했다.

바티스는 쓸데없이 총알을 낭비했다고 잔소리를 했다. 그런 말을 들으니 덫에 걸린 괴물을 바티스가 총으로 쏘던 일이 생각났다. 움직이지 못하는 무기력한 괴물들을 향해 총을 쏘는 것은 낭비가 아닌가? "아껴야지, 탄약은 목숨이야." 그가 말한다. 나는 탄약을 가져다가 쏘고 싶을 때 쏜다. 우리는 밤새도록 어린애들처럼 옥신각신 말싸움을 했다.

2월 2일

오늘은 괴물들이 밤새도록 우리를 공격하지 않았다. 어둠 속에서 괴성만 질러댔다. 너무 이상했다. 바티스와 유럽에서 있었던 옛 이야기를 하려고 했지만 결국 하지 못했다.

이 사내와는 도저히 동지가 될 수 없다. 말을 하지 않으려는 것도 아니고, 무언가를 숨기는 것도 아니다. 하지만 평범하고 일상적인 대화에 그는 관심이 없다. 내가 얘기하면 그저 고개만 끄덕인다. 그에 대해 뭔가를 물으면, 등대를 에워싼 어둠에만 신경을 곤두세운 채 단조로운 대답만 한다. 결국은 내가 포기하고 만다. 같은 공간에서 잠을 자면서 각자 잠꼬대를 하는 두 사람을 상상해본다. 이것이 바로 우리의 대화다.

2월 5일 ~ 2월 20일

아무 일도 없다. 이 아무 일도 없다는 것에는 마스코트가 노래를 하지 않는 것도 포함된다. 아주 좋은 일이다. 내가 마스코트와 마주치는 일은 거의 없다. 마스코트는 바티스와 사통을 하거나, 아주 단순한 일을 하거나, 아니면 나를 피한다.

두들겨 맞은 개가 때린 사람을 기억하듯 마스코트는 우리가 처음 만났던 때를 기억하고 있다. 등대 밖에서 어쩔 수 없이 나와 함께 걸어야 할 때는 참새처럼 거리를 유지하며 앞장서 걷는다.

이따금 마스코트를 보고 있으면 소름이 돋는다. 잠깐 관찰한 것이지만 그는 네발을 손과 같이 자유로이 쓰고, 스스로 체온을 조절하고, 색맹이며, 성미가 까다롭고, 심약하다. 하지만 모습은 유인원과 몹시 흡사하고 몸가짐도 사람 같아 걸핏하면 말을 걸고 싶은 유혹에 빠진다. 마스코트에게는 인간의 이성이 없다. 그는 우리를 보지도 않고, 우리 말을 듣지도 않는다. 그는 저 혼자만의 세계에 산다. 이것이 마스코트와 바티스의 공통점이다.

2월 22일

바티스가 술에 취했다. 그가 술에 취하는 일은 아주 드물다. 오늘 그는 한 손에는 진 병을, 다른 한 손에는 라이플을 들고 술을 마셨다. 그는 등대가 서 있는 화강암 언덕 위에서 줄루족 사람[8]처럼 춤을 추었다. 그러다가 숲으로 사라져 늦게까지 돌아오지 않았다. 그가 없는 틈을 타 나는 싫다고 저항하는 마스코트를 붙잡고 구석으로 끌고 갔다. 마스코트는 단지 내가 그의 머리를 만져보고 싶어 한다는 것을 이해하지 못하고 겁을 냈다.

두개골은 완벽하다. 털이 없이 매끈하다는 뜻이다. 파인 곳도 튀어나온 곳도 없이 완벽하게 둥근 아치 모양. 이래서 심해의 수압을 견디는 걸까? 선천적인 범죄자들처럼 유난히 함몰된 곳도 없고 조숙한 천재처럼 유난히 튀어나온 곳도 없다. 두정엽과 후두엽은 특별히 발달하지 않았다. 이걸 보면 정신과 의사들이 놀랄 것이다. 몸은 슬라브족 여자보다 조금 작고 성기는 염소의 그것보다 약간 더 크다. 뺨을 잡고 억지로 입을 벌리게 했다. 편도선이 없는 대신에 입천장이 하나 더 있다. 아마도 물이 들어오는 것을 막아주는 역할을 하는 듯하다. 후각이 없어 냄새는 맡지 못한다. 반면에 청각은 개보다 더 예민해서 내가 들을 수 없는 소리까지 듣는다. 이따금 그는 무언가에 사로잡혀 꿈꾸는 듯한 상태에 빠질 때가 있다. 무슨 소리를 듣는 것일까? 짐작이 가지 않는다. 손가락과 발가락 사이에

---

8 남아프리카공화국 동부에 사는 부족

는 가로로 얇은 피막이 덮여 있는데 이 막은 암컷이 수컷보다 더 작다. 처음 두 손가락은 인간으로서는 상상할 수 없을 만큼 넓게 벌릴 수 있다. 이런 유연성이 물속에서 헤엄칠 때 추진력을 더해주는 것이리라. 마스코트의 옷을 벗길 때는 따귀를 때릴 수밖에 없었다. 완강히 반항했기 때문이다. 그의 몸은 훌륭한 조각품이다. 유럽의 젊은 여자들이 마스코트의 실루엣을 보게 된다면 아마 기절할 것이다.

기상관의 시각으로 볼 때 이 섬은 난류가 흐르는 특정 해양대에 위치하고 있는 것이 분명하다. 여러 증거가 이를 뒷받침한다. 씨방상위의 식물군이 발달해 있는 것 하며, 벌써 내렸어야 할 첫눈이 늦게 내리는 것 하며, 이런 짐승들이 살고 있는 것까지. 만약 이 괴물들이 전 세계 바다에 서식한다면 인류는 이들에 대해 전설 이상의 역사적인 기록을 갖게 될 것이다. 극지에 사는 물고기들의 핏속에는 부동액이 들어 있다는 글을 어디선가 읽은 적이 있다. 이 괴물의 경우가 그렇다. 괴물의 피가 파란색인 이유는 아마 그래서일 것이다. 그게 아니라면 차가운 바다에 사는 이 복잡한 개체가 지방층을 축적하고 있지 않은 이유를 어떻게 설명할 수 있을까? 대리석 조각 같은 근육질의 매끄러운 피부와 도롱뇽처럼 푸르스름한 광택. 젖꼭지는 단추처럼 까맣고 작다. 젖가슴에 연필을 올려놓았더니 도르르 굴러 떨어진다. 젖가슴은 마치 눈에 보이지 않는 실을 위로 잡아당긴 것처럼 솟아 있다. 뉴턴이 이런 가슴으로 실험을 했다면 자신의 이론을 정립하는 데 꽤나 애를 먹었으리라. 여기서 프랑스 사람들이 하는 얘기를 언급하지 않을 수 없다. 그들은 샴페인잔에 쏙 들어가는 가슴이 완벽한 젖가슴이라고 말한다. 온몸의 근육은 건강과 활력이 넘친다. 코르셋은 필요 없다. 무용수의 허리와 편평한 배. 섬의 화강암보다 더 탄탄한 엉덩이. 얼굴 피부도 마찬가지다. 사람의 피부는 얼굴의 피부 조직이 나머지 몸의 피부 조직과 다르다. 마스코트의 경우는 아주 얇은 막이 모공을 덮고 있다. 겨드랑이, 두개골, 치골엔 털이 난 흔적조차 없다. 허벅다리는 늘씬하기 그지없다. 어떤 조각가도 만들어낼 수 없을 만큼 매끈하게 허리와 조화를 이룬다. 얼굴은 이집트 여자를 닮았다. 둥근 두개골, 사슴 같은 눈망울과 대조를 이루는 코는 끝부분으로 갈수록 점점 작아진다. 이마는 로마의 흉상도 따라올 수 없을 정도로 부드러운 경사를 이루며 반듯하게 올라가 있다. 목은 르네상스 화가의 그림에 등장하는 처녀의 목덜미를 떠올리게 한다.

나는 마스코트를 어두운 구석으로 데리고 갔다. 마스코트는 두려움에 떨고 있었다. 하긴 수의사가 하는 일을 소가 어떻게 이해하겠는가. 촛불을 켜서 마스코트의 눈에 갖다 대고 번갈아가며 양쪽 눈을 검사했다. 동공은 빛이 많아지자 축소되면서 고양이 눈동자처럼 가늘고 긴 구멍으로 변했다. 전율이 온몸을 휘감았다. 눈동자는 새파란 거울 같았다. 달걀보다 더 둥글었고, 호박琥珀보다 더 반짝거렸으며, 수은의 밀도로 투명했다. 그 눈동자에 비친 내 자신을 보았다. 더 이상 들여다볼 수 없었다. 그 후로도 괴물의 눈동자에 비친 나를 볼 때면 현기증을 느꼈다. 이건 겪어본 사람이 아니면 도저히 알 수 없으리라.

마스코트를 관찰하면서 거리를 유지한다는 것은 불가능하다. 괴물을 손으로 만지면 나도 모르게 빨려 들어간다. 그의 뺨에 손바닥을 대보고는 정전기를 느낀 것처럼 깜짝 놀라 손을 뗐다. 인간의 가장 원시적인 본능 가운데 하나는 온기에 닿았을 때의 반응이다. 살아 있는 생명체 중에 차가운 육체란 없다. 그러나 괴물의 체온은 손이 저릴 정도다. 시체의 냉기를 떠올리게 한다. 이미 생명이 떠난 몸의 냉기를.

2월 25일

괴물들이 다시 나타났다. 이번에는 아주 많다. 우리가 하루에 할당한 탄알은 여섯 발인데 벌써 여덟 발이나 썼다.

2월 26일

바티스와 내가 합쳐서 열아홉 발의 탄알을 썼다.

2월 27일

서른세 발.

2월 28일

서른여섯 발.

3월 1일 ~ 3월 16일

목숨을 걸고 싸우느라 너무 정신이 없어서 일기를 쓸 여유도 없다. 글로 쓸 수 있는 것은 기억할 가치조차 없다.

3월 18일

공격이 약간 주춤했다. 한동안 나는 숲에서 등대와 발코니를 바라봤다. 바티스는 내 행동에 마음이 쓰였는지 아무 말도 없이 관찰에 동참했다. 그가 내 곁에 서자 어깨가 서로 스쳤다. 내 호기심을 자극하는 것이 하나 있었다. 괴물의 시각에서 등대를 바라보는 것. 오리무중인 괴물의 머릿속으로 들어가 그들이 나를 어떻게 보는지 생각해보는 것. 한참 만에 바티스가 말했다.

"방어에 허점이라곤 전혀 안 보이는군."

그리고 가버렸다.

3월 20일 ~ 3월 21일

괴물들이 공격을 멈추고 우리를 지켜보기만 했다. 처음엔 불안했다. 하지만 점점 흥미로워졌다. 그들은 보통 무조건 도망치는 습성이 있다. 대개 나무나 파도 사이에서 그들을 볼 수 있는데, 조명이 비추면 순식간에 몸을 감춘다.

요즘 밤이 길어지고 있다. 빛이 드는 시간은 이제 겨우 세 시간뿐이다. 나머지는 밤의 유산이다. 해는 동이 트기도 전에 작별 인사를 한다. 이런 공포를 어떻게 글로 표현할 수 있을까? 어떤 조건에서든 이 섬에 산다는 것은 무시무시하고 고통스러운 일이다. 우리를 에워싸고 있는 괴물들은 이해할 수 없는 존재다. 이상하게 들릴지 모르지만 공격과 공격 사이의 고요함이 오히려 더 두려울 때가 많다. 석유램프의 희미한 불빛 사이로 윙윙대는 바람 소리, 을씨년스러운 빗소리와 파도 소리를 들으며 우리는 새로운 날을 기다린다. 기다리고 또 기다린다. 동이 트기 전에, 죽음을 맞기 전에 과연 새로운 날이 올 것인지는 아무도 모른다. 바늘이 없는 시계처럼, 지옥이란 게 이렇게 단순한 것인지 정말 꿈에도 몰랐다.

3월의 마지막 날

바티스가 체스를 둘 줄 안다는 사실을 알게 됐다. 이 사소한 일로 이곳 생활에서 문명을 느낄 수 있었다. 세 게임에서 두 번 비기고 한 번 이겼다. 누가 이겼는지 굳이 따질 필요가 있을까?

4월 4일

정오. 체스를 두었다. 밤이 되자 괴물들은 연달아 여섯 번이나 떼를 지어 몰려왔다. 총신에서 불이 날 정도로 총을 쐈다. 그럴 수밖에 없었다. 바티스는 총알을 낭비한 것에 관해 아무 말도 하지 않았다.

4월 8일

바티스의 방어망을 뚫을 복잡한 포진을 구상했다. 바티스는 무척 노련하게 체스를 두었다. 그는 나를 속이고 하나씩 하나씩 내 말을 잡아먹었다. 바티스의 성격과 체스 스타일은 너무 비슷해서 굳이 따로 설명할 필요가 없을 정도다. 어느 곳을 봐도 바티스의 사고방식이 느껴진다.

괴물들은 불빛이 비치지 않는 어둠 속에서 비명을 질러댔다. 서로 싸우며 악다구니를 쓰는 것 같았다. 그러고 나서 느닷없이 우리를 공격해왔다. 그들은 우리가 미처 총을 쏘기도 전에 흩어졌다. 수수께끼다. 괴물들은 절대 논리적으로 움직이지 않는다. 이것이 바로 괴물들의 행동을 예측할 수 없는 이유다.

4월 10일 ~ 4월 22일

내가 이 섬에 온 이유에 대해 생각해봤다. 나는 무無의 평화를 추구했다. 그런데 침묵 대신 괴물들이 우글거리는 지옥을 만났다. 여기에서 어떤 새로운 의미를 발견해야 할까? 내 후견인이라면 어떻게 명쾌하게 해석할까? 그분 생각을 많이 했다. 나 자신에게 아무리 물어보고 또 물어봐도, 무시무시한 증거만 확인할 수 있을 뿐이다. 괴물들, 괴물들 그리고 더 많은 괴물들. 볼 것도 없고, 판단할 것도 없고, 생각할 것도 없다. 아무것도 없다.

4월 23일 ~ 4월 24일

차마 눈을 뜨고 볼 수 없는 끔찍한 육박전. 불을 뿜듯 총을 쏘아대자 잿빛 살점과 파란 피가 발코니 주변으로 흩어졌다. 괴물들이 이틀 밤 연속으로 높이 기어 올라온 탓에 우리는 발로 걷어차고 도끼로 내리치며 물리쳐야만 했다. 바티스는 더할 수 없이 야만적인 본성을 드러냈다. 괴물들이 근접해 팔과 다리로 말뚝 벽의 맨 꼭대기를 공격했을 때 바티스는 벼락같이 고함을 지르며 물러섰다. 나는 한 발짝 뒤에서 그를 엄호하며 계속 총을 쏘아댔다. 그는 한 손에 작살을, 다른 한 손에는 도끼를 들었다. 하나로 찌르고 다른 하나로 자른다. 미친 듯이 찌르고 자르면서 죽인다. 그의 사지는 살인 프로펠러다. 악마가 따로 없다. 성난 바이킹, 해적과 마찬가지다. 정말 무섭다. 그가 나의 적이 아니라는 게 천만다행이다. 이 모든 것은 실제 광경이다. 나는 지금 그 광경들을 직접 보고 있다. 하지만 환각을 보는 것 같다. 해가 뜨면 내 정신 건강이 심각하게 우려된다. 등대에서의 삶은 믿을 수 없다. 그건 가장 어처구니없는 서

사시다. 무의미하다.

일기를 훑어본다. 나를 엄습하는 절망감을 결코 글로 표현할 수 없다. 그 어떤 작품도 내가 글로 옮겨보려고 하는 재앙을 고스란히 담아내지 못하리라. 우리는 여기서 살아 나가지 못할 것이다. 첫눈을 볼 때까지도 버티지 못할 것이다.

5월 2일

바티스가 내게 고마워하고 있다는 것이 느껴진다. 설명도 없이, 살가운 말 한마디도 없이 그는 내 존재가 자신의 생존을 도와주고 있음을 깨달은 것 같다. 그는 요즘 우리가 받는 공격이 그가 이곳 등대에서 겪었던 모든 경험을 초월한다고 고백했다. 그 혼자서는 지옥의 정신병원에서 탈출한 듯한 이 거대한 무리에 대항할 수 없을 것이다. 아무리 바티스라고 해도.

하지만 이런 식으로 계속할 수는 없다. 언젠가 그들은 우리를 쓰러뜨릴 것이다.

5월 3일, 4일, 5일

바티스를 이해할 수 없다. 우리를 위협하는 위험과 변화무쌍한 그의 기분 사이에는 아주 큰 모순이 존재한다. 절망적인 밤을 보낼수록 낮 동안 더욱 행복해하는 그를 볼 수 있다. 전투에서 오는 도취감일까, 심연에 대한 동경일까. 그는 등대에서의 전투는 체스가 아니라는 것을, 하룻밤만 패해도 그것이 우리의 죽음을 의미한다는 것을 전혀 받아들이려고 하지 않는다.

5월 6일

밤. 바티스의 총알이 내 팔을 스치고 지나갔다. 총알은 옷을 찢고 피부에 상처를 냈다. 하지만 바티스는 나를 덮친 괴물을 향해 총을 쏜 것이다. 그에게 고마워하며 박수를 쳐줄 수밖에 없다.

5월 7일, 8일, 9일, 10일, 11일

어느 때보다 매서운 공격이었다. 괴물들은 말뚝이 촘촘하지 않은 등대 반대쪽 벽을 타고 올라와 머리 위에서 우리를 공격했다. 말 그대로 그들은 하늘에서 떨어져 내렸다. 우리는 하늘을 향해, 또 땅을 향해 번갈아 총을 쐈다. 요즘은 밤마다 스물다섯 발의 탄알을 쓴다. 괴물들의 수는 엄청나게 많았다. 그 어떤 악몽보다 끔찍했다.

바티스와 심한 말다툼을 했다. 그는 괴물들이 등대로 올라오지 못하게 막는 못과 유리 조각을 제대로 수리하지 않았다고 타박했다. 나는 그의 말을 강하게 부인했다. 지겨운 일이었지만 나는 바티스보다 두 배는 더 열심히 일했다. 우리는 서로 욕설을 퍼부었다. 나는 야만적이고 경박한 간음자라고 그를 욕했다. 그는 내게 주제넘게 남의 일에 참견하는 재수 없는 인간이라고 욕했다. 전에 나는 이런 말을 써본 적이 없다. 우리는 그 어느 때보다 깊은 수렁에 빠졌다.

5월 12일

괴물 한 마리가 바티스의 오른쪽 발을 잡고 늘어졌다. 나는 놈에게 즉각 총을 쐈지만, 놈은 떨어지며 바티스의 장화를 물어뜯었다.

바티스는 엄지발가락을 잃었다. 하지만 그는 신음도 안 내고 상처를 치료했다.

이런 식으로 계속할 수는 없다.

8

공격이 잦아지면서 우리 내부도 천천히, 하지만 분명히 삐걱대기 시작했다. 우리는 산소가 부족한 높은 산에 오르는 등반가들 같았다. 모든 일을 기계적인 동작으로 하고 있었다. 대화를 할 때도 이류 배우들이 타성에 붙어 지루한 대사를 낭송하듯 말했다. 이런 피곤함은 처음에 느꼈던 것과 아주 달랐다. 그것은 아득한 피로감이었다. 구체적이지도 절망적이지도 않지만 적나라한 피로감. 우리는 사형을 기다리는 사형수처럼 거의 말을 하지 않았다. 낮 동안 바티스는 뭔가 급히 필요할 때 하는 말 아니면 날이 어두워질 때를 알리는 '춤 로이히트투름'밖에 말하지 않았다.

이 시기의 내 일상은 단순했다. 잠에서 깨어 등대의 안전을 위한 조치를 취한다. 그 일이 끝나면 기계실로 향한다. 기계실은 등대에서 가장 높은 곳이어서 수평선 멀리까지 볼 수 있다. 혹시 길을 잃은 배라도 나타나지 않을까 하는 막연한 희망을 품고 바다를 뚫어지게 쳐다본다. 물론 그런 배는 없다. 원뿔 모양의 등대 천장에는 소박한 강철 풍향계가 달려 있다. 내가 있는 곳에서는 그것이 보이지 않는다. 단지 소리만 들릴 뿐이다. 그것은 번뇌에 가득 찬 가느다란 신음처럼 삐걱거린다. 그것이 어느 곳을 향하고 있는지는 중요하지 않다.

정오가 지나면 농밀한 붉은빛이 섬을 적시기 시작한다. 우울한

116

바다의 한가운데에 있는 이 섬이 더욱 초라하게 보이는 순간이다. 나무 꼭대기에 희미한 빛이 비친다. 섬에는 육체의 움직임에서 오는 열기뿐 아니라 인간의 활동에서 오는 온기도 부족하다. 새 한 마리조차 보이지 않는다. 날개를 펄럭대며 나를 즐겁게 해줄 새. 남쪽 해안에서 나무들이 바닷물에 입을 맞춘다. 열대 강의 기슭처럼 나뭇가지와 이파리들이 수면 위에 휘장을 드리운다. 서로 어울리지 않는 광경이다. 그 너머로는 내가 처음 머물렀던 사택이 보인다. 천 미터가 채 안 되는 거리다. 하지만 그 집과 나 사이는 한 시대나 떨어져 있는 것 같다. 지금은 고독에 젖어 그 집을 바라본다. 그 집은 알렉산드로스 대왕이 명령해도 복구가 불가능한 버려진 곳이다.

지금 나는 발코니에 있고, 내 밑에는 바티스가 있다. 그는 오락가락한다. 더 정확하게 말하면 항상 움직이고 있다. 나는 그가 처리하는 일의 양에 놀란다. 몸도 마음도 힘들지만 그는 늘 뭔가 할 일이 있다. 잠을 자고, 사통을 하고, 싸우고, 그리고 나머지 시간에는 라이플을 수리한다. 그는 아시아 사람처럼 못의 끝을 뾰족하게 만드는 일에 몇 시간이고 집중한다. 아니면 웃통을 벗고 눈을 감은 채 일광욕을 한다. 그가 입을 벌리면 정말 영락없는 악어다. 그 외의 일은 전혀 신경 쓰지 않는다. "우린 죽을 겁니다." 어느 날 내가 말했다. "그저 죽는 거지. 그게 전부야." 그도 체념한 어조였다. 때때로 그는 화강암 언덕에 앉아 아무것도 하지 않으며 그저 먼 곳을 응시한다. 그게 전부다. 무의미하기 때문에 오히려 의미가 있는 일이다. 그는 시간의 포박을 피하려는 듯 몽유병 환자 같은 시선으로 멍하니 세상을 바라본다. 바위에 앉아 먼 곳을 바라볼 때 그는 모든 것을 철저히 잊어버린다. 바위틈에서 사방으로 튀어나오도록

117

만든 위험한 작은 말뚝들마저 잊는다. 바위와 한 몸이 된 것 같은 그는 이교도의 토템처럼 보인다. 바티스는 영원한 죽음의 세계에 산다. 그리고 밤이 되면 단조로운 알람 소리를 낸다.

"춤 로이히트투름!"

◆◆◆

어느 날 우리의 냉담한 분위기가 깨졌다. 그날 바티스는 우연히 기계실에 올라왔다. 조명에 이상이 없는지 확인하기 위해서였다. 나는 포르투갈 배가 있는 쪽을 쳐다보고 있었고, 그는 기계를 점검했다. 어색한 분위기를 바꾸려고 그 배가 뭘 운반하고 있었는지 물었다.

"폭탄." 그가 대답했다. 그는 무릎을 꿇고 앉아 조명을 조작했다.

"정말이에요?" 나는 그저 맞장구를 치려고 별 관심 없이 물었다.

"다이너마이트. 밀수 다이너마이트." 그는 평소처럼 꼭 해야 할 말만 했다.

우리의 대화는 여기서 중단되었다. 나중에 그 이야기를 더 들을 수 있었다. 살아남은 선원이 말해주었다고 한다. 배에는 불법 다이너마이트가 실려 있었다. 다이너마이트는 남아프리카 광부들에게서 거의 공짜로 얻다시피 한 것으로 칠레나 아르헨티나에 엄청난 가격으로 되팔려던 물건이었다. 칠레나 아르헨티나에서 혁명을 진압하는 데 필요했던 것이다. 나는 등대 창고에서 잠수용품 세트를 본 기억이 났다. 그리고 거의 이틀이 지나서야 구체적인 구상을 세웠다. 생각만 해도 기분 좋은 일이었다. 그날 밤은 끔찍했다. 괴물들이 문으로 모여들었다. 바티스는 어둠을 향해 총을 쏘고 또 쏘았지만 소용이 없었다. 그는 내게 밑으로 내려가 문을 방어하라고 했다. 난 그의 명령에 따랐다. 계단을 내려가는 동안 악을 쓰며 울부짖는 괴물들의 소리가 거대한 오르간처럼 울려 퍼졌다. 하마터면 돌아설 뻔했지만 겨우 문까지 내려갔다. 견고했던 철판이 안으로 휘어졌고 나무 빗장이 반쯤 꺾여 있었다. 괴물들이 문을 밀 때마다 삐걱거렸다. 하지만 손을 쓸 수 없었다. 만약 놈들이 밀고 들어온다면 숫자에 밀려 잡아먹힐 것이다. 죽은 목숨이 될 것이다. 다행히 괴물들은 더 이상 들어오려 하지 않았다. 바티스가 많이 죽였거나 아니면 지쳐서 그냥 가버린 것일지도 모른다.

다음 날 바티스는 의논할 게 있다고 말했다. 중요한 얘기라고 했다. 궁금해서 견딜 수 없었다. 그런 제의는 바티스답지 않았다.

"점심 먹고 나서." 그가 말했다.

"점심 먹고 나서." 내가 확인했다. 그리고 그는 사라졌다. 숲의 어딘가로 들어가 깊은 생각에 빠져 몹시 심란해하고 있을 게 분명했다.

나는 등대를 에워싸고 있는 밧줄과 방울이 달린 나무틀을 손질했다. 이 일을 하는 동안 마스코트가 지나갔다. 마스코트는 바티스와 사통을 하고 난 다음 스웨터를 입지 않고 벌거벗은 채 등대 밖으로 나갔다. 그는 나를 못 보고 지나쳤다. 마스코트는 섬에서 가장 높고 날카로운 암초들이 모여 있는 좁은 모래톱으로 향했다. 하던 일이 지겨워진 나는 마스코트 뒤를 따라갔다.

물 위로 올라와 있는 암초들 사이를 뛰어넘으며 그곳으로 다가갔다. 암초가 빼곡했다. 물속에 잠겨 있는 거인의 입안을 들여다보는 듯했다. 파도가 쓸려갈 때마다 이따금 모래 잇몸과 돌멩이 치아가 드러났다. 파도와 바람에 휩싸인 암초 사이에는 작은 모래톱이 펼쳐져 있었다. 마스코트를 찾아냈다. 마스코트는 그곳에 도마뱀처럼 누워 있었다. 미동이 전혀 없어서 사납게 날뛰는 파도를 가로막고 있는 돌들과 구분이 되지 않았다. 이따금 파도가 바위 틈새로 밀려들어 마스코트의 몸을 적셨다. 마스코트는 갑각류처럼 파도에 무심했다. 그리고 파도를 모른 체하는 것처럼 나도 모른 체했다. 나는 두 뼘쯤 더 높은 바위에 자리를 잡고 앉았다. 내가 곁에 있다는 것을 그가 모를 리 없었다.

마스코트를 보고 있으니 바티스가 왜 육욕을 품었는지 이해할 것 같았다. 순수한 호기심이 발동했다. 마스코트도 그것을 감지한 것 같았으나 도망가지도 않고 겁내지도 않았다. 나는 마스코트의 등을 한 손으로 훑어 내렸다. 축축한 피부는 기름을 발라놓은 것처럼 미끄러웠다. 마스코트는 움직이지 않았다. 그런 접촉에 아무런 반응을 보이지 않자 내 안에서 이상한 호기심이 일었다. 파도가 밀려오면서 마스코트의 몸이 거품에 휩싸였다. 홑이불 같은 그 하얀 거품이 나를 자극했지만 동시에 수치스러움을 느끼게 했다. 나 자신에게 화가 나 뒤로 물러섰다. 알 수 없는 목소리가 욕설을 퍼붓는 것 같았다.

점심을 먹은 뒤 바티스가 먼저 내게 말을 걸어왔다. 우리는 산책을 구실로 등대 밖으로 나왔다. 우리의 대화는 유언에 가까웠다. 숲을 걸으며 그는 솔직히 패배를 인정하는 대신 짐짓 태연한 척하면서 상황을 이렇게 설명했다.

"떠나고 싶으면 떠나시오. 하긴 돛배가 한 척 있다는 건 모르고 있겠지. 내가 타고 온 배가 여기 그대로 있소. 기상관 사택 가까이에. 조금 북쪽이오. 풀이 무성해서 안 보이지. 가서 보지 않은 지가 아주 오래됐소만 괴물들이 망가뜨리지는 않았을 거요. 놈들은 인육에만 관심이 있으니까. 비상식량과 식수를 양껏 싣도록 하시오."

그는 잠깐 말을 멈추고 담배에 불을 붙였다. 그리고 두 팔로 기지개를 켠 다음 담배를 입에 물었다. 미래를 두려워하지 않는 태도를 보이려는 듯이.

"물론 소용없을 거요. 육지에 닿거나 배를 만난다는 건 하늘의 별 따기지. 굶주리거나 목말라서 죽겠지. 그것도 폭풍에 난파당하지 않고, 두꺼비 얼굴들에 잡아먹히지 않는다면. 그래도 난 당신의 선택권까지 뺏고 싶지는 않소."

나도 대답 대신 담배에 불을 붙이고 허수아비처럼 바티스 앞에 섰다. 다른 날보다 훨씬 더 추웠다. 입김이 담배 연기와 뒤섞였다. 바티스는 내가 아주 중요한 말을 하려고 한다는 것을 알아차렸지만, 어느 방향으로 이야기를 끌고 나갈 것인지는 짐작하지 못했다.

"우리는 더 큰 위험을 각오해야 합니다." 내가 말문을 열었다. "이미 모든 것을 다 잃었어요. 괴물들이 계속해서 문을 공격한다면 막을 방법이 없습니다. 잠수복 세트와 공기 펌프가 있는 걸 봤는데, 그걸 배에 싣고 포르투갈 배가 있는 곳까지 갈 순 없을까요?"

바티스는 내 말뜻을 이해하지 못해 이맛살을 찌푸렸다.

"다이너마이트, 다이너마이트." 나는 담배를 든 손으로 배가 있는 쪽을 가리켰다.

바티스는 온몸이 굳어졌다. 부동자세를 취한 군인처럼.

"돛배를 타고 배가 난파한 암초까지 가자, 잠수복을 입고 밑으로 내려가서 다이너마이트를 가져오자, 내 도움을 받아 두꺼비 얼

굴들이 사는 해저까지 내려가서 놈들 코앞에서 폭탄을 꺼내 오자,
그거요?"

"바로 그거예요."

그는 목덜미를 긁적거리며 나를 쳐다보았다. 그의 눈썹이 거꾸로
된 V자를 그렸다. 그는 연민과 무관심이 반반씩 섞인 표정으로 나
를 물끄러미 쳐다보았다.

"카포 씨, 그렇게 위험한 일만은 아닙니다. 괴물들은 다른 포식동
물처럼 밤에만 우리를 공격하잖아요. 낮에는 쉬고 있다는 뜻이죠.
시간만 잘 선택하면 충분히 폭탄을 꺼내 올 수 있어요. 또 놈들이
어디 사는지 어떻게 알아요? 놈들의 소굴이 해변에서 100킬로미터
떨어진 섬의 반대쪽에 있는지도 모르잖아요? 당신이 말한 것처럼
배에는 괴물들이 좋아할 만한 게 아무것도 없으니 놈들이 배에 다
가올 이유도 전혀 없어요."

그는 멍한 표정으로 고개를 가로저었다. 그래도 나는 포기하지
않았다.

"손해날 게 없잖아요? 사실 우리는 입만 살아 있는 죽은 목숨들
이에요. 그 이상도 그 이하도 아니라고요. 막다른 길에 몰렸다고 당
신 스스로 말했잖아요, 바티스." 내가 매달렸다. "아일랜드 얘기 하
나만 할게요. 영국 경찰관이 한 청년을 붙잡으려고 했어요. 청년은
저항군의 한 부대장이었는데 미행을 당하고 있었지요. 어느 날 밤,
경찰관은 하루 종일 심문한 끝에 그를 체포할 단서를 얻었어요. 퇴
근길에는 다음 날 그 청년을 잡을 생각에 기분이 좋았죠."

"그래서?" 바티스가 조심스럽게 관심을 보였다.

"청년의 친구들이 그 경찰관 집의 부엌에서 그를 기다리고 있었

대요."

"그럼 이번에는 독일 얘기 하나 들어보시오." 바티스가 목청을
높였다. "옛날에 한 불쌍한 소년이 있었소. 가난한 농부의 집에 사
는 소년이었지. 그 친구는 나무 위에도 숨고 가구 밑에도 숨었는데,
숨은 곳에서 나오면 위에서 내려와도 매를 맞았고 밑에서 나와도
맞았다오. 끝."

"도와줘요. 공기 펌프를 작동해주고 폭탄 상자를 올려줄 사람이
필요해요. 나 혼자서는 할 수 없어요."

그때까지 그는 장애인이나 노망난 노인을 대할 때처럼 인내심을
가지고 내 말을 들어주었다. 하지만 계속 내가 고집을 부리자 등을
돌렸다. "잠깐만요!" 내가 그의 소맷자락을 잡았다. 그는 과격하게
나를 뿌리치며 괴테조차 쓴 적이 없는 지독한 욕설을 몇 마디 퍼
부었다. 그리고 혼자 중얼거리며 가버렸다. 거리를 두고 그를 뒤쫓
았다. 등대에 도착한 그는 아예 나를 무시한 채 망가진 문을 수리
하는 일에만 매달렸다. 하지만 나는 끈질기게 설득했다. "체스의 말
을 생각해봐요, 바티스." 내가 말했다. "루크가 없으면 킹은 아무것
도 아니에요." 나는 고해성사를 하듯 그의 귀에 바짝 대고 말했다.

"100마리를 죽일 수 있어요. 폭탄 하나에 200마리, 300마리의
괴물을 죽일 수 있을 겁니다. 바티스, 그러면 괴물들에겐 결코 잊지
못할 교훈을 주는 거고 우린 목숨을 구하는 거라고요. 당신한테
달렸어요."

쇠귀에 경 읽기였다. 어쨌든 그에게 내 의견을 밝혔고 생각할 시
간을 주는 것이 좋을 듯했다. 물론 내 제안이 말도 안 된다는 것
은 나도 잘 알고 있었다. 그러나 다른 선택은 최악이었다. 배를 타

고 떠나라고? 어디로? 견디라고? 언제까지? 카포는 남의 말이라고
는 듣지 않는 완고한 고참병처럼 현 상황을 바라보았다. 반면에 나
는 카지노에서 마지막 남은 돈을 모두 건 사람처럼 필사적이었다.

나는 장비 몇 가지와 얼어붙은 걸레 몇 장, 역청이 든 깡통, 빈
자루 등을 챙겼다. 돛배가 있는 곳까지 가서 상태를 확인하고, 여
차하면 벌어진 틈을 메울 작정이었다. 그다음에는 기상관의 사택에
들러 못과 경첩을 가져올 참이었다. 아주 요긴하게 쓰일 물건들이
다. 무게가 제법 나갔다. 가는 길에 마스코트와 마주쳤다. 나는 마
스코트에게 일부를 들게 하고 거칠게 등을 떠밀어 앞장세웠다.

바티스가 말한 그곳에 정말 배가 있었다. 그곳은 작은 후미였다.
피부병처럼 들러붙은 이끼와 나무들이 배를 교묘히 가리고 있었
다. 배의 내부는 물이 고여 웅덩이처럼 보였다. 대충 살펴보니 새어
들어온 물이 아니라 빗물이 고인 것이었다. 배에 얇게 긴 이끼가 타
르와 같은 막을 형성해 나무가 썩는 것을 막아주고 있었다. 고인
물을 퍼내고 숲이 우거진 해안으로 배를 끌고 가는 데는 별로 시
간이 걸리지 않았다.

모험을 감행하기 위해 필요한 모든 것을 손에 넣은 셈이었다. 바
티스가 같이 가주기만 한다면, 용감한 자살 행위에 동참해주기만
한다면. 그것이 관건이었다. 나는 이미 결정을 내렸다. 그러고 나니
평소와 달리 마음이 차분했다.

말굽 모양의 후미는 작은 헛간 정도의 넓이였다. 수평선은 구름
에 덮여 바다가 거의 보이지 않았다. 살아 오지 못하리라. 하지만
내가 선택한 죽음을 맞으리라. 나는 해변에서 한참 동안 손톱만 열
심히 닦았다. 옛날 생각이 났다.

삶은 대단한 것이 아니다. 하지만 세상을 돌아다니다 보면 이 덧없는 여행에 대해 골똘히 생각하게 된다. 어린 시절의 기억과 문명사회에서의 마지막 기억들이 떠올랐다. 맨 먼저 떠오른 것은 어떤 항구였다. 세 살 아니 그보다 더 어렸을지도 모른다. 나는 블랙손에서 몇 십 명의 아이들과 함께 의자에 앉아 있었다. 창문 밖으로 세상에서 가장 흐린 잿빛 항구가 희미하게 보였다. 마지막 기억도 항구에 관한 것이었다. 유럽에서 이 섬까지 나를 태워다준 배의 후미에서 본 항구였다. 정말이지 삶은 대단한 것이 아니다.

마스코트는 이끼 위에 앉아 있었다. 다리를 꼬고 두 손으로 발목을 잡은 채 어깨는 참나무에 기댔다. 마스코트는 존재하지 않는 무한한 공간을 바라보는 듯했다. 너무나 자연스럽고 완벽한 자세여서 몸에 걸친 누더기가 눈에 거슬렸다. 마스코트의 스웨터를 벗기는 순간 나는 내가 원하는 것을 알았다. 나는 곧 죽을 것이고, 죽음을 앞둔 자의 양심은 길거리의 먼지만도 못한 것이다. 나는 분명히 죽을 것이다. 마스코트는 여자와 흡사한 인형이었다. 나는 사멸을 앞두고 있었다. 날이면 날마다, 달이면 달마다 그 육체의 신음 소리를 들었던 나는 도덕적 가책에 이미 무감각해져 있었다.

꿈에도 생각지 못했던 결과였다. 나는 짧고, 더럽고, 거친 성교를 기대했다. 그런데 내가 들어간 곳은 오아시스였다. 처음에는 얼음처럼 차가운 피부의 냉기 때문에 몸을 떨었다. 하지만 몸과 몸의 접촉은 우리의 체온을 차갑고 뜨겁다는 개념이 아무런 의미가 없는 낯선 지점으로 몰고 갔다. 그의 몸은 아편을 내뿜는 살아 있는 스펀지였다. 내 인간성은 흔적도 없이 사라져버렸다. '오, 맙소사, 맙소사!' 요조숙녀든 술집 여자든, 이 세상 모든 여자들은 아직 궁궐

한번 가본 적이 없는 시녀였고 아직 탄생하지도 않은 길드의 도제였다. 그 접촉이 신비의 문을 열었던가? 아니다. 정반대였다. 어떤 자가 그것과, 이름도 없는 그 마스코트와 사통을 했다. 그러자 괴상한 진리가 드러났다. 유럽은 영원히 거세된 상태에서 살고 있었다! 그러나 그것을 자각하지 못하고 있었다. 마스코트의 몸짓은 전혀 거침이 없었다. 사랑의 기술 따위는 없었다. 그저 온몸을 내던지며 교접할 뿐이었다. 그 순간에는 부드러움도 달콤함도, 원한도 고통도 없었다. 매춘부를 사는 돈도, 연인에게 바치는 선물도 필요 없었다. 그 행위는 육체를 원초적이고 기본적인 차원으로 축소시켰다. 난폭하게 행동할수록 마스코트는 더 큰 쾌락을 느끼는 듯했다. 나는 그 전까지 알지 못했던 육체적 쾌락의 절정을 느꼈다.

세상 어느 곳에서나 내 나이의 사내라면 사랑도 할 만큼 했고, 증오도 할 만큼 했을 것이다. 가슴 아픈 날도 살았고 아름다운 순간도 살았을 것이다. 불운이나 형제애, 적대감도 체험했으리라. 성공과 실패도 겪어봤으리라. 그러나 바로 저기 저 등대에서 나는 심연과 고뇌의 가장 처참한 모습을 보았다. 모든 남자들에게 언제나 가장 극단적인 열정을 체험하는 기회가 주어지는 것은 아니다. 수백만의 남자들은 멀든 가깝든 이 세상 어딘가에 분명히 그런 욕망이 존재한다고 믿으며 평생 그것을 갈구하며 살아간다. 하지만 결국 그들은 이토록 자연스럽고 단순한 마스코트의 능력을 모른 채 살다 죽을 것이다. 내 몸은 부르주아가 자본을 축적하듯 쾌락을 얻었다. 마스코트는 내 몸을 새롭게 일깨워주었다. 나 자신과 쾌락을 완전히 분리해 욕망 자체가 별개의 생물체처럼 살아 있도록 해주었다. 절정의 순간에 나는 쾌락 이상의 엑스터시를, 인간이 체험할 수 있는 극치를 맛봤다.

그런 쾌락이라도 끝이 있게 마련이다. 나는 눈을 깜박이며 천천히 나 자신에게 돌아왔다. 그렇게 하면 정상적인 상태로 더 빨리 돌아올 것처럼. 주변의 온도와 냄새, 색깔에 적응하는 데 몇 분이 걸렸다. 마스코트는 꼼짝하지 않고 이끼 위에 누워 있었다. 하늘을 바라보며 나른하게 기지개를 폈다. '어디가 잘못된 걸까?' 나는 질문의 의미도, 이유도 모르는 채 자문했다. 다시 나 자신으로 돌아오자 우스꽝스럽다는 느낌이 들었다. 어리석게도 걷잡을 수 없는 수치심이 밀려왔다. 어떻게 처리해야 할지 모르는 감정이었다. 마스코트는 고양이처럼 사지를 뻗으며 기지개를 켰다. 나는 내 물건을 주워 들고 등대로 향했다. 마스코트는 멀찍이 거리를 두고 나를 따라왔다. 마스코트를 증오하고 싶었다.

등대에 도착하자 바티스의 태도가 달라져 있었다. 늘 그랬던 것처럼 신중한 그는 쉽사리 속내를 털어놓지 않았다. 자존심이 강한 사내였으므로 자신이 반대했던 생각을 다시 받아들이기가 어려웠을 것이다. 그가 내게 다가와 말을 붙이려고 한다면 그것은 오직 한 가지 의도였다. 다이너마이트에 대한 얘기를 다시 하려는 것이다. 나는 아직 달떠 있는 상태였으므로 한참 동안 그를 모른 척했다. 이윽고 내가 입을 열었다.

"당신이 해준 그 독일 이야기와 아주 비슷한 아일랜드 얘기가 있어요. 어떤 아일랜드 사람이 어두컴컴한 방에 있었답니다. 손을 더듬거리며 석유램프를 찾아 성냥불로 램프를 켰지요. 불빛을 벽에 비춰보니 다른 문이 있었어요. 재빨리 그 문으로 나온 다음 문을 닫았는데 그만 램프를 두고 나온 걸 알게 됐습니다. 그는 자신이

127

다른 방에 갇힌 것인지 확인할 길이 없었죠. 램프를 더듬어 찾아 불을 켜고, 그 램프를 잊어버린 채 문을 닫고 나와, 다시 또 어둠 속에 갇히는 이 고집쟁이 아일랜드 사내 얘기는 끝도 없이 이어집니다. 마침내 이 사내는 문이 없는 방에 들어가게 되고 쥐처럼 갇히게 되죠. 그런데 뭐라고 했는지 압니까? '다행히도 그게 마지막 성냥이었어.'" 나는 목소리를 낮췄다. "나는 그런 사람이 아닙니다, 바티스. 나는 아니에요. 괴물 500마리를 없앨 수 있다고요. 어쩌면 600마리, 아니 700마리, 1000마리는 못 죽이겠어요?" 나는 숨을 몰아쉬었다. "어떻게 생각해요?"

그는 내내 신중한 척했다. 사냥꾼의 욕망이 꿈틀거리는 게 보이는데도.

"걱정 마세요." 나는 웃음기 없이 그에게는 눈길도 주지 않고 농담했다. "일이 잘못돼서 우리가 잡아먹히게 되면 모든 책임은 내가 질 겁니다."

마스코트는 구석에 쪼그리고 앉아 자신의 성기를 긁고 있었다.

9

심사숙고한 끝에 괴물들의 활동이 가장 뜸한 시간은 새벽이라는 결론을 내렸다. 괴물들의 시간대와 똑같이 맞춰놓고 활동한 다음 내린 결론이었다. 그들이 우리의 리듬에 적응한 것이 아니라 우리가 그들의 리듬에 적응한 것이다.

괴물에게 있는 대로 휘둘린 다음 날 아침, 우리는 돛배가 있는 곳으로 향했다. 전날 밤은 다시금 생존의 위협을 받았다. 그날 오후 내내 우리는 또 다른 방어수단으로 바로 문 앞의 화강암에 촘촘히 구멍을 뚫고 말뚝을 박아놓았다. 그것이 우리가 할 수 있는 최선이었다. 우리는 그것이 혐오 시설이 될지 매력적인 시설이 될지 알지 못했다. 밤이 되자 괴물들은 엄청난 희생을 감수하면서 우리를 공격했다. 서로 뒤엉킨 채 그들은 으르렁거리며 문에 발길질과 주먹질을 해댔다. 인해전술로 밀어붙여 말뚝을 무너뜨리면서 계속 문을 밀고 또 밀었다. 몇 개 남지 않은 병을 동원하는 수밖에 없었다. 병에는 미리 럼주와 타르, 석유 같은 인화물질을 가득 채워놓았다. 여분으로 남겨둔 것들이었다. 병의 주둥이는 알코올을 묻힌 솜으로 막았다. 바티스가 이 화염병에 불을 붙이고 나는 괴물들을 향해 던졌다. 병이 괴물의 등에 맞아 깨지면서 불이 번쩍 일어났다. 괴물들의 몸뚱이는 젖어 있어 불이 잘 붙지 않았다. 하지만 괴물들은 그날 밤 포기하고 돌아갈 만큼 겁을 먹었다.

잠을 자지는 못했지만 정신은 어느 때보다 말짱했다. 두 번을 왕복한 끝에야 우리는 공기 펌프와 잠수복, 잠수 장비, 바닥이 납으로 된 특수 장화, 도르래, 밧줄과 총, 탄알을 포함한 모든 장비를 돛배에 실을 수 있었다. 우리는 파이 모양의 모래톱을 빠져나가려고 노를 저었다. 가끔 뒤를 돌아다보았다. 다급한 상황 때문인지 목적지에 가까워지는 대신 멀어지는 느낌이 들었다. 거리는 겨우 100미터에 불과했지만 영원처럼 느껴졌다. 조수가 배를 당길 때마다 습격을 받는 것 같았고, 파도가 굽이칠 때는 수렁에 빠진 듯했다. 매 순간 물속에서 둥그런 두개골이 불쑥 떠오를 것 같았다. 파도에 밀려 표류하는 나무토막들은 괴물의 사지를 연상시켰다. "바 베네, 바 베네, 바 베네." 나는 어정쩡하게 이탈리아어를 흉내 내며 노래를 불렀다. 그렇게 하면 마음이 가라앉지 않을까 해서였다. "제발 조용히 좀 하시오." 갤리선[9] 노예처럼 노를 젓던 바티스가 말했다. 음침한 잿빛이 수면을 짓눌렀다. 파도가 뱃전에 부딪치면서 우리를 적셨다. 입술에 소금기가 느껴졌다. 두려움과 다급함에 우리는 생각지도 못한 힘을 냈다. 갑자기 배가 암초에 부딪쳤다. 한쪽으로 기울어진 편평한 표면이 아니었다면 침몰할 뻔했다. 배는 그 위에서 멈췄다. 우리는 배에서 내려 거칠게 침식된 바위로 올라갔다. 표면은 몹시 좁았지만 오목한 곳이 많았다. 그곳엔 반쯤 얼어붙은 물이 고여 있었다. 너무 미끄러워서 손과 팔을 서로 붙잡아주었다.

계획은 이랬다. 암초는 완만하게 경사가 져 있는 데다 손으로 잡을 곳도 많았다. 산을 타듯 배에서 가장 가까운 바위 표면으로 내

---

9 고대, 중세에 지중해에서 쓰이던 노가 많이 달린 배

려가면 될 것 같았다. 바티스가 발판처럼 생긴 돌을 딛고 서서 내게 공기를 공급해주면, 내가 다이너마이트 상자를 밧줄로 묶는다. 그리고 그가 밧줄을 위로 끌어 올리면 된다. 우리는 일을 나누는 것만이 아니라 위험도 공유했다. 나는 지옥을 찾아가는 무모한 영혼이 되기로 했고, 그는 산소를 공급하고 다이너마이트를 들어 올리는 일을 맡았다. 규칙적인 리듬으로 펌프에 공기를 넣어줘야 한다. 만약 충분한 공기가 들어오지 않으면 질식하게 될 것이고, 반대로 펌프질을 너무 많이 해 압력이 지나치면 폐가 터져버릴 것이다. 바티스는 한 손으로만 펌프질을 해야 한다. 다른 손으로는 밧줄이 감긴 도르래를 조작해야 한다. 일을 쉽게 할 수 있도록 펌프와 도르래를 정확히 설치했다. 나는 바티스가 두 가지 일을 동시에 할 수 있다고 믿어야 했다. 한숨이 나왔다.

포르투갈 배는 뱃머리를 하늘로 향한 채, 우현 쪽으로 30도 정도 기운 상태로 암초에 묶여 있었다. 선체는 대갈못처럼 바위에 박혔다. 다이너마이트는 물속에 가라앉은 선미 쪽에 있을 것이다. 바티스는 난파 현장을 목격했다. 그의 말로는 선미 쪽이 깡통처럼 갈라졌다고 했다. 그 틈새로 몸이 들어갈 수 있을까? 우리는 그럴 거라고 믿었다. 갑판으로 내려가 물속에 잠긴 복도를 지나 창고를 찾아내는 방법은 어떨까? 하지만 그것은 거의 불가능했다. 내부 선실은 모두 물로 막혀 있어 통과하기가 쉽지 않았다. 게다가 모퉁이와 좁은 공간이 많아 공기 호스가 끊어질 위험도 있었다. 다이너마이트가 있는 선미까지 배를 가로지르는 수밖에 도리가 없었다.

나는 잠수복을 입고 밑창에 납이 붙은 장화를 신었다. 그리고 돛배의 한쪽 끝에 앉았다. 바티스가 청동으로 된 잠수 장비를 착용하는 것을 도와주었다. 가슴과 등을 덮는 장비였다. 그리고 헬멧.
헬멧을 이리저리 움직여 장착했다. 그것을 머리에 쓰기 전에 잠깐
멈추었다.

"저것 좀 봐요."

눈이 오고 있었다. 처음에는 그저 작은 덩어리였다. 그러더니 이
내 크고 동그란 눈송이로 변했다. 눈은 물에 닿는 순간 사라졌다.
바다 위로 눈이 내리고 있었다. 그저 내리는 눈을 바라봤을 뿐인데
기이한 느낌을 지울 수가 없었다. 세상이 고요해졌다. 파도가 일던
바다도 눈에 보이지 않는 명령에 순종하듯 갑자기 조용해졌다. 내
가 보는 세상의 마지막 모습일지도 모른다. 슬프고도 평범한 아름
다움. 한쪽 손바닥을 폈다. 눈송이는 장갑 위에 떨어지자마자 순식
간에 사라졌다. 아일랜드가 떠올랐다. 아일랜드는 내게 무엇이었던
가? 어쩌면 음악이었는지도 모른다. 후견인 생각이 났다. 그리고 어
느 낯선 사람도. 그는 친절한 노인이었다. 언젠가 영국인들이 나를
미행했을 때, 그는 아무것도 묻지 않고 모든 위험을 감수하면서 나
를 다락방에 숨겨주었다. 그는 아일랜드 사람이었다. 이 세상은 그
에게 뭘 주었을까? 울음이 터져 나올 것처럼 양쪽 뺨이 팽팽히 조
였다.

바티스는 헬멧을 들고 하늘을 올려다보았다. 하늘을 관찰하는
듯한 자세였다.

"눈이군." 그가 말했다.

"그러네요." 나는 감정을 숨기며 말했다. "눈이 오네요. 어서 헬멧
이나 씌워줘요. 시간이 없습니다."

그는 헬멧 목덜미에 공기 호스를 연결했다. 나는 밧줄 두 개를

들었다. 하나는 바티스와 의사소통을 하기 위한 것이고, 다른 하나는 다이너마이트를 묶을 줄이었다.

"줄을 한 번 잡아당기면 아무 이상이 없다는 뜻입니다. 두 번 잡아당기면 상자를 매달았다는 뜻이고요. 세 번 연속으로 잡아당기면 도끼로 호스를 끊고 도망가요."

헬멧에 달려 있는 동그란 배기구 세 개를 조절했다. 하나는 앞에, 두 개는 양옆에 붙어 있었다. 공기 호스가 작동하는지 확인한 다음 물속으로 들어갔다. 소름이 돋을 만큼 차가운 물이 나를 삼켰다. 정신을 차렸을 때는 이미 수면 아래였다. 바위에는 틈이 많이 나 있어서 계단처럼 편했다. 덕분에 몇 미터는 쉽게 내려갔다. 이따금 고개를 돌려보았지만 양옆의 유리로는 아무것도 보이지 않았다. 뒤로는 그저 무한한 바다였다. 바로 몇 미터 앞에 식물이 전혀 살지 않는 바위가 하나 보였다.

발 디딜 곳이 없을 때도 있었지만 상관없었다. 바티스와 나는 공기 호스가 엉키지 않도록 마디 없이 호스를 만들었다. 바티스를 진정시키려고 내가 잡고 있던 줄을 한 번 잡아당겨준 다음 다시 밑으로 내려갔다. 장화의 납창 무게가 내 몸을 천천히 가라앉혔다. 나는 무릎을 굽힌 채 바닥에 내려앉았다. 뿌옇게 일어난 먼지가 허리까지 올라왔다. 수면을 덮고 있던 가는 모래 입자들이었다. 바닥은 평탄해서 걷는 데 아무런 지장이 없었다. 풀밭을 걷듯 걸을 수 있었다. 움직임 하나하나를 아주 느리게 만드는 원소의 밀도가 느껴졌다.

적막의 세계였다. 헬멧 안에서는 내 숨소리만 들렸다. 감정을 억눌렀지만 내가 내는 소리에 두려움이 더 커졌다. 왼손에는 밧줄 두

개를, 오른손에는 칼을 들고 사방을 둘러보았다. 괴물은 보이지 않았다. 아무것도 없었다. 시야는 겨우 30 아니 40미터 정도였다. 그보다 더 좁을지도 모른다. 오른쪽으로 고래의 시체 같은 배의 바닥이 보였다. 바닷속은 엄청나게 넓었다. 알 수 없는 입자들이 까만 눈송이처럼 이리저리 떠다녔고, 뱀처럼 생긴 해초들이 조금씩 흔들렸다. 탁 트인 이 거대한 공간에는 끝도 없이 펼쳐진 어둠뿐이었다. 가톨릭의 가르침과 모순되는 광경이었다. 지옥은 갑자기 들어가는 곳이 아니라, 자신도 모르게 조금씩 빠져드는 곳이라고 가르치지 않았던가.

모든 것이 불확실한 지역, 파란색이 검정색으로 변하는 경계지역으로 움직여 갔다. 여기서부터는 바다 쓰레기조차 보이지 않았다. 화려한 풍경이 펼쳐졌다. 하지만 괴물들은 언제 어디서든 나타날 수 있었다. "생각하지 마." 나는 중얼거렸다. '괴물은 생각하지 마. 일만 생각해.' 가장 비현실적이었지만 가장 합리적인 전략이었다.

고물로 향했다. 난파의 충격으로 철판이 쪼개져 인공 동굴처럼 구멍이 뚫려 있었다. 배는 약간 우현 쪽으로 기울어져 있었다. 그래서 화물이 흔들려 많은 것들이 구멍 밖으로 나와 있었다. 창고까지 가는 시간을 절약할 수 있다는 뜻이었다. 사각형의 작은 철제 상자들이 쪼개진 구멍 주변 여기저기에 흩어져 있었다. 나는 장갑으로 눈앞에 있는 상자의 표면을 쓸어내렸다. 먼지를 닦아내자 대문자로 된 '주의! 위험!'이라는 글씨가 보였다. 이제 상자 손잡이에 밧줄을 묶고 그것을 두 번 잡아당기기만 하면 그만이었다. 바티스는 게르만인답게 침착한 동작으로 짐을 끌어 올렸다. 상자들이 내 머리 위로 사라졌다. 바티스는 다시 내게 밧줄을 내려주었다. 미리 밧줄

끝에 납을 붙여놓아 가라앉기 쉽도록 해두었다. 밧줄은 정확히 내가 있는 곳으로 떨어졌다. 나는 묵묵히 일했다.

광부처럼 정신없이 일에 몰두해 있을 때 바티스가 두 세계를 연결하는 밧줄을 흔들었다. 처음에는 그게 무슨 의미인지 몰랐다. 위험한 일이 생긴 것일까? 내 주변에는 괴물이라곤 흔적도 보이지 않았으므로 그건 아니었다. 상자가 너무 많다는 뜻이리라. 하지만 나는 금광을 발견한 사람처럼 욕심을 부렸다. '한 개만 더, 바티스. 한 개만 더.' 마음속으로 외쳤다. 밧줄이 흔들리는 것을 무시하고 상자 하나를 더 집어 들었다. 바티스는 그 마지막 상자를 끌고 갔지만 밧줄을 돌려보낼 때는 납이 박힌 가장자리를 묶은 채 내려보냈다. 그 매듭은 밧줄을 상자에 묶지 말고 이제 그만 밖으로 나오라는 신호였다. 나는 남은 분별력을 동원해 그가 하라는 대로 했다.

모순 같지만 그 순간이 가장 힘들었다. 전쟁에서 혼자 남아 마지막으로 죽고 싶어 하는 군인은 없다고 한다. 명쾌하지는 않아도 인간적인 진리다. 물 밑으로 내려와 이렇게 엄청난 성과를 얻었는데 이제 와서 괴물들에게 잡아먹힌다면 정말 억울한 죽음이다. 갑자기 잠수 장비가 견딜 수 없을 만큼 무겁게 느껴졌다. 그 순간까지 나는 쇠에 쏠려 목에 상처가 났다는 것도 모르고 있었다. 암초 벽을 향해 헤엄쳐 갔다. 내 동작은 어린 시절 악몽을 꿀 때처럼 느리기 짝이 없었다. 보이지 않는 발전기가 돌아가듯 숨소리가 거칠어졌다. 그곳에서 빨리 벗어나고 싶었다. 하지만 그럴 수 없었다. 두 사람의 머리를 합했는데도 이렇게 단순한 허점을 예상하지 못했다니. 만약 허공으로 뛰어오른다면 다시는 같은 길로 돌아가지 못할 것이다. 바위의 표면은 거인의 썩은 어금니처럼 움푹 파인 곳투성이였고, 경사가 너무 급해 타고 올라갈 수 없었다. 바티스는 펌프질을 계속해야 하기 때문에 한 손으로 내 몸무게를 끌어 올릴 힘이 없었다. 언제 괴물들이 나타날 것인가? 공포와 상상이 한꺼번에 뒤섞였다. 무한한 바다는 눈에 보이지 않는 적이었다. 위에 있는 바티스는 공기 호스를 따라가는 이 끔찍한 여행을 알 수 없을 것이다. 발을 디딜 곳을 찾아 이쪽저쪽으로 움직였다. 마침내 선체 가까이에 있는 통로를 발견했다. 하지만 등반 솜씨가 필요한 길이었다. 몇 개의 바위밖에 발을 디딜 곳이 없었다. 다음 순간 미끄러지면서 내몸은 5미터, 10미터 아래로 굴러 떨어졌다.

다시금 맨 아래층이었다. 오른쪽 벽에 함몰된 부분이 있었다. 그구멍 안에서 무언가 움직이는 것이 보였다. '아냐, 아냐, 괴물은 아냐.' 마음을 가라앉히려고 속으로 중얼거렸다. 낙관적으로 생각해도 손해날 건 없었다. 계속 있는 힘을 다해 정신을 집중했다. 그리고 앞만 보며 한 걸음 한 걸음 위로 올라갔다. 팔이나 다리를 떼어갈지 모르는 괴물에 대한 두려움을 뒤로하고서 조금씩 전진했다. 선원들이 밧줄 사다리를 올라가듯, 발을 떼기 전에 손으로 돌출부를 잡고 발로 딛는 위치를 확인하며 올라갔다. 머리 위로 수면이보였다. 한 손을 흔들며 나를 격려하는 바티스의 모습이 어른거렸다. 잠수복 바지 속에서 소변이 흘러나왔다.

바티스가 내 겨드랑이를 부축해 들어올렸다. 그가 헬멧을 벗겨주려고 했지만 나는 손을 저으며 사양했다.

"다이너마이트를 실어요, 빨리!"

잠수복을 벗자마자 돛배 안에 상자 싣는 것을 거들었다. 짐이 너무 무거워 갑판은 수면 위로 불과 한 뼘 높이였다. 몇 분 후 우리는 의기양양한 모습으로 무사히 섬으로 돌아왔다. 돛배는 등대 가까이 울퉁불퉁한 바위들이 가득한 작은 해변에 두었다. 바티스는 그 자리에서 바로 도끼를 지렛대 삼아 상자 몇 개를 열어보았다. 상자마다 마른 상태로 잘 보존된 70개의 다이너마이트가 들어 있었다.

그 순간 설명할 수 없는 광기가 우리 안에서 꿈틀댔다. 우리는 서로 마주 보았다. 펑펑 쏟아지는 눈이 우리의 머리 위로 하얗게 쌓이고 있었다. 우리는 서로를 보고 또 다이너마이트를 보았다. 상대방의 생각이 느껴졌다. 우리의 속마음이 도무지 믿어지지 않았다. 눈앞에 다이너마이트가 가득 들어 있는 50여 개의 상자가 있었다. 이 정도면 얼마든지 쑥대밭을 만들 수 있으리라. 그런데 만약 60상자라면? 아니 80상자, 100상자는 왜 안 되겠는가? 우리의 적은 증오할 만한 대상이 아니었다. 그들은 자연에 속했다. 허리케인이나 회오리바람 같은 힘을 가진 자연이었다. 그런데도 강력한 무기를 손에 넣자, 피비린내 나는 일격을 가할 수 있게 되자, 잔인한 본성이 우리를 엄습해왔다. 지금 생각해보니 그 당시 우리는 완전히 미쳤던 것 같다. 얼마나 미쳤는지 우리가 미쳤다는 사실을 우리 스스로 알고 있었다. 나는 말을 하면서도 내가 하는 말을 믿을 수 없었다.

"끝장을 냅시다. 끝장을 내자고! 그럽시다!"

"좋소, 싹쓸이하는 거요. 다 죽여버리자고!" 바티스가 맞장구를 쳤다. 우리는 마치 두 번째 여행이 처음부터 계획된 것처럼, 우리 대신 다른 사람들을 보내는 것처럼, 선뜻 돛배가 있는 곳으로 돌아갔다.

다시 그 암초를 찾아갔다. 나는 한 번 경험을 쌓은 사람답게 더

빠르고 능숙하게 물속으로 들어갔다. 괴물들의 왕국을 무방비 상태로 통과해 포르투갈 배의 고물로 다가갔다. 우리는 진주를 캐내듯 셋, 넷, 다섯 개의 상자를 끌어 올렸다. 그리고 열 개, 스무 개더. 손바닥으로 바닥을 쓸어보며 숨어 있는 상자가 있는지 확인했지만 이제 더는 없었다. 크레인 밧줄을 한 번 잡아당겼다. 이상 무.

현문은 마치 거인이 물어뜯은 것처럼 구멍이 나 있었다. 나는 거침없이 안으로 들어갔다. 다만 공기 호스가 길을 따라오다 날카로운 모서리에 닿아 찢어질까 봐 걱정했을 뿐이다. 상자가 가득 들어찬 창고가 보였다. 상자 하나를 들어 크레인 밧줄에 묶은 다음 배밖으로 밀어냈다. 바티스에게 계속 일하라는 신호로 밧줄을 두 번 잡아당겼다.

그곳에서 열다섯 개 아니 스무 개 정도의 상자를 꺼냈다. 기운이 다한 나는 기계적인 동작을 멈추었다. 창고 안은 어스름했다. 사방이 철제로 되어 있어 폐소공포증이 느껴졌다. 나는 배 안에, 잠수복 안에, 그리고 두려움 안에 갇혀 있었다. 생쥐의 영웅 심리로 나를 그곳까지 이끈 두려움에. 물의 밀도 때문인지 그곳은 무척 어두웠다. 물과 산소로 녹이 슨 철제 벽과 도구들. 어느 것도 인간의 행복을 위해 디자인된 것이 아니라는 생각이 들었다. 납 창이 달린 장화가 쇠에 부딪치자 반향음이 길게 울렸다. 그런데 그 구역 한쪽 끝, 달걀처럼 생긴 수문 너머에 바로 그들이 있었다.

태연하게 나를 감시하는 그들의 머리와 눈동자가 보였다. 어쩌면 내가 처음 밑으로 내려왔을 때부터 내 동작 하나하나를 보고 있었는지도 모른다. 헬멧 안에서 비명을 내질렀다. 도망칠 수 없었다. 여기는 그들의 세계였다. 그들은 대단히 유연하게 움직였다. 사방에서 그들이 나를 향해 몰려왔다. 나는 칼로 물을 갈랐다. 그들과의 거리를 유지하려는 애처로운 몸부림이었다.

이미 죽었다고 생각한 순간 구원이 찾아왔다. 헬멧의 유리를 통해 보이는 물체는 실제 크기보다 훨씬 더 커 보인다는 깨달음이었다. 괴물들의 크기는 50센티미터가 채 안 되었다. 등에는 반짝이는 은회색 술이 나 있었는데, 어미처럼 칙칙한 색을 띠려면 아직 몇 년은 더 걸릴 것 같았다. 가늘고 작은 몸뚱이들. 괴물들도 인간처럼 머리가 먼저 크는 모양이다. 그들은 그야말로 올챙이 같은 모습이었다. 이보다 더 적절한 표현은 없으리라. 놀라서 입을 벌린 얼굴은 돌고래의 표정과 비슷했다. 그들은 새 떼처럼 빠른 속도로 움직였다. 나의 느릿한 방어 동작을 교묘하게 피하며 내 옷과 헬멧을 만지고는 순식간에 사라졌다. 잠수복을 입고 있는 내가 그들의 먼 친척처럼 보였을지도 모른다. 아, 맙소사. 이제야 나는 그들이 장난치고 있다는 것을 깨달았다. 그랬다. 녀석들은 장난을 걸고 있었다. 배의 고철은 그들의 정원이었고, 나는 생전 처음 보는 신기한 침입자였다. 그들의 목소리에 담긴 열광을 굳이 표현하자면, 즐거운 듯 빽빽 울어댄다고 해야 할 것이다. 그들은 나를 신기하고 새로운 존재로 여겼다. 유혈극을 예상한 내게 수중발레를 펼쳐 보였다.

얼마나 오랫동안 그들과 함께 있었는지 기억이 나지 않는다. 그들의 존재는 무덤 같은 그곳에 따뜻한 빛을 가져다주었다. 섬에 도착한 후 처음으로 두려움을 잊었다. 바닥짐처럼 내 마음 깊숙이 자리하고 있던 공포, 집요하고 조직적이었던 그동안의 공포감을 느끼지 못하게 된 것이다. 밤과 낮, 낮과 밤의 지난 몇 달 동안 나는 늘 공포에 사로잡혀 지냈다. 나는 중얼거렸다. 어째서, 어째서 지옥의 창자에 들어와 있는 지금 그 두려움이 사라진 걸까? 아주 작은 괴물 한 마리를 붙잡은 순간 그 답을 알았다. 녀석도 나를 무서워하지 않았던 것이다. 녀석은 괴물이었다. 아니 장차 괴물이 될 녀석이었다. 힘껏 비틀어 척추를 꺾어버려야 할 놈이었다. 하지만 녀석은 나를 무서워하지 않았다. 그저 간지러워했다. 그리고 까르르 웃음을 터뜨렸다. 수중 웃음, 그랬다. 수중 웃음이었다. 입과 눈썹, 눈과 손으로 웃었다. 녀석이 내는 웃음소리는 호텔의 벨소리 같았다. 내가 웃음을 잃은 지 얼마나 되었을까? 나는 녀석을 놓아주었다. 하지만 그는 가지 않고 내 앞에서 나비처럼 팔랑이며 유영했다. 내내 웃으면서. 녀석은 태아처럼 앙증맞은 손가락으로 헬멧의 유리를 문질렀다. 그 모습은 며칠 동안 뇌리에서 지워지지 않았다.

배에서 나왔다. 수면을 향해 올라오는 동안에도 그들은 내 뒤를 따라왔다. 내 주변에서 수없이 몸을 뒤집으며 버릇없이 나를 꼬집었다. 귀여운 고양이 새끼가 조금씩 물어뜯는 것처럼. 수면이 가까워지면서 그들의 수는 훨씬 줄어들었다. 수면 위로 고개를 내밀자 바티스가 냅다 고함을 질렀다.

"아주 그 밑으로 살러 간 줄 알았소. 대체 무슨 일이오?"

다리가 후들거려 몸을 지탱할 수 없었다. 그가 헬멧을 벗겨주며 내 얼굴을 살폈다. 너무 지쳐 전달할 소식을 잊어버린 전령과 같은 얼빠진 얼굴을.

"두꺼비 얼굴?" 그가 불안해하며 물었다.

"아니, 돌고래요." 내가 대답했다.

바티스는 한 발자국 뒤로 물러섰다. 그리고 내 정신 상태를 헤아리는 듯한 표정으로 나를 관찰했다.

"수압 차 때문에 정신이 나간 거야. 금방 나아질 거요." 그가 말했다.

갑자기 그가 외마디 비명을 지르며 어깨에 걸고 있던 라이플을 꺼냈다. 우리 옆에 둥그런 머리 하나가 보였다. 나는 바위에 벌렁 누우며 한 손을 번쩍 쳐들었다.

"쏘지 말아요!" 내가 소리쳤다. "겨우 새끼인 걸요."

바티스의 동작은 너무 느렸다. 그가 총을 겨누었을 때는 이미 텅 빈 수면뿐이었다.

10

섬으로 돌아왔을 때는 모든 풍경이 달라져 있었다. 나뭇가지 위에는 하얀 눈이 덮여 있었다. 숲으로 가는 길은 모두 지워지고 없었다. 우리는 그 흠 없는 하얀 카펫 위에 첫 발자국을 찍었다. 그 황폐했던 땅은 하얀 막을 뒤집어쓰고서 평소의 음산한 분위기 대신 상상할 수 없는 감미로움을 풍겼다. 전투의 모든 흔적도 눈에 덮였다. 화강암 언덕과 등대의 원뿔 지붕도 보이지 않았다. 등대 밖으로 50미터쯤 떨어진 곳에 쌓아놓은 쓰레기 더미도 하얀 설탕 망토를 입은 채 사라지고 없었다. 가장 가까운 암초마저도 넘실거리는 파도를 피해 하얀 눈을 뒤집어썼다. 황홀한 광경이었다. 새끼 괴물들의 모습이 아직도 생생했다. 그래서인지 눈이 내리는 광경에 가슴이 미어졌다. 다이너마이트를 배에서 내렸다. 내 몸은 기계적으로 짐을 날랐지만 마음은 딴 곳에 가 있었다.

바티스는 조금도 쉬지 않았다. 그의 전투적 자세는 그 일에 아주 잘 맞았다. 다이너마이트를 정리한 다음 그 수를 세어보았다. 런던의 절반을 날려버릴 수 있을 만큼 어마어마한 양이었다. 창고에는 수백 미터의 방수 도화선과 뇌관 세 개, T자 모양의 손잡이가 달린 폭파 장치 서너 개가 있었다. 모두가 공사 규정에 들어 있는 장비들이었다. 규정에는 전쟁이 났을 경우 이 물건들로 등대를 폭파해야 한다고 나와 있었다. 그런데 부주의해서 그랬는지 무능해서 그랬는지, 건설업자들은 도화선과 뇌관을 구석에 처박아둔 채 가 버렸다.

바티스의 주도적 역할이 끝나자 행동대원으로서의 내 상상력이 발휘되기 시작했다. 우리는 이제 언제든 휴대용 폭탄처럼 다이너마이트를 쓸 수 있었다. 하지만 나는 그 이상을 생각했다. 도화선과 뇌관을 이용하면 더 효과적으로 폭약을 사용할 수 있기 때문이다. 나는 등대 전면에 세 군데의 폭파 지점을 정했다.

첫 번째는 화강암 언덕에 일렬로 늘어놓는 것이다. 여기는 우리와 가장 가까운 방어지점이다. 우리가 안전하려면 폭발력이 가장 약해야만 한다. 우리는 기술자도 아니고, 다이너마이트의 폭발력을 정확하게 알지도 못한다. 만약 양을 초과한다면 등대가 통째로 날아가버릴 수도 있다.

두 번째 지점은 바로 숲이 시작되는 곳이다. 첫 번째 지점에서 20 미터쯤 떨어져 있다. 다이너마이트를 통째로 눈 속에 묻어놓고 도화선으로 서로 연결해놓으면 된다. 이 지점에 가장 많은 양을 설치해야 한다. 합리적인 선택이다. 화강암 언덕과 숲 사이에 괴물들이 가장 많이 몰려들 것으로 예상되기 때문이다. 이쪽 해변에서 저쪽 해변까지는 작은 구멍을 파고 폭약을 묻어 괴물들을 소탕하면 될 것이다.

세 번째는 더 멀리 떨어진 지점이다. 바로 숲속, 나무와 나무 사이에 숨겨놓는 것이다. 나는 철저한 계산하에 계획을 세웠다. 우선 적당한 시간에 첫 번째 라인을 폭파시키고, 두 번째는 괴물들이 떼를 지어 그곳으로 갈 때 폭파시킬 것이다. 마지막 것은 살아남아 숲으로 돌아가는 소수의 괴물들을 죽일 때 쓰면 된다. 각기 다른 뇌관과 연결된 각 폭파 지점은 적당한 상황이 되면 차례차례 폭파시킬 수 있을 것이다.

우리는 하루 종일 일했다. 열 개의 다이너마이트가 묶인 다발을 모아 하나의 도화선에 연결한 다음 땅에 묻었다. 몇 미터씩 간격을 두고 같은 작업을 반복했다. 한 라인이 끝나면, 등대까지 이어지는 모든 도화선을 땅에 묻었다. 그리고 못질을 해서 도화선을 벽에 고정시켰다. 도화선은 돌을 타고 발코니까지 올라왔다. 발코니에 뇌관이 있었다. 마스코트는 영문도 모른 채 우리를 거들었다. 자루에 모래를 가득 채우는 일이었다. 우리는 그 모래주머니를 발코니 난간에 묶었다. 혹시 쏟아져 내릴지도 모를 파편을 막아줄 바리케이드였다. 우리는 머슴처럼 일했다. 밤이 되기 직전 훌륭한 참호가 완성됐다.

"오늘은 고아들이 많이 생기겠는걸요." 내가 큰 소리로 말했다.

"그러자고 이러는 거 아니겠소." 바티스가 말했다.

밤이 되었다. 그런데 그들이 나타나지 않았다. 며칠 동안 그토록 힘겹게 문 앞에서 씨름하던 그들이 웬일인지 그림자도 비치지 않았다. 시간이 흐르면서 초조감은 분노로 돌변했다. "어디 있어, 어디 있냐고! 대체 어디 있는 거냐고!" 나는 허공에 대고 소리쳤다. 하지만 바티스는 침착하게 망을 봤다. 그는 레밍턴을 겨눈 채 조명등의 이동에 따라 움직였다. 불빛은 어둠을 관통하며 눈밭만 무심하게 비췄다. 우리가 남긴 발자국 외에는 어떤 흔적도, 어떤 발자국도 눈 덮인 풍경에 흠을 남기지 않았다. 손에서 땀이 났다. 계속해서 장갑을 꼈다 뺐다 반복했다. 눈이 그들의 습성에 변화를 준 것일까?

그 다음 날 밤은 몇 가지 사소한 변화가 생겼다. 괴물 몇 마리가 나타났다. 아니 그들의 소리가 들렸다. 그들은 어둠 속에서 특별한 대상도 없이 양서류처럼 울어댔다. 둘, 셋, 넷, 아니 다섯, 그 이상은 아닐 것이다. 그들은 엉뚱한 방향을 따라 숲의 가장자리로 이동했다. 우리에게 다가오지 않았다. 단 한 방의 총알도 쓰지 않았다. 다이너마이트는 더더욱 쓸 필요가 없었다. 그 다음 날도, 그 다음 날 밤도 마찬가지였다. 괴물은 분명히 거기에 있었지만 보이지 않았다.

같은 상황이 이어졌다. 내 머릿속엔 쓸데없는 생각들이 돼지우리의 파리 떼처럼 들끓었다. 눈 속에 묻혀 있는 세 군데의 폭파 지점에 몇 차례 가보았다. 괴물들을 움직이게 하는 게 대체 뭘까 하는 의문에 빠져 탐험가처럼 무릎을 꿇고 그들의 발자국을 관찰하기도 했다. 다이너마이트 냄새를 맡은 건 아닐까? 새로운 위험을 감지하고 이미 경험한 라이플보다 더 두려워하는 것은 아닐까? 나는 괴물들의 발자국이 만든 미로에서 골똘히 의미를 찾다가 내가 내뿜은 하얀 입김에 깜짝 놀라기도 했다. 놈들은 여우보다 더 눈치가 빠른 걸까? 하지만 폭약은 말짱한 채로 묻혀 있었다. 도화선도 말짱했다. 우리는 도화선이 망가질까 봐 등대에 남아 있던 호스와 파이프 안에 도화선을 넣어 땅에 묻어놓았다. 그 어느 것도 훼손된 것이 없었다.

그런 와중에 나는 또다시 마스코트와 사통을 했다. 마스코트를 데리고 나가기 위해 주로 유탄을 주우러 간다는 구실을 댔다. 낮 동안에는 할 일이 없어서 파편, 못, 돌멩이 그 밖에 날카로운 것이면 뭐든 손에 잡히는 대로 탄약통에 채워 넣었다. 기상관의 사택은 내 목적에 안성맞춤이었다. 우리는 무기가 될 만한 물건들을 찾느라 말 그대로 집 안을 샅샅이 뒤졌다. 그리고 자루에 모래를 채운 다음인지 그 전인지, 마스코트를 침대에 눕히고 그 짓을 했다.

철학과 사랑은 눈에 보이지 않는 세계에서 서로 투쟁한다. 하지만 전쟁과 육욕은 순전히 몸의 문제다. 나는 합의하에 강간을 하듯 마스코트와 사통을 했다. 내 사지는 그의 몸을, 그 차가운 피부를 온전히 품을 수 없었다. 나는 쓸모없는 짐승을 짓밟아 죽이듯 마스코트를 거칠게 다뤘다. 그리고 교접이 끝날 때마다 마스코트에 대해, 악의 전령과도 같은 그에 대해 증오를 느꼈다. 무한한 쾌감은 이미 새로운 것이 아니었다. 하지만 증오심 때문에 쾌락이 줄어들지는 않았다. 나는 두 번, 아니 세 번이나 했다. 어쩌면 네 번일지도 모른다. 그러자 엉뚱한 슬픔이, 의지할 데 없는 어린아이 같은 외로움이 밀려왔다. 나는 애인을 잃은 정부, 사막에서 길을 잃고 헤매는 자였다. 사택의 심란한 상태는 육체적 불쾌감을 가중시켰다. 실내는 수천 년 동안 야만인들의 침입을 받아 황폐해진 작은 로마 같았다. 우리는 더럽고 차갑고 판지보다 더 딱딱한 담요를 덮고 나란히 누웠다. 황폐해질 대로 황폐해진 집은 현미경으로 개미를 관찰하듯 나를 들여다보고 있었다. 천장에서 떨어진 물방울 때문에 집 안은 얼음판으로 변했다. 습기 찬 벽지는 태양을 향해 구부러진 해바라기처럼 뒤틀렸다. 그곳에서는 시간이 아주 천천히 흘렀다. 삶은 구더기의 눈에 비치는 것처럼 분 단위로 분해되었다. 그 시간들은 삶과 죽음의 중간쯤에 있었다. 그곳에서는 모든 것이 두 가지 충동, 바로 죽이는 것과 사랑하는 것으로 축소되었다. 이 두 가지다 나를 거부했다. 그것은 나를 위한 것이 아니라 마스코트를 위한 것이었다.

"오늘은 올 거요." 이따금 바티스는 시간을 점치는 농부처럼 말했다. 하지만 그의 예측은 늘 빗나갔다. 그들은 그저 시들해진 것 같았다. 그들이 보여주는 것은 인내심이라기보다는 경멸이었다. 이따금 그들을 보게 되더라도 그것은 순전히 우연이었다. 조명이 비치지 않는 곳에서 그들이 작은 무리를 지어 돌아다니는 소리가 들렸다. 그들은 눈을 맞으며 울부짖거나 소리 없이 숨어서 우리를 노렸지만 등대를 목표물로 삼지는 않았다. 그들은 정확한 목적지를 염두에 두고 섬의 진흙길을 가로지르는 것 같았다. 그 길은 숲을 관통하고 있었다. 그것이 전부였다. 어느 날 우리는 그들을 유인하려고 목소리가 나는 곳을 향해 각각 다른 색깔의 조명탄을 쏴보았다. 하지만 소용없었다.

◆◆◆

괴물들이 떼를 지어 우리를 공격했으면 좋겠다는 생각을 하게 될 줄은 정말 꿈에도 몰랐다. 그들의 부재는 나를 거의 발작 상태로 몰고 갔다. 어느 날 바티스가 밖에서 의자에 앉아 있는 것을 보았다. 나도 의자 하나를 꺼내 들고 그의 곁으로 갔다. 그런데 의자 다리가 하나 부러져 있어 어처구니없게 넘어졌다. 등대에는 의자가 많지 않았고 그 의자 다리 정도는 쉽게 고칠 수 있었다. 하지만 나는 의자를 등대 벽에 던져 박살냈다. 그러곤 다리와 등을 떼어내, 가구의 흔적이 조금도 남지 않을 때까지 부서진 조각들을 발로 밟아 부숴버렸다. 바티스는 럼주를 한 모금 마시면서 그런 나를 바라보았다. 그는 아무 말도 하지 않았다. 며칠 전에는 하마터면 마스코트를 죽일 뻔한 적도 있었다. 어떻게 해서 그랬는지 기억나지 않지만 어쨌든 중요한 일 때문은 아니었다. 아마 장작으로 쓸 나무를 나를 때였을 것이다. 마스코트가 세 개를 들고 있다가 하나를 떨어뜨렸다. 그는 바닥에 떨어진 나무를 집으려고 했지만 들고 있던 다른 나무까지 떨어뜨리고 말았다. 마스코트가 그 두 번째 나무를 집으려고 허리를 굽힌 순간, 마지막 나무마저도 놓쳐버렸다. 정말 말도 안 되는 실수를 세 번이나 반복한 것이다. 내가 가까이 다가갔다. "나무를 집어!" 마스코트에게 명령했다. 내 말에 마스코트는 지레 겁을 먹었다. "나무를 집으라니까!" 마스코트는 도움을 청하며 비명을 질러댔다. 그러자 울화가 치밀어 올랐다. 바티스가 나타나지 않았다면 아마 마스코트를 죽였을지도 모른다.

"이봐, 그저 한 마리 두꺼비 얼굴이잖소."

그의 말은 동정심의 표현이라기보다는 자신의 소유물이 저지른 잘못에 대해 주인이 변명하는 것에 더 가까웠다. 나는 빤히 드러난 내 좌절감을 인정하는 것이 너무도 싫었다. 하지만 그것은 분명한 문제였다. 나는 내 목숨이라는 자본을 걸고 포르투갈 배에 잠수하는 모험을 했다. 그런데 이해할 수 없는 운명 탓인지, 적이 무신경한 순간과 내가 위험을 무릅쓴 순간이 일치했다. 약 오르는 일이었다. 포르투갈 배에 다녀온 이후 나는 그동안의 노력에 보상을 바라는 배부른 부르주아였다. 더 한심한 일은 총체적인 살육으로 나를 괴롭혔던 위험이 사라질 거라고, 지옥이 영원히 소멸할 거라고 믿었다는 것이다. 정말 그렇게 믿고 싶었다. 괴물들은 말로 표현할 수 없는 불안감을 주었다. 불안감은 괴물 그 자체였다. 헬멧의 유리를 만지던 그 앙증맞은 손. 마스코트의 성기. 낮 동안 나는 아편쟁이

148

처럼 환각에 빠져 있었다. 바티스는 내 앞에서 퉁명스럽게 말했고, 나는 그의 말에 대답했다. 하지만 난 정신을 집중하지 못했다. 우리 사이의 공간에는 연기만 가득했다.

나는 물속의 작은 손을 보았다. 언제라도 금방 부서질 것 같던, 겁을 내지 않던, 유리를 만지작거리던 그 손가락들. 그리고 몸부림치며 나를 매혹시키던 마스코트의 몸뚱이를 보았다. 그 기억들은 마치 화면이 펼쳐지듯 공중에 떠올라 나를 공격했다. 내가 갈구하는 육체적 욕망은 낯설었지만 지나친 것은 아니었다.

쾌락이 클수록 마스코트에 대한 증오심이 더 커진다는 것은 커다란 모순이었다. 마스코트는 그들을 의미했다. 그들이 그토록 끔찍한 공포를 유발하고 마스코트가 그토록 자극적인 쾌락을 유발한다는 사실은 지금 겪고 있는 신경과민을 설명하고 있었다. "생각해, 생각해." 나는 주먹으로 이마를 때리며 중얼거렸다. 하지만 나에게 요즘 '생각한다'는 것은 논리적으로 판단하는 것이 아니라 단지 '궁리한다'는 의미였다. 나는 행동하는 대신 생각했다. 하지만 내 두뇌는 저항하며 녹슨 경첩처럼 삐걱거렸다. 우리는 전투를 포기할 마음이 전혀 없었다.

"바티스." 어느 날 내가 말했다. "한번 대담하게 해봅시다. 뭔가를 보여주자고요. 문을 열어둡시다."

그가 반대를 하기도 전에 서둘러 덧붙였다.

"보기보다 그렇게 위험하지 않아요. 그래 봤자 나선형 계단으로 하나씩 올라올 뿐이잖아요. 그러면 저격 임무를 맡은 사람이 총을 쏴서 쉽게 쓰러뜨릴 수 있을 겁니다. 하지만 그런 일은 없을 거예요. 일단 괴물들을 등대 근처로 모이게 합시다. 다 모이면 한 방에 날려 보내자 이거죠."

바티스는 겁탈당하기 직전의 처녀 같은 표정으로 날 쳐다보았다. 영원과도 같은 그 오랜 시간, 그는 혼자서 또 나와 함께 이 신성한 성전에 괴물들이 얼씬거리지 못하도록 하는 데 혼신의 힘을 기울였다. 그런데 지금 내가 문을 열어놓자고, 등대의 문을 열어놓자고 제안하고 있었다.

"천 마리 괴물을 죽일 수 있다고요, 바티스." 바티스가 품고 있는 환상의 한계를 깨려는 목적으로 숫자를 들먹였다.

"뇌관은 누가 터뜨리고?"

그 질문에서 바티스의 더없이 순진한 면모가 드러났다. 두 종류의 전투원이 있다. 전략을 획책하는 전투원과 유아적인 파괴 본능에서 결코 벗어나지 못하는 전투원. 나는 전자였고 바티스는 후자였다.

"원한다면 당신이 직접 하든지요. 당신이 괴물들을 지옥으로 날려 보내는 동안 나는 들창문을 사수할게요." 나는 그를 진정시켰다.

우리는 그렇게 준비했다. 어둠이 깔리기 시작하자 문을 열었다. 그리고 계단을 스무 개씩 오를 때마다 석유램프를 하나씩 켜뒀다. 이런 식으로 해놓으면 괴물들을 쏴 맞추기가 쉬울 것이다. 나는 그저 열린 들창문에서 아래쪽을 향해 레밍턴을 쏘기만 하면 된다. 아무리 형편없는 총잡이라도 목표물을 놓치지는 않으리라. 바티스는 발코니에 있었고, 나는 그의 뒤를 엄호했다. 계단은 확실한 통제하에 있었다.

"괜찮아요? 보입니까?" 내가 물었다.

"아니."

잠시 후.

"지금은요? 지금은, 바티스?"

"아무것도, 아무것도 안 보이는군."

나는 내 눈으로 직접 보고 싶었다. 조급해져서 발코니로 달려갔다.

"어서 들창문으로 가!" 바티스가 소리쳤다. "돌아가라니까, 빌어먹을! 죽고 싶소?"

그의 말이 맞았다. 그들은 조명을 피해 얼마든지 우리를 깜짝 놀라게 할 수 있었다. 하지만 내 눈에는 아무것도 보이지 않았다. 나선형 층계에 흩어진 희미한 불빛만이 눈에 들어올 뿐이었다. 램프의 불꽃은 바람이 불 때마다 반짝이며 흔들렸다.

"두 마리." 바티스가 말했다.

"어디, 어디?" 내 위치에서 소리쳤다.

"서쪽으로. 지금 온다. 넷, 다섯……. 아니 셀 수가 없어."

"쏘지 마요. 가까이 오게 놔둬요. 문이 열려 있는 걸 보게 놔둬요."

이 간결한 대화가 신경을 자극했다. 바티스는 어둠을 탐색하며 좁은 발코니에서 왔다 갔다 했다. 나는 레밍턴으로 계단 아래 허공을 겨냥했다가 바티스 쪽을 쳐다보았다. 내 임무를 잊어버리고 뭔가 달라진 게 없는지를 물었다. 단 한순간에 끔찍한 실수를 저지를 수도 있었다. 유리 깨지는 소리에 신경이 곤두설 대로 곤두섰다. 첫 번째와 두 번째 램프의 불이 꺼졌다.

"바티스, 놈들이 들어왔어요!" 내가 외쳤다.

밑에서 그들이 울부짖는 소리가 들렸다. 아래를 보니 세 번째 램프를 깨뜨리는 괴물의 갈고리 같은 손이 희미하게 보였다. 아래 계단은 완전히 어둠에 잠겼다. 아래층은 시커먼 우물이었다. 두꺼비

151

들의 합창이 올라오는 구멍이었다. 갑자기 괴물 한 마리가 계단으로 살그머니 기어올랐다. 놈이 램프를 깨지 않아서 몸뚱이를 또렷이 볼 수 있었다. 램프의 불빛이 괴물의 배를 비추었다. 그 희미한 불빛에 괴물의 악마 같은 모습이 더욱 두드러졌다. 괴물은 나를 향해, 소총을 향해 뛰어들었다. 쏘아야 할까? 만약 쏜다면 밖에 있는 놈들이 도망갈 수도 있지 않을까. 우리가 원하는 것은 대량학살인데. "이봐, 친구!" 바티스가 나를 불렀다. 바티스에게 설명할 시간이 없었다. 계단을 점령한 놈은 도마뱀처럼 빠른 속도로 올라왔다. 우리 사이에는 겨우 열 개의 계단, 아니 아홉, 여덟 개가 남았다. 그때 갑자기 녀석이 멈춰 섰다. 마지막 램프가 바로 코앞에서 괴물의 얼굴을 비췄다. 우리는 서로 노려보았다. 나와 놈은 총신과 여덟 개의 계단을 사이에 두고 있었다. 우리 사이에는 단 한 개의 램프만 남았다. 그 짧은 공간에 분노가 가득했다. 우리는 각각 냄새를 발산하며 서로의 힘과 능력을 어림했다. 괴물은 두 팔을 벌려 층계와 층계를 붙잡았다. 놈을 자세히 관찰했다. 놈에겐 피막 한 쪽과 손가락 반쪽이 없었고, 몸에는 시커먼 고름과 혐오스런 종기가 가득했다. 그때의 그놈이었다. 그때 이후 모든 게 변했다. 이제 나는 무방비의 먹잇감이 아니라 서로 대등하게 증오할 수 있는 대상이었다. 내 본능은 그 자리에서 당장 놈을 없애버리라고 충동질했지만, 이성은 놈을 살려둬야 한다고 말했다. 놈이 동료들을 불러들이게 해야 한다. '문이 열려 있다. 열려 있다. 모두 오너라.' 나는 이성과 본능 사이에서 타협했다. 만약 놈이 계단을 하나만 더 올라오면 총을 쏴주리라.

"바빌론의 짐승아, 한 발짝만 더 움직여라." 놈을 겨냥하며 중얼거렸다. "한 발짝만 더."

놈이 울부짖었다. 내가 마음의 결정을 내리기도 전에 바티스의 총알이 우리를 가로막았다. 바티스는 괴물을 향해 총을 쏘아댔다. 괴물은 입을 벌리며 뒤틀린 혀를 빼물었다. 찡그린 얼굴은 무례하고 무기력해 보였다. 놈은 등을 보이지 않고 오던 길로 천천히 되돌아갔다. 어쩔 수 없이 자신의 성을 내놓아야 하는 황제처럼. 놈이 시야에서 사라지자 바티스에게 물었다.

"다이너마이트는요? 빌어먹을 폭탄이 왜 터지지 않은 거죠?"

성급하게 물었지만 그는 침착했다. 그는 과학자가 치밀하게 계산하는 듯한 태도로 말했다.

"들어오게 하기에는 너무 많았고 다이너마이트를 쓰기에는 너무 적었소."

그는 이렇게 상황을 정리했다. 그는 최선의 선택을 한 것이었다. 그런데 바로 그 다음 날, 포르투갈 배에 다녀온 후로 우리가 원하고 원했던 일, 날이면 날마다 밤이면 밤마다 우리가 기다렸던 그 모든 일이 일어났다.

◆◆◆

오전 내내 눈이 내렸다. 무릎까지 쌓인 눈이 섬을 뒤덮었다. 오후가 되자마자 해는 이 세상과 황급히 작별인사를 하듯 수평선 너머로 사라졌다. 해가 서둘러 도망치자 땅거미가 내렸다. 마스코트가 눈을 감은 채 쉬지 않고 노래를 불렀다. 한 번도 들어본 적이 없는 파괴적인 멜로디였다. 나는 아무 말도 없이 철제 접시에 담긴 음식을 먹으며 나와 바티스에 대해 생각했다. 바티스와 나는 이따금 서로를 쳐다보거나 마스코트를 쳐다봤다. 마스코트는 그 어느 때보다도 더 우리를 불안하게 했다. 하지만 마스코트를 조용히 시킬 마음이 들지 않았다. 결정적인 사건이 일어날 조짐이었다.

저녁 식사를 마치고 우리는 담배를 피웠다. 바티스는 수염을 쓰다듬으며 바닥을 내려다보았다. 우리 사이는 기차역에서 우연히 만난 낯선 사람들처럼 서먹했다.

"바티스, 혹시 전쟁에 나가본 적 있어요?" 내가 물었다.

"누구, 내가?" 시큰둥하게 그가 되물었다. "없소. 하지만 한때 삼림 지구에서 일을 해봤지. 사냥꾼들을 따라다녔소. 이탈리아 부자들 말이오. 사슴, 멧돼지를 사냥하고 가끔 곰도 사냥했지. 당신은? 군대 경험이 있소?"

"네, 있다고 할 수도 있지요."

"그게 정말이오? 그런 말 한 적 없잖소. 세계대전에 참여해봤소? 참호전을 해봤소?"

"아뇨."

바티스는 한참 뜸을 들인 후에 다시 물었다.

"그럼 어떤 전쟁이었소?"

"애국 전쟁이요." 나는 내 나름대로 생각했다. "조국을 위해 싸웠다고 생각했어요. 제 조국도 섬이었지요."

바티스는 목덜미를 긁적거렸다.

"그렇소?"

"조국이 라틴어로 부모의 땅이란 걸 알고 있나요?" 내가 웃었다. "재미있는 것은 내가 고아라는 거예요."

"나 같으면 아버지 때문에, 아버지 농장 때문에 전쟁에 나갈 것 같지는 않은데." 바티스가 말했다. 그리고 중얼거렸다. "그놈의 퇴비, 퇴비, 퇴비……."

나는 굳이 그와 말씨름을 하지 않았다. 늘 똑같았다. 겉으로는 대화를 하는 것 같았지만 사실은 언제나 독백이었다. 한동안 침묵이 이어졌다. 의자에 앉은 채 하늘을 올려다보았다. 눈발이 줄어 오는 둥 마는 둥 했다. 오늘은 보름달이 뜰 것이다. 달이 뜨기 전에는 자줏빛 노을이 물든 하늘에 성냥불처럼 금세 사라져버리고 말 별들이 잠깐 반짝일 것이다. 소원을 빌 틈도 없이 사그라질 덧없는 별들이. 그는 어린아이처럼 조바심을 내며 말했다.

"그 전쟁에선 누가 이겼소?"

나는 생각에 잠겨 있었으므로 그가 무슨 말을 하는지 몰랐다.

"무슨 전쟁이요?"

"당신 전쟁 말이오." 그가 상기시켰다. "누가 이겼소? 섬의 애국자들이오 아니면 상대편이오?"

"전쟁은 아직 끝나지 않았어요." 나는 레밍턴을 들고 들창문으로 향했다. "뇌관을 터뜨리기 전에 손잡이를 세 번 돌리는 거 잊지 말아요. 에너지를 축적하지 않으면 터지지 않으니까."

남은 램프를 계단에 모두 갖다 놓았다. 그런 다음 들창문의 내 자리로 가 바닥에 앉았다. 문은 열려 있었다. 나는 총을 들었다. 이따금씩 바티스에게 동정을 물었다. "두꺼비 얼굴은 한 놈도 안 보여. 한 마리도 안 보여." 그가 말했다. 30분이 지났다. 열린 문으로 진눈깨비가 들이닥쳤다. 하지만 눈뿐이었다.

"바티스, 보입니까? 놈들이 보여요?"

그는 대답하지 않았다. 나는 지난밤의 실수가 생각나 감히 다시 고개를 들이밀 엄두를 내지 못했다. 단 한순간도 실내와 문 주위의 감시를 게을리해서는 안 된다.

"바티스?"

그를 힐끗 쳐다보았다. 그는 발코니에서 내게 등을 보인 채 바리케이드처럼 쌓아놓은 자루 뒤에 웅크리고 앉아 있었다. 그는 무언가에 몹시 놀라 소금기둥처럼 마비된 상태였다.

"바티스!" 그가 정신이 들도록 고함을 질렀다. "놈들이 와요, 바티스!"

그는 꼼짝도 하지 않았다. 어쩔 수 없이 내 위치를 벗어나 그에게로 갔다. 그리고 그의 어깨를 잡고 흔들었다.

"너무 추워요? 잠깐 나랑 교대할까요?"

"마인 고트, 마인 고트."

막힌 수도관이 내는 것 같은 소리가 들렸다. 발코니 밖을 내다보았다.

괴물들의 수는 혐오스러운 정도를 넘어서고 있었다. 남위의 보름달은 화려한 연극의 조명처럼 그들을 비췄다. 온통 괴물 천지였다. 괴물들은 떼를 지어 숲으로 몰려들면서 나뭇가지를 뒤흔들어 눈발을 휘날리게 했다. 어찌나 많던지 나뭇가지를 타고 올라갔다가 다시 내려오고, 기어올랐다가 다시 내려오고, 서로의 몸까지 타고 오르내려야 할 정도였다. 수가 너무 많아 구경꾼 역할을 하는 괴물들도 있었다. 구경꾼 괴물들은 북쪽과 남쪽의 작은 암초 위에 엎치락뒤치락 올라가 일광욕을 하는 파충류들처럼 길게 누워 있었다. 그들에겐 난폭한 사지를 움직일 공간조차 부족했다. 낚시 미끼로 쓸

구더기가 득실거리는 미끼통을 보는 것 같았다. 힘이 센 놈들이 약한 놈들의 머리를 밟고서 돌진했다. 화강암 언덕 앞에 멈춰선 녹회색의 연한 살덩이들은 우두머리의 명령을 기다리는 듯 우물쭈물 뒤로 물러섰다.

"바티스! 뇌관! 뇌관을 터뜨려요!" 나는 고함을 질렀다.

하지만 아무 소리도 들리지 않았다. 그는 아랫입술을 삐죽 내밀고 특정한 방향도 없이 레밍턴을 두 손으로 잡고서 조준했다. "바티스, 바티스!" 내가 그의 어깨를 잡아 흔들었다. 그는 총을 약간 밑으로 내렸다. 그러더니 멍한 표정으로 나를 쳐다보며 중얼거렸다.

"당신은 누구요?"

너무 끔찍한 순간이었다. 그는 기본적인 진리에 충실한 사람이었다. 하지만 지금은 그의 도움을 기대할 수 없었다. 내가 그를 도와줄 수도 없었다. 기껏해야 할 수 있는 행동은 그의 등을 두드리며 상체를 굽히라고 말하는 것뿐이었다. 바티스는 우리를 에워싸고 있는 재앙에는 아랑곳하지 않은 채 천천히 자신의 가슴과 손을 들여다보았다. 어떤 면에서는 그가 부러웠다.

세 개의 뇌관이 준비되어 있었다. 우선 나는 화강암 언덕 근처에 쌓아놓은 다이너마이트를 터뜨리기로 했다. 폭파 장치의 손잡이를 내렸다. 일순간, 여전히 심신 상실 상태인 바티스와 나는 한 쌍의 멍청이처럼 서로를 쳐다보았다. 작동이 되지 않았다. 하지만 다음 순간 갑자기 귀청이 터질 듯한 폭발음이 들렸다. 우리는 두 팔로 머리를 감싸 쥐며 바리케이드 뒤 바닥으로 쓰러졌다. 불꽃이 화산처럼 타올랐다. 화강암 조각과 온갖 종류의 파편들이 자루와 벽에 들러붙었고, 발코니 난간이 순식간에 철사처럼 우그러들었다. 등대

전체가 흔들렸다. 등대가 피사의 사탑처럼 한쪽으로 기운 느낌이었다. 눈을 떴을 때는 먼지와 재가 사방을 뒤덮고 있었다. 반짝이는 뿌연 입자들이 공중에서 날아다녔다. 겁에 질려 울부짖는 마스코트의 모습이 흘끗 보였다.

나는 바리케이드 위로 고개를 내밀고 밖을 내다보았다. 수십 마리, 수백 마리의 괴물들이 사라지고 없었다. 죽어가는 괴물들은 시체들 사이에서 몸을 질질 끌었다. 나는 눈을 깜박이며 뺨과 이마를 문질렀다. 그리고 고함을 질렀다.

"바티스, 도와줘요!"

살아남은 괴물들은 죽은 괴물들을 모른 척했다. 그들은 울부짖으며 열린 문 앞에 시체를 쌓았다. 반쯤 정신을 차린, 아니 완전히 정신을 차린 바티스는 무리들을 향해 레밍턴을 쏘아댔다. 총을 쏠 때마다 탄피가 튀어 올랐다. 모든 동작은 기관총을 쏠 때처럼 신속하게 진행되었다. 실수란 없었다. 괴물들은 총에 맞아 처절하게 죽어갔고, 달려오던 괴물들은 쓰러진 괴물들에 걸려 목숨을 잃었다.

"계속 쏴요!" 나는 총도 잊어버린 채 사납게 몰아쳤다. "문으로 가까이 오지 못하게 해요!"

다음 계획은 두 번째 다이너마이트를 터뜨리는 것이었다. 하지만 굉음이 터지는 바람에 그만 착각을 했다. 두 번째를 터뜨리는 대신, 더 뒤쪽에 있는 세 번째 다이너마이트를 터뜨린 것이다. 숲의 절반이 공중으로 날아갔다.

암홍색의 불길이 25미터, 아니 50미터 허공으로 치솟았다. 눈을 뒤집어쓰고 있던 나무들은 성냥에 불이 붙듯 순식간에 불길에 휩싸였다. 많은 나무들이 허공으로 날아올라 뿌리를 축으로 돌다가 우리 머리 위로 떨어져 내렸다. 괴물들의 찢겨진 살점이 말뚝에 들러붙었다. 그것은 총알이 퍼붓듯 우리 위로도 쏟아져 내렸다. 폭발의 파장이 느껴지는 바로 그 순간, 두개골 하나가 발코니의 차단벽을 맞고 튕겨져 나갔다. 그 파장으로 발코니에 매달려 있던 모래주머니들과 나는 열대 허리케인에 휩싸인 것처럼 뒤로 나뒹굴었다. 얼마 후 정신을 차려보니 어느새 방 안에 들어와 있었다. 숨이 막힐 듯한 시커먼 연기 속에서 팔꿈치로 방바닥을 기었다. 바닥은 온통 흙투성이였고 이곳저곳에서 불똥이 튀었다. 밖에서는 아직도 여기저기서 뒤늦게 다이너마이트가 터지고 있었다. 유황 냄새가 났다. 나는 기침을 하고 침을 뱉었다. 집 안 구석에 무방비 상태로 있는 마스코트가 보였다. 그는 아무것도 몰랐다. 모르기는 나도 마찬가지였다. 무슨 일이 일어나고 있는 걸까? 다이너마이트의 폭발력은 우리가 예측한 것 이상이었다. 바티스는 어디 있을까? 포르투갈 배의 선원처럼 등대에서 떨어진 게 아닐까? 바티스는 지난 며칠 동안 내가 여기저기 묻어놓은 폭약을 확인하면서 유탄을 더하는 작업을 할 때 다이너마이트를 더 넣지 못해 안달했다. 우리는 만약의 경우에 대비해 다이너마이트 일부를 남겨놓기로 합의했다. 하지만 그가 나 모르게 나머지를 몽땅 묻어놓은 것이 분명했다. 첫 번째와 세 번째 다이너마이트에도 하마터면 죽을 뻔했는데, 이 둘을 합친 것보다도 더 강력한 두 번째 다이너마이트가 터진다면 어떻게 될 것인가?

"바티스!"

런던의 안개 같은 짙은 연기 때문에 처음에는 그가 잘 보이지 않았다. 그는 먼지만 뒤집어쓴 채 아무 탈 없이 발코니에 있었다. 그는 인간의 지혜를 넘어선 전쟁의 여신, 발키리를 섬기는 골리앗 괴물들을 향해 고함을 질러댔다. 그의 머리카락은 불에 타서 거의 남아 있지 않았고, 머리에서는 아직도 연기가 났다. 그는 마치 권총을 다루듯 한 손으로 레밍턴을 쐈다. 주먹을 불끈 쥔 다른 한 손으로는 괴물들을 향해 욕설을 퍼부었다. 그때 놀랍게도 괴물 한 마리가 말뚝과 반쯤 날아가버린 난간 사이로 기어 올라왔다. 바티스는 개머리판으로 괴물의 머리통을 내리쳤다. 그는 마치 수박을 쪼개듯 다섯 번, 여섯 번 괴물의 머리를 쳐서 박살낸 뒤에 발코니 밑으로 걸어찼다. 그리고 마지막 뇌관을 쳐다보았다.

"바티스, 안 돼요, 안 돼요. 절대 안 돼요!" 나는 무릎을 꿇고 그의 허리를 부여잡으며 소리쳤다. "우리도 같이 날아갈 거예요!"

그는 잠시 주인이 하인을 내려다보는 듯한 너그러운 눈길로 나를 바라보았다. 그리고 말했다.

"저리 가시오!"

그가 호되게 나를 밀어붙였다. 나는 순식간에 모래주머니 위로 나동그라졌다. 괴물들은 출구 없는 함정에 갇혀 우왕좌왕하고 있었다. 그들은 바다로 가는 길을 찾았지만 사방은 온통 불길이었다. 많은 괴물들이 산 채로 불길 사이를 뛰어다녔다. 섬의 절반 이상이 불타고 있었다. 어둠과 두려움에 사로잡힌 괴물들과 번쩍거리는 시뻘건 불빛이 한데 뒤섞여 그야말로 아수라장이었다. 이미 화강암 언덕의 삼분의 이는 사라지고 없었다. 악다구니를 치는 괴물들의 아우성이 발코니까지 올라왔다. 마침내 바티스가 뇌관을 터뜨렸다.

섬 전체가 폭탄을 맞은 배처럼 가라앉는 줄 알았다. 섬의 북쪽에서 남쪽까지, 노란 불빛의 둥근 지붕이 섬을 에워쌌다. 등대는 폭풍 앞의 촛불처럼 연약했다. 폭발이 만들어낸 폐허 더미와 시커먼 진흙 더미가 파도처럼 하늘로 치솟았다. 그것들은 포물선을 그리며 눈에 보이는 모든 것을 덮쳤다. 괴물들이 울부짖는 소리, 바티스와 내가 지르는 비명이 하나로 합쳐졌다. 아무 소리도 들리지 않았다. 어색한 침묵 가운데 바티스의 입술이 움직이는 게 보였다. 사지가 잘려나간 몸뚱이들이 믿을 수 없을 만큼 높이 날아가는 것도 보였다. 폭탄이 터지고 있었다. 폭탄은 마치 바티스가 불러낸 살아 있는 존재 같았다. 바티스는 이 묵시록 같은 상황에 아랑곳하지 않고 박수를 치고 춤을 추면서 욕설을 퍼부었다. 마법의 약이라도 먹은 사람 같았다. 마지막 파편들이 식은 용암에서 날아온 화산재처럼 발코니로 훅 밀려 들어왔다. 세상의 종말이었다.

그다음 일은 별로 중요하지 않다. 바티스와 나는 서로 멀찍이 떨어져 앉았다. 우리는 마음이 금수처럼 황폐해진 나머지 서로를 외면했다. 만약 그것이 승리라면 어떤 이도 축하하려 들지 않을 것이다. 그 대학살을 입에 담기 싫은 것은 바티스나 나나 마찬가지였다. 두 시간 뒤 멀리서 기관차 경적 같은 소리가 났다. 내 귀는 다시 세상을 향해 천천히 열렸다. 날이 밝기 직전에야 청각이 제대로 회복되었다.

우리는 이제 가장 소름끼치는 일을 해야 했다. 여명이 촛불처럼 희미하게 비칠 때, 목도리와 손수건으로 코를 틀어막고 밖으로 나갔다. 두말할 것도 없이 끔찍했다. 화염은 등대를 온통 시커멓게 칠해놓았다. 구멍이 숭숭 뚫린 난간의 모래주머니에선 모래시계처럼 모래가 새어나오고 있었다.

마지막 다이너마이트가 터진 곳에 거대한 분화구가 생겼다. 괴물

161

들은 천사의 심판을 받은 듯 온 사방에 흩어져 있었다. 시체의 수는 셀 수도 없었다. 사방이 죽은 괴물들 천지였다. 바다에 떠 있는 괴물들도 많았다. 사지가 잘려나간 것들, 시커멓게 탄 것들, 미라가 된 것들, 인형 같은 자세로 비틀어진 것들. 굳어버린 손톱과 발톱, 벌린 입, 불에 탄 살덩이에서 나는 악취. 절대로 잊을 수 없는 광경이었다. 식초를 끓인 것 같은 그 끔찍한 냄새. 살이 완전히 타버려서 화석처럼 변한 갈비뼈가 시커먼 철봉을 연상시키는 모습으로 남아 있는 몸뚱이도 있었다. 아직 꿈틀거리는 몸뚱이도 있었는데, 그런 괴물들은 차라리 죽여주는 편이 나았다. 우리는 죽은 괴물들 사이를 걸어가면서 꿈틀거리는 것이 느껴질 때마다 나는 칼로, 바티스는 작살로 목덜미를 찔렀다. 하지만 그 일을 하는 중에 바티스의 가학적인 면모가 유감없이 드러났다.

한쪽 다리를 완전히 잃고 나머지 다리도 무릎까지 잘린 괴물이 있었다. 하얀 연기가 피어오르는 살덩이에 불과한 그 괴물은 팔꿈치로 바닥을 기어갔다. 바티스는 그 괴물을 죽이는 대신 그의 길을 가로막았다. 괴물은 자신의 길을 막는 장화를 보고 반사적으로 방향을 바꾸었다. 바티스는 끊임없이 괴물을 가로막았지만 괴물은 포기하지 않았다. 소라 같은 동작으로 노새처럼 아둔하게 바다로 가는 길을 찾았다.

"빨리 없애버려요, 빌어먹을!" 내가 얼굴에서 손수건을 떼며 고함쳤다. 바티스는 계속 괴물을 괴롭히다가 나중에야 작살로 괴물의 목을 찔렀다.

우리는 하루 종일 죽은 괴물들을 바다에 내던졌다. 발코니에 있는 마스코트를 발견한 것은 아직 그 일을 다 끝내지 못했을 때였다. 아직 한참 더 남겨놓고 있을 때였던 것 같다. 그는 다리를 꼬고 마치 밧줄에 몸이 묶인 것처럼 난간에 매달려 있었다.

"맙소사!" 내가 외쳤다. "맙소사, 저것 좀 봐요!"

"아니, 왜 저러지?" 바티스가 물었다.

"맙소사, 마스코트가 울고 있어요."

11

상상할 수 없을 만큼 잔혹한 재앙이 닥쳤다. 대학살이 지나고 채 마흔여덟 시간도 지나지 않았을 때였다. 이틀, 단지 이틀간의 평화로운 날이 흘렀다. 나는 달력을 만들려고 연필과 공책을 들고 숲을 산책했다. 바티스는 날짜에 무신경했다. 그나마 내가 이따금 날짜를 기록했는데, 그마저도 오래전부터 잊고 있었다. 가장 위험했던 기간에는 날짜를 표시하지 않았다. 다음 날을 맞이할 수 있을지 확신할 수 없었기 때문이다. 어떤 부분은 날짜가 중복되었는가 하면 한 달 내내 날짜가 틀리기도 했다. 검은색 표시와 빨간색 표시가 되는 대로 뒤섞인 곳도 있었다. 검은색으로 매일 날짜를 표시하면서도 그것과 무관하게 빨간색 표시를 해나갔기 때문이다. 결국 그 달은 한 달 전체의 날짜를 새로 작성해야 했다. 날짜 칸들은 낙서 같은 장식으로 메웠다. 칸마다 상상 속의 그림을 그려 넣었다. 이를테면 2월 1일은 숨어서 기다리는 괴물, 2일은 와락 덤벼들 자세를 취한 괴물, 8일은 등대 높이까지 쌓인 괴물들의 몸뚱이, 11일은 두꺼비 얼굴들의 탑을 그렸다. 왜 이렇게 터무니없이 기록했는지 알 수 없었다. 내가 적어놓은 것 같지 않았다. 사실 처음에는 기분이 좋았다. 실수로 잘못 계산해서 여기에 머물렀던 시간이 실제보다 적게 기록되었다면, 나를 태우고 갈 배는 예상보다 더 빨리 올 것이 아닌가. 하지만 면밀히 살펴보니 중복된 날짜는 정반대의 결과를 낳았다. 다시 정확히 따져보니 돌아갈 배는 이미 2주 전에 왔어야 했기 때문이다.

뭐가 잘못된 것일까? 다시 세계대전이 터지는 바람에 항로가 막히기라도 한 것일까? 그럴지도 모른다. 하지만 진실은 늘 잘 드러나지 않는다. 인간은 수많은 희생양들에게 재난의 책임을 떠넘기려는 경향이 있다. 나는 유럽이라는 그 드넓은 해변에 있는 최후의 모래 한 알이었다. 전초부대 요원, 최소한의 순찰대, 왕도 없는 부하였다. 어리석은 관료나 사소한 절차상의 실수로 기상관의 임무가 공문 기록에 파묻혀 눈에 띄지 않게 된 것이 아닐까? 어느 지점에선가 명령의 체계가 끊겨버리고 만 게 아닐까? 남극 근처 어디선가 길을 잃은 기상관. 아, 그 숙명이란! 국제 선박회사로서는 정말 큰 손실이다! 틀림없이 이사회는 회의 명단에 내 이름을 포함시키지도 않았을 것이다.

날짜를 다시 계산하면서 초조하게 달력을 넘기던 일, 그 중요한 계산을 애써 부인하려 했던 일이 떠오른다. 우울한 회계원처럼 종잇장을 넘기던 새까맣게 때 낀 내 집게손가락이 떠오른다. 그건 결국 아무 소용도 없었다. 성이 무너져 내리듯 절망이 퍼져나갔다. 달력은 내게 사형을 언도하며 최후의 심판을 내렸다. 죽고 싶은 심정이었다. 나쁜 소식을 잊어버리는 가장 좋은 방법은 더 나쁜 소식을 듣는 것. 하지만 더 나쁜 소식이 있을까? 물론 있을 수 있다.

그때 발코니에서 "춤 로이히트투름!" 하며 다급하게 외치는 바티스의 목소리가 들렸다. 믿을 수 없었다. 차가운 공기를 뚫고 총소리가 들렸다. 동시에 무언가 아주 연약한 것이 내 안에서 부서졌다. 처음에 나는 그것이 무엇인지 의식하지 못했다. 나는 연필과 공책을 팽개친 채 살기 위해 냅다 뛰었다.

그들은 밤까지 기다리지도 않았다. 해가 지기가 무섭게 나타나 불에 탄 등대로 다가오고 있었다. 화강암 언덕으로 올라가는 계단은 폭발로 일부가 무너져 내려 등대 문까지 가려면 기어올라야 했다. 바티스가 나를 엄호해주었다. 그는 내게 가까이 다가오는 괴물들을 과녁으로 삼았다. 총을 쏠 때마다 괴물들은 사라졌다. 등대를 바로 1, 2미터 남겨둔 순간 두려움은 분노로 돌변했다. 놈들은 왜 돌아온 걸까? 이미 수백 마리나 죽이지 않았던가. 그런데 또다시 나타난 것이다. 숨는 대신 가장 가까이 있는 놈에게 돌을 던지려고 했다. 돌을 집어 들어 놈의 얼굴에 하나, 둘, 세 개를 던졌다. 괴물에게 고함을 쳤던 기억도 난다. 괴물은 두 팔로 얼굴을 가렸던 것 같다. 뒷걸음질을 치기도 했다. 그러나 곧 녀석이 내게 돌팔매질을 하기 시작했다. 그 모든 일이 도깨비장난 같았다. 바티스는 정확히 조준해 단 한 방에 놈을 제거했다.

"이봐, 빨리 들어와! 뭘 기다려!"

발코니로 올라와 그의 옆자리에 앉았다. 그리고 한 번 아니 두 번 총을 쏘았다. 괴물들의 수는 많지 않았다. 하지만 그들이 다시 오다니.

나는 총신을 내렸다. 그들이 다시 나타났다는 사실은 우리가 아무리 노력해도 소용없다는 것을 의미했다. 우리가 뭘 해도 그들은 언제나 더 많은 수로 나타날 것이다. 그들에게 쏟아부은 총알과 폭탄은 개미들에게 내리는 비와 같았다. 단지 받아들여야 하는 것, 일시적으로 숫자에 영향을 미칠 뿐 그들이 지닌 불굴의 의지는 결코 꺾지 못하는 자연의 재앙 같은 것이었다. 나는 항복했다. 백기를 치켜들었다.

"어딜 가는 거요?" 바티스가 물었다. 나는 대답할 기운도 없어 걸상에 걸터앉아 무릎 위에 소총을 올려놓고, 두 손으로 머리를 감쌌다. 그러곤 어린아이처럼 울기 시작했다. 내 앞에는 마스코트가 있었다. 지난번과 다른 것은 의자에 앉아 있었다는 점이다. 마스코트는 의자에 앉은 채 무감각한 표정으로 상체를 테이블에 기댔다. 하지만 늘 그렇듯이 발코니에서 총을 쏘는 바티스를, 내가 우는 모습을, 그리고 괴물들이 등대를 공격하는 광경을, 마치 전쟁을 주제로 한 한 폭의 그림을 감상하듯 무심하게 바라보았다.

나의 용기와 인내심, 이성은 한계에 도달했다. 그들과 무장하고 싸우고, 비무장하고 싸우고, 육지에서 싸우고, 바다에서 싸우고, 숨어서 싸우고, 노천에서 싸웠다. 하지만 그들은 밤이면 밤마다 다시 돌아왔다. 죽음도 마다하지 않고 오고 또 왔다. 바티스는 계속 총을 쐈다. 하지만 나는 이제 그 전투와는 무관했다. "오, 맙소사." 눈물로 내 자신을 씻으며 말했다. 이런 상황에서 이성적인 사람이 할 수 있는 일이 뭐가 더 있을까? 뭐가 더 있겠는가? 더 현명한 사람, 의지가 더 확고한 사람이라면 어떻게 했을까? 내가 아직 시도해보지 않은 것이 있을까?

나는 눈물로 젖은 손바닥과 마스코트를 번갈아가며 쳐다보았다. 이틀 전에는 마스코트가 울었는데 지금은 내가 울고 있었다. 눈물은 내 몸뿐 아니라 억눌린 그 무언가도 해방시켜주었다. 울고 나면 전보다 훨씬 더 자유롭게 생각할 수 있기 때문일까? 어지러운 기억들이 마구잡이로 나를 공격해왔다. 후견인과의 추억이 떠올랐다.

소년 특유의 정체 모를 즐거움에 푹 빠진 채 나는 거울 앞에 서 있었다. 후견인은 누가 보이냐고 물었다. 나는 내가 보인다고, 한 소년이 보인다고 말했다. 맞았어, 그가 대답했다. 그리고 어디서 구했는지 영국군 모자를 내게 씌워주었다. "지금은요? 영국 장교처럼 보여요?" 내가 웃었다. 그가 아니라고 하며 내 말을 가로막았다. 그는 어떻게 보이느냐고 묻지 않고, 누가 보이느냐고 물었다. "머리에 영국군 모자를 쓴 내가 보여요." 그는 정확한 표현이 아니라고 했다. 그것이 나의 과제로, 아주 어려운 문제로 바뀌었다. 나는 오후 내내 그 혐오스런 모자를 쓰고 지냈다. "내가 보여요."라고 대답했을 때에야 비로소 그는 그 모자를 벗겨주었다.

바티스가 괴물들과 싸우는 동안, 마스코트와 나는 테이블을 사이에 두고 밤새도록 서로를 마주 보았다. 내가 누구를 보고 있는지, 누가 나를 보고 있는지 혼란스러웠다.

밤이 지나자 바티스는 탈영병을 보는 경멸 어린 시선을 내게 던졌다. 그러다가 아침이 되자 산보를 나갔다. 아니면 다른 일을 하러 나갔을 것이다. 나는 곧바로 바티스의 숙소로 올라갔다. 마스코트는 양말만 신은 채 침대에 웅크려 잠들어 있었다. 나는 억지로 그의 손목을 끌어다가 테이블에 앉혔다.

정오쯤 나는 몹시 흥분한 상태로 바티스와 맞닥뜨렸다.

"바티스!" 내가 소리쳐 불렀다. "오늘 내가 무슨 일을 했는지 알아맞혀봐요."

"시간 낭비요. 문을 수리해야 돼."

"이리 와보라고요."

내가 마스코트의 팔꿈치를 잡아끌자 바티스는 한 발자국 뒤에서 나를 따라왔다. 등대 밖으로 나와 마스코트를 땅바닥에 앉혔다.

바티스는 내 옆에 서 있었다.

"이걸 봐요."

나는 장작 네 개를 겨드랑이에 끼웠다. 하지만 네 번째 장작은 일부러 떨어뜨렸다. 그 장작을 주우면서 들고 있던 다른 장작을 또 떨어뜨렸다. 반복해서 똑같은 행동을 계속했다. 바티스는 끼어들지 않고 물끄러미 나를 바라보았다. 이유도 모른 채. '어서, 제발.' 나는 속으로 빌었다. 오전 내내 바티스가 없는 동안 그 동작을 반복했다. 바티스는 나를 쳐다보고 마스코트를 쳐다보았다. 마스코트는 장작들을 쳐다보았다.

마침내 마스코트가 소리 내어 웃었다. 사실 그것을 웃음으로 해석하는 데는 약간의 상상력이 필요하다. 하지만 그것은 웃음이었다. 처음에 그 소리는 가슴에서부터 울려나왔다. 마스코트는 입을 닫고 있었지만 날카로운 소리를 냈다. 몸 안의 보이지 않는 근육이 움직여 내는 소리였다. 그런 다음에야 입술을 벌렸다. 그는 정말 웃고 있었다. 그는 다리를 꼬고 앉아 고개를 이쪽저쪽으로 까닥까닥했다. 또 손바닥으로 넓적다리 안쪽을 두드리며 손뼉을 쳤다. 이제 상체는 앞을 향해 움직였고, 눈은 하늘을 쳐다보았다. 깔깔대고 웃을 때마다 가슴을 흔들며 박자를 맞추었다.

"봤죠?" 내가 의기양양하게 말했다. "이제 봤죠? 어떻게 생각해요?"

"장작 네 개를 동시에 들 수는 없는 모양이군."

"바티스! 웃고 있잖아요!" 나는 그의 반응을 기다리며 잠시 말을 멈추었다가 덧붙였다. "마스코트는 울기도 하고 웃기도 해요. 자, 이제 어떤 결론을 내리겠어요?"

"결론이라고?" 그가 고함을 질렀다. "내가 어떤 결론을 내리는지 말해주지! 저들은 딱정벌레처럼 번식을 하는 것 같소. 아마도 다시 돌아올 거요. 지난밤과 달리 수천 마리가 되어서. 아마 오늘이 우리의 마지막 밤이 되겠지. 당신은 장터의 광대처럼 막대기 네 개로 묘기를 부릴 거고……."

하지만 내 머릿속은 오직 마스코트 생각뿐이었다. 저런 짐승 같은 사람과 함께 등대에서 뭘 하는 걸까? 나는 마스코트에 관해 아는 것이 하나도 없었다. 언젠가 바티스는 죽은 해파리처럼 모래 위에 누워 있는 마스코트를 발견했다고 말한 적이 있었다.

"마스코트가 도망치려고 한 적이 한 번도 없었나요? 섬을 나간 적이 없었습니까?" 내가 물었다. 바티스는 내 질문을 들은 척도 하지 않았다. "당신이 자주 때리잖아요. 마스코트는 분명히 당신을 무서워하고 싫어해야 하는데 도망치질 않네요. 기회가 없는 것도 아닌데."

"참, 요즘 들어 쓸데없는 생각을 자주 하시는군."

"네. 요즘 들어 터무니없는 생각이 자꾸 들어요. 혹시 저들이 단순한 바다의 괴물이 아니란 생각 안 듭니까?" 내가 물었다.

"단순한 바다의 괴물이 아니라면……." 그는 탄환을 세느라 내 말을 제대로 듣지 않았다.

"그럴 수도 있지 않겠어요? 그 대머리 속에 단순한 본능 이상의 것이 들어 있을 수도 있잖아요. 만약 그렇다면 그들을 이해할 수도 있고."

하지만 아무리 토론해도 얻어지는 것이 없어, 결국엔 언쟁을 끝내고 조용히 오후를 보냈다.

◆◆◆

 확실히 그들은 전처럼 자주 공격하지 않았다. 마스코트도 노래를 부르지 않았다. 그것은 안전을 의미했다. 하지만 우리 자신을 속일 수는 없었다. 우리의 감각은 예민해져 있었다. 또 끊임없는 전투로 현실을 생생히 느낄 수 있었다. 동요하는 바다. 가지색 파도. 너무 습해 고래라도 헤엄칠 수 있을 것 같은 공기. 여느 때라면 대수롭지 않게 넘길 만한 작은 조짐들도 터무니없이 중요하게 여겨졌다. 이유를 정확히 알 수는 없었지만 운명의 날이 다가오는 듯했다. 파도 밑에서 힘들이 뭉쳐지고 있었다. 이번만은 우리의 빈약한 무기로 막아낼 수 없으리라.

 모든 징후들이 우리를 죽음으로 몰아넣고 있었다. 바로 그런 이유로 마스코트와 또 그 짓을 했는지도 모르겠다. 어느 것도 중요하지 않았다. 이젠 굳이 바티스에게 숨기려고 애쓸 필요도 없었다. 죽음은 섬에 상륙할 준비를 하고 있었다. 그 사실 때문에 바티스는 자신의 내면세계로 깊이 빠져들었다. 그는 문을 수리하거나 얼마 남지 않은 탄약통을 세면서 현실을 회피했다. 그는 마치 농부들이 자신의 소 한 마리 한 마리를 구별하듯 탄약통 하나하나를 알고 있었고, 심지어는 그것에 이름을 붙여주기까지 했다. 어떤 탄알이 어떤 기준으로 더 예쁘게 보이는지는 잘 모르겠지만, 가장 예뻐 보이는 탄알을 실크 손수건에 싸서 따로 보관했다. 그리고 가끔 그것을 꺼내 세어보곤 했다. 정확한 숫자를 모른다는 듯이 눈을 반쯤 감고, 한 손가락으로 헤아리면서. 그는 자신의 꼼꼼함이 나를 미치게 한다는 것을 알고 있었다. 그래서 그럴 땐 일부러 나를 등대 밖으로 내보냈다. 그 시간 동안 나는 마스코트와 사통을 했다. 보통은 기상관의 사택에서 했지만 혹시 바티스가 갑자기 나타날지 모를 때는 숲속에서 했다.

불안에 빠져 있던 며칠 동안 바티스와의 관계는 예측 불가능이었다. 등대의 분위기가 좋지 않았다. 말싸움을 해서가 아니라 말을 그만둔 것 때문이었다. 우리는 아직 죽은 것이 아니었다. 그래서 다른 생각이라도 하려면 뭔가 기분 전환할 것이 필요했다. 그때 『황금가지』가 생각났다.

"프레이저의 책이 어디 있는지 알아요? 이틀째 그 책을 찾고 있는데 보이질 않네요."

"책? 무슨 책? 난 책을 안 읽는데. 책이야 수사들이나 읽는 거지."

그의 말은 한마디도 믿을 수 없었다. 왜 내게 거짓말을 할까? 얼마나 적대감이 크기에 책 한 권조차 주지 않을까? 나름대로 꽤 나긋해질 수 있는 그였지만, 그는 의자에 앉은 채 날카롭게 쏘아붙였다.

"책을 읽고 싶소? 어째서? 기분 전환이 필요한가? 하긴 젊으니까. 심심하면 마스코트나 찾아보든가."

그는 빈정대는 표정을 지었다. 나를 의심하고 있는 걸까? 아니다. 다만 내 감수성을 경멸하며 나더러 방에서 나가달라고 빗대서 말하고 있는 것뿐이다. 마스코트와 사통하고 싶다고 넌지시 비치고 있는 것이다. 하지만 나는 나갈 마음이 없었다.

"이 섬은 생각만큼 지겨운 곳이 아니에요. 어쩌면 바로 코앞에 해결책이 있는지도 몰라요." 내가 말했다.

그는 빈정거림을 애써 눌러 참으며 흥미로운 표정으로 팔짱을 졌다.

"정말이오? 뭔지 들어봅시다. 노력의 결과가 있는 거요? 정확히 무슨 기술을 가르쳤소? 프랑스 요리? 중국어? 아니면 막대기 묘기?"

그는 스스로를 속이고 있었다. 내 얘기는 마스코트에게 가르치자는 것이 아니라 배우자는 것이었다. 그가 조금도 바뀌지 않았다는 사실이 너무 끔찍했다. 우리는 수평선에 등을 돌린 채 폭풍을 그리려고 했던 화가들이었다. 이제 고개를 돌리기만 하면 되는데. 그게 다인데.

눈이라는 것은 보는 것이지만 관찰하는 눈은 드물고, 보고 깨닫는 눈은 더더욱 드물다. 이제 나는 그에게서 인간의 모습을 찾았다. 그리고 한 여자를 만났다. 그 이상도 이하도 아니었다. 장벽을 허물어뜨린 것은 의미가 없었다. 그녀는 웃는다. 그녀는 왼손잡이다. 그녀는 내가 쫓아가면 싫어한다. 그래도 나는 그녀를 따라간다. 그녀는 오줌을 눌 때 쪼그리고 앉는다. 어리석게도 나는 여전히 성인의 규범을 모르는 아이의 기준으로 그녀를 판단했다. 전에 나는 그녀와 함께 사는 것을 동물과 함께 사는 것이라고 생각했다. 또 그녀의 문명화된 행동이 교화의 결과라고 믿었다. 하지만 그녀 곁에서 새로운 시간을, 새로운 날을 맞을 때마다 우리 사이의 거리는 놀라운 속도로 좁혀졌고 단순한 존재감은 공존한다는 느낌으로 바뀌었다. 그녀를 대하면 대할수록 우리가 평온한 일상을 공유하고 있다는 생각이 들었다. 내 감각은 예민한 도구로 변했다. 마치 어떤 마법이 작용해 그녀를 더 이상 동물로 바라보지 않게 만든 것 같았다. 하지만 그녀는 여전히 다른 세계에 속해 있었고, 여전히 그들 중의 하나였다.

눈이라는 것은 보는 것이지만 관찰하는 눈은 드물고, 보고 깨닫

173

는 눈은 더더욱 드물다. 어느 날 밤 우리는 내리는 눈을 맞으며 발코니에 있었다. 전에는 대리석 산이 전혀 보이지 않았는데, 그때는 수평선의 모래 한 알까지도 낱낱이 다 보였다. 얼마 전 괴물들이 우리의 방어 능력을 시험하며 공격해왔을 때, 바티스가 작은 괴물 한 마리에게 부상을 입혔다. 그러자 그 괴물을 도우려고 다른 네 마리가 달려왔다. 오, 맙소사, 맙소사. 형제를 구하기 위해 위험을 무릅쓰고 적의 불길 속으로 뛰어드는 그들의 가상한 노력을 전에는 식인종의 행동이라고 생각했다. 나는 특히 몸뚱이가 죽기도 전에 게걸스럽게 먹어치우는 그들의 잔인함을 증오했다. 우리는 그저 형제들을 구하기 위해 달려오는 그들을 향해 얼마나 수없이 총을 쏘아댔던가?

12

그녀는 누구인가? 욕망에 몸이 달아오를 때, 그녀를 갖고 난 다음에, 공격이 시작되기 전과 후, 해 뜨기 전과 해가 진 다음, 지친 파도가 해변에 와서 부딪칠 때……. 그때마다 나는 등대에서 이 질문을 수도 없이 던졌다. 발코니에서는 바다가 잘 보였다. 해변은 언제나 텅 비어 있었다. 나는 상상의 나래를 펴고 그녀에게 물었다. '너는 누구니? 여기서 뭘 하고 있니?'

그녀에 관해서는 아무것도 알 수 없으리라. 그녀와 나는 상상할 수 없을 만큼 서로 멀리 있었다. 그녀는 바닷속 존재들에 속해 있었다. 그녀의 세계, 일상생활, 그녀가 살아가는 원리를 생각할 때마다 내 상상력은 벽에 부닥쳤다. 그녀의 갈등을, 그녀의 좌절감과 패배감을 어떻게 이해할 수 있을까? 어떻게 해서 그녀가 자기 종족을 떠나 등대로 숨어들었는지는 끝내 알 수 없으리라. 아일랜드 탈영병이 여기까지 온 이유를 그녀가 결코 알 수 없듯이. 한없이 먼 길을 돌아 나는 여기 등대로 왔다. 나와 그녀가 같은 존재라는 것을 인정한다면 그녀의 삶 또한 나와 같은 길, 나처럼 아주 먼 길을 걸어왔음을 받아들여야 할 것이다. 나는 여태껏 '사랑'이라는 단어에 담겨 있는 의미를 알지 못했다.

나는 전과 달리 그녀를 다정하게 대했다. 처음에는 완전히 자포자기 상태에서 뜻하지 않게 그녀를 가졌다. 그때 난 그녀의 체취 때문에 손으로 만지기도 전에 거부감부터 들었다. 털 하나 없는 피부, 그 촉감과 피부색, 축축하고 차가운 느낌이란. 하지만 지금은 이런 것들을 역겨워했다는 사실 자체가 믿어지지 않았다. 나는 열정을 억제할 수 없었다. 처음에는 의도적으로 그녀에게 관심을 보였다. 나는 여자들을 사랑하는 것처럼 그녀에게도 애정을 표현하면 서로 더 가까워질 것이라고 믿었다. 만약 그녀에게 최소한의 감성이 있다면 바티스와 나의 차이점을 느낄 것이라고 생각했다. 그러면 그녀의 인간적인 면이 고치에서 나오는 나비처럼 빛을 보게 될 것이라고 믿었다. 그런데 그게 아니었다. 아무리 열정을 바쳐도 그녀는 꿈쩍하지 않았다. 내 안에서는 새로운 사랑이, 등대가 만들어준 사랑이 싹트고 있었다. 하지만 그녀에게 가까이 다가갈수록 내 사랑은 거센 저항에 부딪쳤다. 사랑을 나누기 전 그녀는 내 눈을 쳐다보는 법이 없었다. 사랑을 나눈 뒤 나의 미소나 애무에도 시큰둥했다. 그녀는 시계처럼 정확하게, 그리고 그 정확함과 똑같은 차가움으로 빈틈없이 쾌락을 조절할 뿐이었다.

등대 밖에서 그녀는 내 육체를 어쩔 수 없이 받아들였지만 등대 안에서는 나를 유령처럼 대했다. 나를 피했다. 아무리 관심을 끌려고 노력해도 소용이 없었다. 게다가 방해꾼도 있었다. 바로 바티스 카포였다. 그가 있을 때 그녀는 더욱 새침을 떨었다. 나는 그녀를 나만의 존재로 만들고 싶었고 내가 지배하는 영역에 가두고 싶었다. 하지만 등대 안의 그녀는 고분고분한 개와 붙임성 없는 고양이가 반반씩 섞인 것 같은 존재로 행동했다. 등대 밖에서 그녀를 보며 느꼈던 일말의 인간성이 신기루처럼 사라져버렸다.

그때는 어느 쪽이 맞는지 알 수 없었다. 어쩌면 내 욕망을 그럴

듯하게 포장하고 싶었는지도 모르겠다. 그녀를 나와 같은 사람으로 만들어 미개인으로 살아가지 않도록 하고 싶었는지도. 나는 이 세상과 모든 인간을 포기했다. 그런데 지금은 믿을 수 없게도 유럽에서 도망친 이후 내가 찾고 있던 은신처가 바로 그녀라는 확신이 들었다. 그녀를 쳐다볼 때, 그녀를 만질 때, 등대의 잔혹함은 씻은 듯이 사라졌다. 그녀가 인간일 수 있고 여자일 수 있다는 사실은 더 이상 중요하지 않았다. 신이 천지창조 후 제7일째 되는 날 쉬었다는 것은 거짓말이다. 신은 그날 그녀를 만들었고, 파도 밑에 숨겨두었다.

그렇지만 내 생각과 행동은 별개였다. 나는 그녀와 바티스를 떼어놓으려고 무진 애를 썼다. 한번은 그녀를 숲으로 데리고 가 이끼 위에서 함께 잠을 잤다. 그날은 그렇게 비밀스런 사랑을 나눈다는 것이 특히 불편했다. 그런데 바티스가 다가왔다.

나는 실만 없는 꼭두각시였다. 내 몸의 모든 근육을 다 써버려서 언제 근육이 있었는지 의심이 들 정도였다. 내 의식이 나른하게 세상을 떠도는 동안 이끼 침대 위에서 몸을 움직였다. 막 하품을 하려는데 그녀의 손이 내 입을 빨판처럼 막고 소리를 내지 못하게 했다. 나는 눈을 크게 떴다. '무슨 짓이야?'

투박한 독일 노래가 들려왔다. 풀을 밟고 서 있는 바티스의 가죽 장화가 보였다. 등대를 수리할 때 쓸 나무를 찾고 있었다. 그는 적당한 나무를 찾자 거침없이 도끼로 쓰러뜨렸다. 마음에 드는 나무를 발견할 때마다 손뼉을 치고 웃으면서 자신의 능력에 감탄하고 있었다. 내가 있는 곳에서는 그의 장화만 보였다. 그 너머로 네 그루의 나무가 서 있었다. 그가 조금 더 가까이 다가왔다. 도끼질을 할 때마다 톱밥이 우리들 위로 떨어졌다. 그녀는 놀랄 만큼 침착했다. 숨도 쉬지 않고 눈썹 하나 까딱하지 않았다. 그녀는 내 입에서 손을 떼지 않았다. 나는 그녀가 하는 대로 가만히 있었다. 그녀는 나보다 훨씬 더 능숙했다. 몇 번이나 범고래를 피해, 바닷속 위험을 피해 몸을 숨겼던 것일까? 바티스는 흡족한 듯 여러 번 목청을 가다듬었다. 그는 노래를 부르며 멀어져갔다.

몇 시간 후 바티스를 등대 방에서 만났다. 그는 심란한 표정이었다. 아까와는 완전히 다른 사람 같았다. 나는 아무 말도 하지 않았다. 그는 늘 똑같은 말만 되풀이했다. 탄약이 부족하다는 것과 문이 망가졌다는 것.

"바티스." 나는 꼼짝하지 않은 채 그의 말을 가로막았다. "그들은 괴물이 아닙니다."

"뭐라고?"

나는 한참 뜸을 들인 후에 입을 열었다.

"우리는 맹수를 상대로 싸우고 있는 게 아니라고요. 확실해요."

"형씨! 이 등대는 사람을 미치게 하지. 특히 당신은 더해. 당신은 약한 사람이야. 아주 약한 사람이라고! 누구나 이 등대를 견딜 수 있는 건 아니지."

더 이상 그와 대화할 수 없었다. 견해 차이가 너무 컸다. 나는 몹시 피곤한 표정으로 고개를 가로저었다. 그리고 느린 어조로 말했다. 한 마디 한 마디가 천 근 같았다.

"아닙니다, 바티스. 아니라고요. 당신은 잘못 생각하고 있어요. 아직 끝나지 않았어요. 그들에게 화해의 손짓을 보내야 해요."

"무슨 말인지 통 모르겠군."

"그들과 통하는 제스처가 있을지도 모릅니다. 그렇게 하면 그들도 우리가 전쟁을 원하지 않는다는 걸 이해할지도 몰라요." 나는 잠시 숨을 돌렸다. "비록 너무 늦었지만요. 하지만 다른 길은 없어요."

물론 모든 진실을 다 설명하는 건 불가능했다. 괴물들은 금지된 사랑을 모른다고, 간통을 숨기지 않는다고 말할 수 없었다. 숲에서 그녀가 내 입을 틀어막았다는 사실은 그의 주장이 거짓이라는 것을 증명하고 있었다. 하지만 그에게 그것을 설명해줄 수는 없었다. 할 수 없이 이리저리 돌려 말하자 그는 테이블 위에 있던 물건들을 모조리 집어 던졌다. 그의 동공이 바늘귀처럼 작아졌다. 그것은 어느 때보다 작고 까맸다.

그는 벌떡 일어섰다. 더 이상 내 말을 들으려고 하지 않았다. 하지만 그 학살보다 더 터무니없는 일은 없다. 우리의 적은 짐승이 아니었다. 이 단순한 사실 때문에 나는 더 이상 그들을 향해 총을 쏠 수 없었다. 그들을 죽이는 게 무슨 의미가 있을까? 우리가 왜 대서양의 한 작은 섬에서 죽어가야 하는가? 답이 없었다. 나는 어쩔 수 없다는 생각에 두 손을 번쩍 들었다.

"생각을 좀 해봐요, 바티스. 저들 입장에서는 우리가 백번 잘못한 겁니다. 입장을 바꿔 생각해보라고요. 우리가 침입자잖아요. 여긴 저들의 유일한 땅이고요. 우리는 요새와 무기를 가지고 이 땅을 점령한 겁니다. 그 정도면 저들이 우리를 공격할 만한 충분한 이유가 되지 않나요?" 더는 내 감정을 억제할 수가 없었다. "난 자신들의 섬에서 침입자들을 몰아내려고 싸우는 저들을 비난할 수 없습니다! 그럴 수 없어요!"

"오늘 오후에 어디 있었소?"

바티스가 갑작스레 화제를 바꾸는 바람에 내 말투가 고분고분해졌다.

"숲에서 낮잠을 잤어요. 아니면 어디 있었겠어요?"

"물론 그렇겠지." 빈정대듯 그가 말했다. "낮잠이라. 낮잠을 자야 활력이 생기지. 자 이제 준비하시오. 날이 어두워지고 있소."

그가 레밍턴을 내밀었지만 나는 받지 않았다. 자존심이 상한 그는 입을 굳게 다물었다. 나도 마찬가지였다. 그가 발코니로 나갔다. 잠시 후 나도 그를 따라 나갔다. 손을 덥히려고 손에 입김을 불었다. 바티스는 눈을 뭉쳐 내게 던졌다.

"받으시오! 눈 뭉치로 저들이 도망갈지도 모르지." 그가 말했다.

"쉿!"

그녀가 노래를 부르고 있었다. 검은 숲에서 가는 목소리가 들려왔다. 길고 가늘고 부드러운 울부짖음. 심장이 녹아들 만큼 두려운 감미로움. 바티스는 레밍턴에 총알을 장전했다.

"쏘지 말아요."

"노래를 부르잖소."

"아니라고요."

바티스는 나를 미친 사람 보듯 쳐다봤다.

"노래를 부르는 게 아니라 말을 하고 있어요. 잘 들어봐요."

우리는 고개를 돌렸다. 그녀는 테이블 위에 앉아 있었다. 그녀의 목소리가 발코니 너머로 울려 퍼졌다. 밖에서 들려오는 애절한 울부짖음은 그녀의 노랫소리에 화답하는 것 같았다. 하늘에서 소용돌이치며 떨어지는 눈송이만 등대 불빛을 받아 반짝거렸다. 내가 테이블로 다가가자 그녀는 입을 다물었다. 숲도 조용해졌다.

그들의 대화가 내 안에서 계속 울려 퍼졌다. 그들이 낸 소리 중에는 다른 것보다 자주 반복된 표현들이 있었다. 예를 들면 '시타우카' 같은 말, 특히 '아네리스'와 비슷한 말이 그랬다. 하지만 그 소리는 글로 옮겨 쓸 수 없다. 형편없는 악보가 될 테니까. 그들에 비하면 내 성대는 바이올린 앞의 칫솔 같다. 그래도 나는 모든 상상력을 동원해 그 소리를 흉내 내봤다.

"아네리스."

그녀가 나를 쳐다보았다. 모험할 만한 가치가 있었다.

"바티스, 시타우카는 그들을 가리키는 이름인 것 같네요." 내가 말했다. 꽤 그럴듯한 해석이었다. "마스코트도 이름이 있어요. 아네리스. 그들이 그렇게 불러요. 매일 밤 당신이 사랑을 나누는 여자의 이름은 아네리스군요." 나는 목소리를 낮추며 말을 맺었다. "그녀의 이름은 아네리스, 아주 예쁜 이름이네요."

바티스는 그동안 그들을 이름 없는 무리로 생각했다. 그런데 내가 그들에게 이름을 붙여준다면? 그들에 대한 바티스의 시각이 달라질 것이다. 하지만 바티스에게는 '시타우카'나 '아네리스'가 '괴물'이라는 말과 다를 바 없었다. 사실 그 단어는 그들이 내는 소리를 서툴게 흉내 낸 것뿐이었다. 그들에게 구체적인 정체성을 부여하는 것이 더 중요했다. 나의 노력은 본래 의도와는 정반대로 흘러갔다. 바티스가 폭발했다.

"이제 두꺼비 얼굴들의 언어로 말을 하고 싶소? 그런 거요? 사전 여기 있소!" 그는 레밍턴을 냅다 집어 던졌다. 총이 우리 사이에 놓였다. "탄환이 얼마나 남았는지 알기나 하쇼? 알기나 해? 저들은 저기 밖에 있고, 우리는 여기 안에 있소. 나가서 저들에게 총을 주시오! 놈들이 어떻게 하는지 보고 싶군. 그래, 당신이 두꺼비 얼굴들과 어떻게 협상을 하는지 한번 보고 싶어!"

나는 아무 말도 하지 않았다. 그는 씩씩거리며 주먹을 불끈 쥐었다.

"여기서 나가, 빌어먹을 놈! 층계참으로 가란 말이야! 계단으로 내려가서 문을 사수해! 날더러 살인자라고 비난을 해? 살인자는 너야! 몽상가 살인자! 결국 너 때문에 우린 죽고 말 거야! 저놈들이 우리의 살을 뜯어 먹고, 우리의 골수를 빨아 먹고, 그것도 싫증이 나면 너의 그 멍청한 생각을 비웃겠지. 그 축축한 지옥의 구렁에서. 안 그래? 내 앞에서 꺼져!"

그런 모습은 처음이었다. 그는 발코니에서 지독한 싸움을 벌이던 때로 돌아간 듯했다. 그는 잠깐 두꺼비 얼굴 보듯 나를 쳐다봤다. 몇 초 동안 나와 그의 시선이 마주쳤다. 일단 대화를 중단하는 편이 나을 것 같았다. 그는 아무 말도 듣고 있지 않았다. 나는 방을 나왔다.

내가 놀란 것은 그의 말 때문이 아니라 태도 때문이었다. 사실 우리는 조심해야 했다. 이미 수백 마리의 괴물들을 죽였으니까. 하룻밤 사이에 백기가 모든 것을 해결해주기를 바랄 수는 없다. 하지만 바티스는 모든 논의를 한순간에 물거품으로 만들어버렸다. 나는 그 문제에 관해 더 이상 말하고 싶지도, 듣고 싶지도 않았다.

그날 밤은 아무 일도 일어나지 않았다. 문구멍으로 몇 마리가 보였지만 잽싸게 불빛을 피해 도망 다니기만 했다. 위에서는 바티스가 미친 듯이 총을 쏘며 독일어 사투리로 욕을 해댔다. 그는 몹시 불안정한 상태였다. 하늘에서는 쓸데없이 보랏빛 조명탄이 날고 있었다. 저런 불꽃놀이 쇼가 지금 대체 무슨 소용이란 말인가?

바티스는 차츰 자기 안에 갇히기 시작했다. 그는 나와의 접촉을 피했다. 밤이 되어 어쩔 수 없이 함께 보초를 설 때면 그 혼자 무의미한 수다를 늘어놓았다. 우리의 대화는 막혀버렸다. 이야기할 가치가 있는 단 하나의 주제를 피하기 위한 의도였다. 나는 최대한 인내심을 발휘하려고 노력했다. 언젠가는 그가 말을 꺼낼 거라고 믿었다.

그의 도움을 바랄 수 없었으므로 혼자 시작해야 했다. 물론 그가 도와준다면 좋았으리라. 하지만 그를 구슬려 내 편으로 만들기란 하늘의 별 따기였다. 그런데 역설적이게도 바티스 덕분에 좋은 아이디어가 떠올랐다. 언쟁 도중, 그가 그들에게 우리의 총을 갖다주라고 말했잖은가. 그것이 바로 내가 할 일이었다. 바티스가 쓰던 소총은 벌써 오래전에 탄알이 떨어져서 무용지물이 됐다. 바티스처럼 현실적인 인간은 총 한 자루쯤 없어져도 아쉬워하지 않을 것이다.

나는 섬에 도착했던 날 보았던 해변으로 향했다. 내 경험상 그들은 바로 그곳을 통해 뭍으로 올라왔다. 나는 소총의 개머리판을 모래에 단단히 박고 커다란 돌들을 가져다가 총 주변에 둘러놓았다. 단순한 장치지만 내 의도를 알리기엔 충분했다. 아마 그들은 그 의미를 이해할 것이다. 어쨌든 우리가 손해 볼 일은 없었다.

◆◆◆

지루하게 사흘이 지났다. 바티스는 나와 아네리스 사이에 끼어

들지 않았다. 그는 중요한 딜레마에 정면으로 맞설 줄 몰랐다. 그는 그녀와 나의 관계를 의심하고 있었다.

바다 일에 종사하는 남자들은 대개 거칠고 현실적이다. 그동안의 경험에 따르면 바티스는 내가 자신보다 책을 더 많이 읽었다는 단순한 이유로 나를 자신의 서식지 밖에 사는 별종으로 간주했다. 우리 사이에 유일하게 다른 점은 내 인생에 아주 특별한 후견인이 있었다는 사실뿐이었다. 그러나 바티스는 묘하게도 책이 육체적인 유혹을 억제해주는 예방약이라고 확신했다. 그래서 자신의 욕망과 내 욕망은 서로 다르다고 굳게 믿고 있었다.

아마 그를 가장 당혹스럽게 만든 것은 내가 아네리스의 소유권을 따지지 않은 사실일 것이다. 만약 그랬다면 우리는 해적들처럼 싸움을 벌였을 것이고, 그는 자기 성격대로 결판을 냈을 것이다. 하지만 나는 그녀를 요구하지 않았다. 그렇게 하기보다 우리의 적은 괴물이 아니라고 주장했다. 똑똑한 사내라면 이것이 더 위협적임을 알아차렸을 것이다. 이런 주장은 바티스가 아니라 바로 내가 아네리스와 더 가까워지게 하니까. 바티스의 유치한 논리는 여러 가지 증거들 앞에서 무너졌다. 하지만 그는 진실을 받아들이기보다 좌절을 택했다. 그는 내 모든 생각을 부정하면서 진실과 정면으로 맞서지 않으려고 했다. 아예 등을 돌리고 문제를 도외시했다.

사실 바티스는 진퇴양난의 처지였다. 등대 밖에서뿐만 아니라 안에서도 공격을 받았다. 바티스 카포는 도저히 현실을 이해할 수 없었다. 현실을 받아들이려고 하지도 않았으며, 받아들일 수도 없었다. 그는 자신의 방식대로 섬에 적응했고 나름의 도덕적 원칙을 지키며 살았다. 그는 살인자가 아니었다. 아니 살인자가 되고 싶지 않왔다. 그 무렵 그는 어느 때보다 이탈리아인과 소돔인의 과거를 혼동했다. 농담으로 하는 이야기가 아니다. 내가 모르는 과거의 사고, 우발적인 살인 사건, 그를 최하층민으로 전락시킨 우연한 사고에 관한 이야기였다. 어쩌면 그래서 그는 법을 피해 이 섬에 오게 되었는지도 모른다. 그것은 중요하지 않다. 바티스가 좋은 사람이든 나쁜 사람이든 그건 전혀 중요하지 않다. 이 등대에는 이런저런 도망자들만이 찾아온다. 문제는 일단 등대에 오면 어느 순간 미치지 않을 수 없다는 사실이다. 그는 밤에는 생각하고 낮에는 도피했다. 적을 야만인처럼 보았으며, 싸움을 잔학 행위로 바꿔버렸다. 역설적인 것은 이런 그의 변덕스러움 덕분에 이성적인 판단이 가능했다는 사실이다. 그래서 그는 목숨을 건 싸움에 열중할 수 있었다. 우리는 이렇게 위태로웠다. 모든 토론은 미루어졌고, 어처구니없는 이유로 이어지지 않았다. 그는 일단 논리로 무장하면 어떤 공격에도 무너지지 않았다. 시타우카에 대한 공포는 그의 진정한 힘이었다. 시타우카들이 등대에 가까이 다가올수록 바티스는 더 많이 생각했다. 그리고 그들의 공격이 거칠어질수록, 바티스는 자신의 악행을 합리화했다.

하지만 내가 그를 따라야 할 의무는 없었다. 이것은 등대에서 내가 마지막으로 누릴 수 있는 인간적인 자유였다. 요즘은 바티스가 생각하는 모습을 거의 볼 수 없었다. 하지만 눈 한 번 깜빡하는 사이에 목숨이 왔다 갔다 하는 상황에서 감히 누가 다른 생각을 하겠는가?

13

오늘도 다른 날과 똑같은 하루가 시작됐다. 거무스름한 잿빛을 띤 구름들이 조금씩 소용돌이치며 모자이크처럼 하늘을 물들이고 있었다. 구름 뒤로 언뜻 희미한 연분홍색 햇살이 비쳤다. 보이지 않는 손이 내가 해변에 둔 소총을 거두어 간 것 같다. 오전 내내 그것이 뭘 의미하는지 곰곰이 따져보았다. 좋은 의미일까, 아니면 그 반대일까?

지난 며칠 동안은 시타우카의 활동이 뜸했다. 그들이 밖에 있다는 것은 느낄 수 있었지만 통 볼 수가 없었다. 시타우카들은 밖에서 자기들끼리 소곤거렸다. 하지만 등대 조명을 켜면 소리가 사라졌다. 바티스는 총을 한 번도 쏘지 않았다.

그들이 조용한 것과 소총이 사라진 것은 어떤 관계가 있을까? 실제로 연관이 있을까, 아니면 우리가 그렇게 바라는 것일까? 아무리 생각해도 결론을 내릴 수 없었다. 어느 것도 확실하지 않았다.

샘터까지 산책을 갔다. 그곳에서 물통에 물을 받고 있는 바티스를 만났다. 언제나처럼 그는 생각을 하지 않기 위해 일하고 있었다. 그의 몰골은 말이 아니었다. 옷을 입은 채로 잠을 잔 것 같았다. 나는 그에게 담배를 건넸다. 어떻게든 대화를 재개하고 싶었다. 내가 포기하려는 순간 그가 입을 열었다.

"좋은 생각이 떠올랐소." 무슨 소린지 알아들을 수 없는 낮은 목소리였다. "배에 아직 다이너마이트가 많이 남아 있소. 천 마리를 죽인다면 문제를 해결할 수 있을 거요."

그는 나름대로 양보하는 듯한 태도였다. 하지만 나는 그에게 최소한의 예의도 갖출 수 없었다. 나는 늘 그를 정중하게 대했다. 그의 한계에 맞추고 그의 무능력을 이해하면서. 하지만 그의 의도는 언제나 뻔하고 터무니없었다. 그 고집이란! 우리는 지금 물에 빠져 죽어가는데 그는 바닷물을 몽땅 마셔버리자고 제안하고 있었다. 나는 몹시 화가 났다. 그는 좋은 일은 더 좋게 만들지만 나쁜 일은 더 나쁘게 만드는 사람이었다. 시타우카를 하나라도 더 죽인다면 대화의 창구가 모두 닫히고 폭력만이 강화될 게 뻔했다. 그러나 아무리 가능성이 희박하다고 해도 적과 소통할 수만 있다면 그것은 불안한 싸움보다 백배 천배 더 좋은 것이다. 내가 왜 그의 개인적인 전쟁에 동참해야 한단 말인가? 아니다, 나는 더 이상 죽일 마음이 없었다. 절망적인 상황이 아니라면 이제 그런 일은 하지 않겠다.

"그런 황소 같은 고집은 대체 어디서 나오는 겁니까? 눈을 떠요, 바티스! 여기가 시라쿠사인 줄 알아요? 우리가 총과 다이너마이트를 가진 20세기의 아르키메데스인 줄 압니까? 생각해봐요. 저들은 지금 자기네 땅을 위해 싸우고 있는 거라고요. 누가 저들을 비난할 수 있겠어요?"

"쥐약 먹었소?" 그가 주먹을 불끈 쥐며 소리쳤다. "여기선 하느님도 권리가 없다는 걸 아직 모르나? 당신은 잿더미만 남은 성당을 보고 싶소? 씨도 안 먹히는 소리 하지 마. 아직 살아 있다면 내가 당신한테 등대 문을 열어줘서 그런 줄이나 알아! 우리가 저들을 안 죽이면 저들이 우리를 죽일 거야. 그런 거라고. 어서 날 도와서 배로 내려가! 난 당신을 위해 그 일을 했잖소. 이제 와서 당신이 내 부탁을 거절할 순 없겠지?"

대화는 광적인 웅변으로 변했다. 나는 좌절했다. 그의 고집은 요지부동이었다. 우리에게 필요한 것은 오직 전문적인 지식일 뿐이다. 증오심으론 어느 것도 극복할 수 없다. 우리는 힘을 합쳐야 강해질 수 있었지만 처음으로 나는 타협하지 않았다. 양보할 수가 없었다. 그는 아르고 호에 숨었고 나는 검객처럼 그에게 맞섰다. 그가 다시 판에 박은 듯한 언쟁을 반복하려고 했을 때 나는 버럭 소리를 질렀다.

"당신을 도와줄 사람은 바로 납니다! 황소고집을 버리면 내가 도와준다니까요!"

그는 미친 듯이 웃음을 터뜨렸다. 그리고 구름을 올려다보며 장난감 기차가 돌아가는 듯 작은 원을 그렸다. 화가 난 것인지 미친 것인지, 아니면 둘 다인지. 소돔인과 헷갈린 이탈리아인 얘기를 중얼거리는 소리가 들렸다. 나는 두 손으로 귀를 틀어막았다.

"조용히 해요, 바티스! 제발! 이탈리아인과 소돔인은 잊어버리라고요! 그 미친 사람들 얘기를 누가 듣고 싶어 한다고 그래요? 우리는 지금 중요한 결정을 내려야 합니다. 저들과 협상을 해야 해요. 휴전을 해야 한다고요, 빌어먹을!"

그는 내 말을 듣고 있지 않은 체했다. 마치 내가 없는 것처럼, 우물에 혼자 있는 것처럼. 그의 유치한 태도에 화가 치밀었다.

"저들이 당신보다 생각이 더 많을 겁니다! 사실이에요. 우리가 짐승인지도 모른다고요! 당신과 나, 엽총, 소총, 탄약, 폭탄! 죽이는 건 쉬워요. 적과 협상하는 게 어렵죠!"

"난 살인자가 아니오." 그가 내 말을 가로막았다. "나는 살인자가 아니오." 그는 한 번도 본 적이 없는 소름끼치는 눈빛으로 나를 쳐다보았다.

그는 양손에 하나씩 물통을 들고 사라졌다. 그 순간, 바티스 카포가 과거에 누군가를 죽였다는 사실을 깨달았다. 방금 내가 한 말은 그에게 굴욕감을 안겨주었을 것이다. 그의 말을 귀담아듣지 않았던 것이 실수였다. 물론 코끼리 가죽 같은 모습 뒤에 그의 영혼이 숨어 있다는 것은 알고 있었다. 그러나 그를 이해하는 일은 어려웠다.

그가 가버린 뒤에도 나는 산책을 계속했다. 비가 내리기 시작했다. 비는 눈 위에 지저분한 얼룩을 남겼다. 나무에 얼어붙은 얼음이 녹아내리고, 나뭇가지에 매달린 고드름이 와지끈 소리를 내며 부러졌다. 오솔길은 진흙으로 범벅이 되었다. 진흙탕을 피하기 위해 이리저리 건너뛰었다. 처음에는 비가 오거나 말거나 개의치 않았다. 빗방울이 털모자 속으로 스며들어와 결국 모자를 벗어야 했다. 이내 담뱃불이 꺼질 정도로 빗줄기가 굵어졌다. 등대보다는 기상관 사택이 더 가까웠다. 나는 사택에서 비를 피하기로 했다. 사택은 탁발승의 궁전처럼 나를 맞이했다. 시커먼 구름이 해를 가렸다. 반쯤 타다 남은 초를 찾아 불을 붙였다. 불꽃이 파르르 떨었다. 천장에서 그림자가 춤을 추었다.

그렇게 아무 생각 없이 담배를 피우고 있을 때 아네리스가 나타났다. 바티스가 그녀를 때린 게 분명했다. 그녀를 침대에 끌어다 앉혔다. "왜 널 때렸니?" 대답을 기대하지 않고 물었다. 그 순간 바티스가 내 앞에 있었다면 틀림없이 죽여버리고 말았을 것이다. 누군가를 향한 사랑의 크기는 제3자에 대한 증오의 크기로 나타난다. 그녀는 온통 젖어 있었다. 온몸이 멍들었지만 눈부시게 아름다웠다. 그녀가 옷을 벗었다.

수간에 대한 수치심은 내가 느끼는 쾌락에 아무런 영향도 미치지 못했다. 우리는 사랑을 나누었다. 노란 불꽃이 눈앞에 어른거릴 만큼 아찔하게, 그리고 여러 번. 내 몸이 어디서 끝나고 그녀의 몸이 어디서 시작되는지, 사택과 섬 전체가 어디서 시작되고 끝나는지 분간할 수 없었다. 침대에 누운 그녀의 차가운 숨결이 목덜미에 느껴졌다. 나는 담배 연기를 멀리 내뿜고 옷을 입었다. 허리띠를 채우며 이런저런 생각을 했다. 사택을 빠져 나오자 한기 때문에 소름이 돋았다.

등대를 100미터쯤 남겨두었을 때 극적인 광경이 펼쳐졌다. 나는 단지 지루함을 피할 생각으로 숲속 길 대신 북쪽 해안을 따라 걷고 있었다. 구불구불한 길이었다. 오른쪽은 바다였고 왼쪽은 울창한 나무숲이었다. 계단식 구획 밑으로 나무뿌리들이 드러나 있었는데, 바다로 떨어지지 않으려면 이따금 바위와 바위 사이를 훌쩍 뛰어넘어야 했다. 나는 학생 때 배운 성가를 소리 높여 불렀다. 3절의 중간쯤 부르고 있을 때 수평선에서 연기가 보였다. 배였다! 무슨 이유로 항로를 벗어나 섬 쪽으로 아주 가깝게 항해하고 있었다. 오, 배라니! 어떻게든 저 배를 우리 쪽으로 유인해야 했다. 나는 미친 듯이 등대로 뛰어갔다.

"바티스! 배예요!" 나는 걸음을 멈추지 않았다. "등대 조명을 밝혀요!"

바티스는 장작을 패고 있었다. 그는 일손을 멈추고 무심한 눈길로 등대를 쳐다봤다.

"못 볼 거요. 너무 멀어." 그가 단정적으로 말했다.

"SOS 신호를 보내게 도와줘요."

계단을 올라갔다. 그는 천천히 내 뒤를 따라왔다. "너무 멀어, 너무 멀어서 못 볼 거야." 그는 똑같은 말만 되풀이했다. 그의 말이 맞았다. 등대 조명은 달과 의사소통을 하려는 곤충의 신호나 마찬가지였다. 하지만 배를 잡고 싶은 마음이 너무나 강렬해서 내 눈엔 환영까지 보였다. 몇 분 동안 그 배가 우리를 향해 다가오는 듯했다. 그 작은 쇳조각이 손에 만져질 것 같았다. 물론 착각이었다. 배는 수평선 너머로 사라졌고, 굴뚝의 연기는 한동안 남아 있다가 점점 희미해졌다. 얼마 후에는 연기조차 보이지 않았다.

나는 마지막 순간까지 미친 사람처럼 모스부호를 보냈다. SOS, 우리의 영혼을 구하소서Save Our Souls. 그 순간만큼 기도와 구조 요청이 간절하게 하나가 되었던 적은 한 번도 없다. 무신론을 그토록 절감했던 적도 없다. 그들은 오지 않을 것이다. 그 배에는 사람들이 가득할 것이다. 정말 많은 사람들이. 그리고 가족들, 친구들, 연인들은 그들을 기다릴 것이다. 그들의 최종 목적지는 틀림없이 아주 멀 것이다. 하지만 고독에 대해 그들이 뭘 알겠는가? 나에 관해, 등대에 관해, 바티스 카포, 아네리스에 관해 그들이 뭘 알겠는가? 내가 갇혀 있는 이 세계는 그저 반점처럼 보이는 무의미하게 버려진 섬에 불과할 것이다.

"못 본다니까." 바티스가 감정이 실리지 않은 목소리로 말했다. 그는 장작을 패던 도끼를 손에 든 채 올빼미처럼 눈을 껌벅거리며 배가 떠난 방향을 바라보았다. 나는 그의 말을 듣지 않았다. 하지만 그는 유일하게 내 곁에 있는 사람이었다. 어떻게든 나는 절망감에서 벗어나야 했다.

"이것 봐요! 당신은 정말 눈 하나 깜짝하지 않는군요. 대체 당신은 어떤 사람입니까, 바티스? 시타우카 일도 도와주질 않고 사람일도 도와주질 않으니. 나는 어떻게 해서라도 일을 해결하려고 하는데 오히려 훼방만 놓고 있잖아요. 조난자 노조라는 게 있다면 당신은 악질 노조원이야!"

바티스는 나를 피해 등대에서 나갔다. 하지만 나는 그를 뒤쫓아 계단을 내려가면서 그의 등에 대고 비난을 퍼부었다. 그는 내 말을 못 들은 체했다. 독일어 사투리로 무언가를 중얼거릴 뿐이었다. 그의 소맷자락을 붙잡았다. 그는 내가 귀찮은 장모라도 되는 듯 내 손을 뿌리쳤다. 그는 나를 피하려고 했지만 나는 그의 팔꿈치와 어깨에 멘 소총의 개머리판을 붙잡았다. 그가 등대 앞에 멈추어 섰다. 우리는 서로 욕을 해댔다. 우리 둘 사이의 적개심을 막아주었던 수문은 배가 떠나는 순간 터져버렸다. 한참 뒤에야 바티스가 입을 다물었다.

바티스는 입을 헤 벌린 채 말을 잃고서 좌우로 번갈아 고개를 돌렸다. 북쪽과 남쪽 해안에 아주 작은 시타우카들이 나타났던 것이다. 물 위로 반만 몸을 내밀거나, 아니면 게처럼 바위 틈새에 몸을 숨긴 새끼들. 손과 발의 피막은 거의 투명했다. 바티스는 말처럼 콧김을 내뿜었다. 그는 하늘 위에서 내비치는 투명한 햇살을 쳐다봤다. 그러고는 바다의 경계로 몸을 숨기는 실루엣들을 바라보았다. 마치 그 둘이 조화를 이룰 수는 없다는 듯이. 그는 신기루와 현실을 구분하려고 애쓰는 사막의 나그네였다. 그가 북쪽으로 한 걸음 움직이자 새끼들이 바위 뒤로 몸을 숨겼다. 그들은 키가 채 1미터도 되지 않았다. 내 마음이 차분히 가라앉았다. 파도조차도 그들이 다칠세라 조심하는 것 같았다. 그들은 물을 침대 삼아 호기심 어린 눈으로 우리를 관찰했다.

느닷없이 바티스가 등에서 총을 꺼내더니 허둥지둥 노리쇠를 움직였다.

"안 쏠 거죠? 안 쏠 거죠?" 내가 말했다.

그는 침을 삼켰다. 위험한 낌새를 느끼지는 못한 것 같았다. 그들은 어둠 속에서 우리를 죽이려고 하는 괴물이 아니라 단지 연약한 새끼들이었다. 이윽고 바티스는 이 모든 것을 뒤로하고 나를 잊은 채, 등대를 향해 빠른 걸음으로 갔다.

공포탄 한 방이면 저들을 뿔뿔이 흩어지게 할 수 있었다. 하지만 그는 쏘지 않았다. 왜 쏘지 않았을까? 저들이 단지 짐승에 불과하다면, 우리에게 고통만 주었다면, 생각해볼 것도 없이 죽여야 마땅하지 않은가? 바티스 자신도 자기가 왜 그랬는지 잘 모를 것이다. 아니 그는 알고 있었는지도 모른다.

◆◆◆

참새처럼 소심하고 쥐처럼 신중하게, 어린 시타우카들은 섬의 중심인 등대로 다가왔다. 그들은 처음 며칠 동안 해변을 넘어오려고 하지 않았다. 마치 우리는 동물원에 갇힌 동물이 된 것 같았다. 사과처럼 크고 파란 수백 개의 눈동자가 한시도 놓치지 않고 우리의 일거수일투족을 감시했다. 우리는 어떻게 행동해야 할지 난감했다.

바티스는 더욱 그랬다. 악의가 없는 적과 맞닥뜨린 지금, 어떤 반응을 보여야 할지 알 수 없었던 것이다. 이러한 혼란은 그가 느끼는 모순과 정확히 일치했다. 양심의 가책이 고집의 한계에 다다르고 있었다.

아침 일찍 그는 허둥지둥 등대 밖으로 나갔다. 몇 시간 뒤면 부지런한 어린 시타우카들이 호기심에 가득 찬 표정으로 모습을 드러낼 것이다. 등대로 돌아온 바티스는 아무것도 보지 못하는 장님처럼 자기 방에 틀어박혔다. 그는 자주 아네리스를 데리고 들어가 침대 한쪽 다리에 발목을 묶어놓았다. 인간 거미 같았다. 어떤 때는 그녀가 아예 없는 것처럼 굴기도 했다. 그의 행동은 날이 갈수록 예측불허였다.

그는 체취가 강한 사내였다. 불쾌하다는 것이 아니라 다만 특별하다는 뜻이다. 그 어떤 유럽인도 그의 방에서 나는 열기를 품은 원시적인 냄새를 맡아본 적이 없으리라. 그의 방은 위험에 대비해 발코니 덧창이 내려져 있기 때문에 항상 어두컴컴했다. 어느 날 나는 그의 방으로 들어갔다. 그리고 눈보다 코로 그를 찾았다. 그의 그림자가 총안을 내다보며 섬을 유치원으로 바꿔놓은 어린 새끼들을 감시하고 있었다. 갈라진 틈으로 새어 들어오는 햇살이 그의 눈가에 카니발 가면처럼 드리워졌다. 그곳은 방이 아니라 굴속이었다.

"어린 새끼들이에요, 바티스. 새끼들은 우리를 해치지 않는다고요. 그냥 노는 거예요." 들창문으로 반쯤 상체를 내밀며 말했다. 그는 나를 쳐다보지도 않았다. 집게손가락을 입술에 갖다 대며 조용히 하라는 시늉만 했다.

나 역시 불안했다. 하지만 호의적인 불안이었다. 그들은 내가 알 수 없는 다른 세계에서 온 존재들이었다. 전쟁을 하다 말고 느닷없이 자신의 새끼들을 전쟁터로 보내다니. 어쩌면 우리를 성병 환자처럼 보고 있는지도 모른다. 오직 성인들에게만 위험한 병이니까. 모래사장에 꽂아놓은 엽총과 새끼들의 등장 사이에는 어떤 연관이 있을까? 어떤 전략이 숨겨져 있는 것일까? 그저 무책임한 행동일까? 저들이 만약 선의를 보여주고자 한다면 어떤 수단으로 표현할까? 우리의 공격은 항상 그들의 벌거벗은 몸뚱이 앞에서 좌절했다. 그런데 내가 총알이 없는 소총으로 휴전을 요청했더니, 저들은 악의 없이 순진무구한 몸뚱이들을 보냈다. 심술궂은 논리인가, 아니면 완벽한 논리인가?

새끼들은 아무 위험이 없다는 것을 깨닫고 마음 놓고 땅을 밟았다. 새끼들과 나는 아직 거리를 유지했지만 아무리 심각한 태도를 유지하려고 해도 이따금 미소가 나오는 것은 참을 수가 없었다. 그들은 뚫어져라 나를 관찰했다. 그들이 하는 일은 오직 나를 관찰하는 일뿐이었다. 빨려 들어갈 듯 큰 눈동자, 최면에 걸린 듯 벌어진 입술.

어느 날 아침 숲으로 갔다. 가죽 코트를 베개와 이불로 삼고, 두툼한 바지로 내리는 눈을 막았다. 팔짱을 끼니 가슴이 따뜻했다. 하지만 편안히 낮잠을 즐길 수 없었다. 가까운 곳에서 속삭임이 들려 눈을 떴다.

열다섯 아니 스무 마리쯤 되는 것 같았다. 그들은 각기 다른 높이의 나뭇가지에 매달려 올빼미처럼 나를 관찰하고 있었다. 선잠 상태라 더욱 비현실적으로 느껴졌다. 나무가 낯선 그들은 기어 올라가는 동작이 서툴렀다. 그 작은 몸뚱이는 금방 나무에서 떨어질 것 같았다. 나는 행여 그들이 다칠세라 가만히 누워 있었다. 그리고 생각했다. 만약 내가 갑자기 일어나면 그들은 놀랄 테고, 도망치다가 다칠지도 모른다. 잠이 멀리 달아났다.

"다들 물러가!" 작은 목소리로 말했다. "바다로 돌아가!"

그들은 움직이지 않았다. 나는 난쟁이들에 둘러싸여 있었다. 그들은 움직이지 않고 조용히 나를 바라봤다. 간혹 자기들끼리 떠들거나 싸움을 하거나 알랑거리는 녀석들도 있었지만 내게서 눈을 떼지는 않았다. 나는 가장 가까이 있는 녀석의 몸을 만지고 싶은 유혹을 느꼈다. 그 녀석은 땅바닥과 평행을 이루고 있는 큰 나뭇가지에 앉아 발장난을 치고 있었다. 그의 몸을 만지자 합창처럼 웃음이 온 숲에 울려 퍼졌다.

그들과 친해지는 데는 그리 오랜 시간이 걸리지 않았다. 이제 그들은 정말 귀찮은 존재로 변했다. 대머리의 그 작은 몸뚱이들은 내가 어디를 가든 따라 움직였다. 대도시 광장에 사는 비둘기 떼와 다를 바 없었다. 이따금 방향을 바꾸면 내 허리 주변으로 수많은 머리들이 와르르 몰려들었다. 내가 갑자기 그들을 놀래는 동작을 하면 몇 미터쯤 달아났다가 다시 모여들었다. 다들 나를 만지고 싶어 안달이었다. 용감한 녀석들은 내 팔꿈치와 무릎을 꼬집고 도망갔다가 오리처럼 키득거리며 다시 모여들었다. 내가 어느 곳에 앉기라도 하면 그야말로 광란이었다. 머리카락, 구레나룻, 목덜미를 서로 만지겠다고 야단이었다. 나도 그 녀석들을 몇 번 살짝 때려주었다.

얼마 안 가 나는 그들의 관심에 익숙해졌다. 녀석들은 새벽부터 날이 어두워질 때까지 등대 주변에서 놀았다. 유일하게 신경 써야 할 일은 등대 문을 닫아두는 것뿐이었다. 그러지 않으면 녀석들이 등대 안으로 들어와 창고에서 여러 가지 물건들을 들고 나갔다. 초, 컵, 연필, 종이, 담배 파이프, 머리빗, 도끼, 병 등. 도둑보다 더했다. 한번은 개미처럼 아코디언을 등에 지고 기어가는 놈을 잡은 적도 있었다. 또 어느 날은 다이너마이트 뭉치를 가지고 가기도 했다. 어느 구석에서 찾아냈는지 모르지만 그것을 럭비공처럼 가지고 노는 것을 보고 얼마나 기겁했는지 모른다. 하지만 그들을 도둑으로 몰아세우는 것은 옳지 않다. 훔친다는 것이 무슨 의미인지 모르니까. 그저 물건이 있다는 것 자체가 그들이 가져갈 수 있는 충분한 이유였다. 그들에게 고함을 지르며 야단을 쳐도 아무 반응이 없었다. 마치 "물건들이 여기 있었어요. 여기 있어서 우리가 가진 거예요. 주인이 없으니까요." 하고 말하는 것 같았다. 협박하고 구슬려도, 아무리 설명을 해도 소용없었다. 게다가 창고는 문을 닫아 보호할 수 있었지만, 외부의 방어벽은 녀석들로부터 무방비 상태였다. 갈라진 틈에 끼워놓은 병 유리는 짠 바닷물에 젖어 노랗고 파랗고 빨간 색깔로 반짝거렸다. 그들은 이 유리를 뽑아 목걸이를 만들었다. 바람 부는 어느 날, 그들은 벽에 두른 깡통과 밧줄을 장난감으로 만들어버렸다. 그리고 밧줄과 깡통을 끌고 뛰어다니면서 기차놀이를 했다. 아이들은 몰려다니면서 노는 것을 좋아한다. 나는 반나절 내내 그들이 망가뜨린 것을 수리하면서 보냈다. 나는 녀석들이 못된 짓을 할 때마다 용이 동굴 안에서 울부짖는 소리를 내며 위협했다. 하지만 그들은 이미 내가 무서운 사람이 아니라는 것을 알고 있었다. 그들은 이 소리를 들을 때마다 손가락 두 개로 자기들의 양쪽 귀를 잡아당겼다. 그것은 시타우카들이 상대를 놀리는 동작이었다.

그 녀석들을 바라보며 시타우카들이 우리를 습격해올 것인지 점쳤다. 그들이 거기 있는 동안에는 시타우카들이 우리를 공격하지 않을 것이다. 나는 나보다도 녀석들의 안전을 더 많이 생각했다. 어린 시타우카들이 바티스의 들창문을 열 때 그의 반응이 어떨지는 생각하기도 싫었다.

그들 중에 모습이 꼭 삼각형 같은 녀석이 있었다. 가장 소란스런 장난꾸러기였다. 나는 녀석을 삼각형이라고 불렀다. 삼각형은 어깨는 몹시 넓은데 골반과 허벅지 부분은 마치 여자처럼 급격하게 좁아져 아직 성별이 정해지지 않은 것처럼 보였다. 찡그린 얼굴은 못생긴 박쥐와 비슷했다. 다른 녀석들은 무리를 지어서 가까이 다가왔지만, 녀석은 그렇지 않았다. 혼자 자주 내 앞을 지나갔는데 팔꿈치와 무릎을 올리고 우쭐거리며 천천히 움직였다. 나는 그를 못 본 체했다. 내가 이렇게 무시하면 녀석은 내 귓전에 입을 갖다 대고 고래고래 소리를 쳤다. 그럴 때면 녀석의 어깨를 붙잡고 몸을 180도로 한 바퀴 돌렸다. 그러면 녀석은 태엽 인형처럼 원래 있던 자리로 되돌아갔다. 하지만 어떤 때는 너무 멀리 가기도 했다.

어느 날 오후 화강암 언덕 위에 앉아 벌써 여러 번 기운 스웨터를 꿰매고 있었다. 어린 시타우카들은 이미 바다로 돌아가고 없었다. 삼각형만 빼고 모두가 다 돌아간 뒤였다. 매일 아침 삼각형은 가장 먼저 나타났다 가장 늦게 돌아갔다. 녀석은 내 귀에 장난을 치려고 천천히 다가왔다. 바느질에 서툰 내게 이미 천을 덧댄 스웨터를 또 꿰매는 일은 여간 성가신 게 아니었다. 그런데 갑자기 녀석이 내 몸을 붙잡고 늘어졌다. 손과 발로 내 가슴과 허리를 감쌌다. 그뿐이 아니었다. 자신의 입을 내 귀에 갖다 대고 귓불을 핥기 시작했다. 녀석은 당연히 매를 맞았다.

맙소사, 어찌나 울던지. 삼각형은 달아나면서 내내 심하게 흐느껴 울었다. 처음에는 그 모습이 너무 재미있어서 웃음을 참을 수 없었지만, 이내 후회가 되었다. 삼각형이 다른 녀석들과 다르다는 것은 쉽게 짐작할 수 있었다. 녀석은 울면서 북쪽 해안까지 뛰어 갔지만 파도가 밀려오자 그 방향으로 가면 은신처로 갈 수 없다는 것을 깨닫고 멈추어 섰다. 삼각형은 깍깍 소리 내어 울면서 남쪽 해변으로 방향을 바꾸었다. 이번에는 바다 쪽으로 가지 않았다. 울음소리는 어느덧 슬픈 신음과 뒤섞였다. 삼각형은 작은 팽이처럼 빙글빙글 돌았다.

이따금 연민은 언덕 너머 풍경처럼 갑자기 찾아온다. 나는 바닷속 세계가 우리가 살고 있는 이 세상과 얼마나 다른지 궁금했다. 그곳에도 물론 부모라는 존재가 있으리라. 삼각형은 그들 세계에도 고아가 있다는 것을 보여주는 증거였다. 그의 울음을 견디지 못해 자루를 집어 들듯 그의 어깨를 잡고 화강암 언덕으로 데려왔다. 그리고 계속 바느질을 했다. 녀석은 다시 내 몸에 매달려 귓불을 핥다가 잠이 들었다. 나는 모르는 척했다.

14

그 평화는 불안한 휴전이었다. 총소리와 울부짖음이 계속 미뤄
지고 있을 따름이었다. 그러나 시타우카들은 매일 조금씩 멀리 물
러가는 것 같았다. 나는 그들이 결국 돌아오리라는 생각을 하지 않
으려고 애썼다. 여기에서 바로 인간의 나약함이 드러난다. 희망을
지나치게 믿은 나머지 나중에는 현실과 혼동하는 상황에 이르는
것이다.

남극의 겨울은 황량한 봄을 향해 나아갔다. 하루하루 낮이 밤보
다 조금씩 더 길어졌고 눈도 그렇게 많이 내리지 않았다. 눈송이도
활기를 잃었다. 눈이 오는지 비가 오는지 분간이 안 될 정도였다.
안개가 끼지도 않았고 구름은 점점 더 높아졌다.

바티스와 번갈아 야간 보초를 서던 일을 그만뒀다. 그럴 필요가
없었다. 하지만 어떤 일도 당연하게 생각하지는 않았다. 아이들의
등장은 양쪽 모두에게 평화로운 시간을 가져다주었다. 휴전을 선포
하는 것 이상이었다.

"우리를 공격하지 않을 겁니다, 바티스. 아이들은 우리의 방패예
요. 저들이 여기 있는 동안은 우리가 공격받을 일이 없을 거예요.
밤에도요. 그러니 그만 쉬어요."

그는 탄알을 세고 공들여 닦았다.

"아침에 아이들이 찾아오지 않는 걸 걱정해야 합니다. 무슨 일이

벌어질 징조니까요. 그게 뭔지는 모르지만."

그는 탄알을 센 다음 실크 손수건으로 조심스럽게 감쌌다. 그는 나를 아예 없는 사람처럼 무시했다.

삼각형이 곁에 오는 것을 한 번 눈감아준 뒤부터는 좀처럼 녀석을 떼어낼 도리가 없었다. 녀석은 매일 밤 나와 함께 잠을 잤다. 우리가 일으킨 가장 극적인 사건이었다. 녀석은 몹시 불안해했다. 담요 밑에서도 덩치 큰 쥐처럼 꼼지락거렸다. 달래는 데 한참이 걸렸다. 녀석은 내 귓불을 핥다가 나를 끌어안은 채 태아처럼 웅크린 자세로 잠들었다. 코에서는 피리 소리가 났다.

어느 날 아침 등대 밖에서 삼각형을 데리고 아네리스와 함께 장난을 치며 놀았다. 우리는 서로에게 눈뭉치를 던지며 어린아이들처럼 깔깔댔다. 그때 바티스가 나타났다. 그는 물에 젖은 갈까마귀 같았다. 긴 검정색 코트와 검은 수염이 흰 눈과 극명한 대조를 이루었다. 그는 엽총과 작살을 어깨에 메고 손에는 장작을 들고 있었다. 말로 표현할 수 없는 무게감이 느껴졌다.

그는 심술이 나서가 아니라 거의 반사적으로 우리의 놀이에 찬물을 끼얹었다. 그가 지나치게 난폭한 동작으로 삼각형을 위협했다. 삼각형은 겁에 질려 도망쳤다. 바티스는 아네리스를 데리고 등대로 들어갔다.

그는 아무런 해를 주지 않는 우리의 행동에서 위험을 느꼈다. 우리는 그저 장난을 치며 놀았을 뿐이다. 그런데 놀이는 참여자들을 평등한 관계로 만든다. 누군가와 놀다 보면 경계도 계급도 배경도 사라지는 것이다. 놀이는 모두를 위해 열린 공간이다. 이 단순하고 친근한 분위기가 바티스 카포의 비위를 거스르게 한 것이 분명했다.

바티스가 등대로 들어서려는 찰나, 눈뭉치 하나를 그에게 던졌다. 그게 그의 목덜미에 맞았다.

"바티스, 너무 저기압이에요. 재미있잖아요."

그는 배신자를 쳐다보는 것 같은 눈길로 나를 노려보았다. 한 번더 눈뭉치를 던졌다면 정말 위험했을 것이다.

◆◆◆

나도 모르는 사이에 어느덧 내게 일상이라는 것이 생겼다. 새로운 하루하루였다. 잔인했던 싸움 뒤에 찾아온 여명은 지상의 세계와 천상의 세계를 갈라놓았다. 하지만 마지막 순간에 불의의 습격을 당한 게 어디 한두 번인가. 섬은 거의 죽어 있었다. 곤충도 새도 없었다. 우리가 내는 소리 빼고는 바다 소리나 바람 소리뿐이었다. 바티스와 나는 화창한 날을 두려워했다. 바람도 없이 바다가 잔잔한 날이면 신경이 더 날카로워졌다. 조금이라도 소리가 나면 시타우카들이 나타났나 싶어 조명탄을 쏘았다. 하지만 이제는 생각이 달라졌다. 맑은 날이 전혀 겁나지 않았다. 예전의 삶을 떠올리려면 약간 노력을 해야 할 정도가 됐다. 섬 전체에 빛이 가득했다. 어린 시타우카들이 등대 근처에서 놀고 있었다. 바티스는 모기를 피해 숨은 코끼리처럼 자신의 방에 틀어박혔다. 현실을 외면하는 그의 방식이었다.

삼각형은 내 가슴에 매달려 왕자 같은 특권을 누렸다. 믿기 힘든 일이었다. 얼마 전까지만 해도 나는 등대에서 총을 쏘며 시타우카들과 싸웠다. 하지만 이제는 삼각형과 떼려야 뗄 수 없는 사이가 됐다.

삼각형은 앞뒤를 가리지 않는 성격이었다. 낮에는 어린 시타우카 떼거리를 이끌고 섬의 사방을 누비고 다녔다. 다른 아이들이 가버리고 난 뒤에는 울퉁불퉁한 땅바닥에서도 아랑곳하지 않고 기진맥진해서 고꾸라졌다. 해가 지면 나무 밑이나 화강암 구멍에서 그를 찾아내 내 매트리스로 데려갔다. 그리고 담요를 덮어주었다. 왜 그랬는지는 나도 잘 모르겠다. 시타우카들은 추위와 더위를 타지 않는 것 같았지만 나는 늘 담요를 덮어주었다.

일몰은 내게 특별히 중요한 시간이었다. 하루해가 저물면 습관처럼 해변에서 휴식을 취했다. 후미여서 그런지 파도는 한결 더 부드러웠다. 무대는 남극 대륙, 내 좌석은 특석이었다. 만년빙의 경계는 남쪽으로 100마일 밖에서 시작된다. 하지만 멀리서도 얼어붙은 대륙을 감상할 수 있었다. 너무 아름다웠다. 해가 지자 불꽃이 수평선으로 흩어졌다. 파르스름하면서 노란 번갯불이 번쩍거렸다. 주황색과 자주색 빛이 뱀들처럼 뒤엉켰다. 번쩍이는 광채를 보니 한 가지 망상이 떠올랐다. 시타우카들이 내게 말을 하고 있는 건 아닐까? 밀려가는 파도 소리에 그들의 중얼거림이 섞여 있는 것 같았다. '아냐, 오늘은 안 돼. 오늘은 저들을 죽이지 않을 거야.' 나는 등대로 돌아와 밤을 보냈다.

눈이 녹고 있었지만 바티스와의 관계는 꽁꽁 얼어붙었다. 그 상황에서 우리를 연결해주는 것은 오직 날씨뿐이었다. 시타우카들이 포위망을 좁혀가며 우리를 공격하던 동안 다른 위험은 생각할 수 없었다. 총검에 몸이 묶여 있는 마당에 맹장염을 걱정할 여유가 어디 있겠나. 시타우카들이 무대에서 사라지고 봄이 가까워오자 폭풍이 그칠 줄 몰랐다. 폭탄이 떨어지는 것처럼 천둥이 칠 때면 등대 벽이 흔들렸다. 총안으로 쉴 새 없이 빛이 새어 들어왔다. 거대한 뿌리 모양의 번갯불이 수평선에 가득했다. 그런 번갯불은 처음이었다. 내색은 하지 않았지만 우리 둘 다 겁이 나서 죽을 지경이었다. 아네리스는 꿈쩍도 하지 않았다. 우리가 느끼는 위험을 이해하지 못하는 것 같았다. 건축설계사들은 피뢰침을 제대로 설치하지 않았다. 우리는 그 사실을 알았지만 그녀는 몰랐다. 우리는 가학적인 소년의 확대경 밑에 있는 개미처럼 한순간에 재로 변할 수 있었다. 아네리스는 태연했지만 바티스와 나는 자연 앞에 속수무책인 원시인들처럼 머리를 맞대고 중얼중얼 기도했다.

하지만 그 연대감도 날씨가 개면서 끝났다. 바티스가 아네리스를 데리고 자신의 방으로 들어갈 때마다 나는 끓어오르는 감정을 가라앉혀야 했다. 밤새도록 잠을 이루지 못할 때도 많았다. 등대 주변에선 노예를 고문하는 바티스의 거친 목소리가 울려 퍼졌다. 나는 그에게 격렬한 적대감을 품었다. 당장이라도 계단을 뛰어올라가 그 불결한 침대에서 아네리스를 빼내 오고 싶었다. 하지만 참아야 했다. 참으려고 무진 애를 써야 했다. 그런 날은 시타우카보다 바티스를 향해 총을 쏘고 싶었다. 포르투갈 배에서 가져온 가장 위험한 다이너마이트는 바로 나 자신이었다. 바티스는 그걸 모르고 있었다. 매일 밤마다 나는 마음속 도화선에 불을 붙였다. 나는 그 폭탄이 폭발하기 전에 불을 끄려고 얼마나 노력했는지 모른다. 그녀에 대한 나의 열정은 섬보다 더 커졌다.

음악의 장점은 생각하지 않아도 된다는 것이다. 아네리스가 음악의 화신인 것은 확실했다. 다만 그녀를 곁에 두고 참는 게 어려웠다. 이제는 그녀에게 넝마를 뒤집어씌운 바티스의 의도를 충분히 알 수 있었다. 그녀가 입고 있는 스웨터는 눈에 거슬렸다. 털실이 온통 해지고 풀린 데다, 원래는 흰색이었지만 지금은 회색과 노란 색의 중간색으로 보였다. 그녀는 바티스가 보지 않을 때만 그 옷을 벗었다. 그녀는 알몸을 드러내는 걸 자연스러워했고 조금도 부끄러 워하지 않았다. 그녀는 부끄러움이 무엇인지 모른다. 나는 여러 각 도에서 그녀를 바라보면서 감탄했다. 벌거벗은 채 숲을 다닐 때, 다리를 꼬고 화강암 언덕에 앉아 있을 때, 등대의 계단을 오를 때, 턱을 치켜든 채 눈을 감고 황량한 햇볕을 쬐며 도마뱀처럼 발코니에 꼼짝 않고 앉아 있을 때…… 아무리 봐도 질리지가 않았다. 나는 할 수 있을 때마다 자주 그녀와 사랑을 나누었다.

바티스는 어느 때보다도 더 그녀를 노예처럼 다루었다. 그가 그녀를 다루는 방식은 몹시 변덕스러웠다. 밤에는 그녀를 무척 힘들게 했지만 낮이면 지겨울 정도로 마냥 내버려두었다. 몇 번이나 그랬다. 배를 채우려고 어쩔 수 없이 그의 숙소로 올라갔을 때였다. 바티스가 바깥을 꼼꼼히 탐색하는 동안 아네리스는 집 안 정리를 하고 있었다. 사물을 대하는 그녀의 태도는 매우 독특했다. 그녀는 선반을 불안한 장소로 봤다. 그래서 선반 위에 물건을 놓지 않았다. 그녀는 모든 물건을 바닥에 정리했고, 물건 위에는 영락없이 돌멩이나 무거운 물건을 올려놓았다.

그녀가 풀려나는 날이면 바티스의 눈을 피해 숲속으로 갔다. 이따금 우리가 함께 있는 것을 아이들이 볼 때도 있었지만 아이들은 별로 신경을 쓰지 않았다. 아이들의 생각은 빤히 보인다. 아이들의 인내심은 눈으로 보는 것에서 나오지 생각에서 나오는 게 아니다.

아이들에겐 이상할 게 아무것도 없었다. 다만 새로울 뿐이었다. 기회가 있을 때마다 나는 아이들과 아네리스의 관계를 관찰했다. 사실 관계란 존재하지 않는다. 아네리스는 아이들을 귀찮아했다. 아이들은 다른 시타우카들과 그녀에게 소식이나 안부를 전달하는 역할을 할 수 있었지만, 그녀는 조금도 흥미를 보이지 않았다. 그녀는 개미를 무시하듯 아이들을 무시했다. 어느 날 그녀가 삼각형을 꾸짖는 것을 보았다. 삼각형은 말썽꾸러기 몇 명을 합쳐놓은 것만큼 골칫덩이였다. 그녀는 삼각형을 내쫓았지만 그는 늘 그렇듯 다시 돌아왔다. 나는 이것을 삼각형의 가장 큰 장점으로 봤지만 그녀에게는 가장 참기 힘든 점이었다. 어느 누구도 가엾은 아이에게 그토록 적개심을 보일 수는 없었다. 그것은 한 아이에 대한 적개심이 아니라 다른 시타우카들에 대한 적개심이었다. 내가 인간과의 관계를 끊은 것처럼 그녀는 시타우카들을 버렸다. 차이점이 있다면 아네리스는 시타우카들을 가까이 두고 살았지만, 나는 사람들 곁을 떠났다는 사실뿐이었다.

대답할 수 없는 질문을 할 필요가 있을까? 나는 살아 있었다. 죽을 수도 있었지만 아직 살아 있었다. 그뿐이었다. 단지 그뿐이었다. 그들은 내 사지를 하나하나 찢어발길 수도 있었다. 그랬다면 내 시체는 지금쯤 바다 밑에서 썩어가고 있을 것이다. 그런데 지금 나는 규범도 금기도 없이 그녀와 마음껏 사랑을 나누고 있다. 하지만 그녀에게 다가가려는 내 의도는 번번이 실패했다.

그녀가 등대에서 지낸 세월을 생각하면 그녀의 무심한 태도는 놀라운 게 아니었다. 싫든 좋든 바티스의 과거는 내 과거이기도 했다. 그런 면에서 나는 그의 잔인함을 공유하는 셈이다. 하지만 누구도 그녀를 억지로 가둔 적이 없었다. 그녀는 바티스가 폭력을 쓴 다고 해서 그를 미워하지도 않았고, 또 보호해준다고 해서 고마워 하지도 않았다. 그는 필요악처럼 그녀를 소유하고 때리고 모욕했다.

사랑을 나눈 후에는 그녀의 마음속 문이 열렸다. 그녀의 얼굴을 보면 알 수 있었다. 그녀는 탁한 유리를 통해 보듯 나를 뚫어지게 쳐다보았다. 애정이라고 착각할 만큼 강렬한 눈빛이었다. 한계는 있 지만 그녀의 육체적 폭발은 일종의 사랑이었던 것이다. 그러나 그 것은 신기루다. 애무를 요구해도 아무 반응이 없었다. 내가 지구상 에서 가장 고독한 두 연인의 관계를 말하려 하면 그녀는 눈빛이 탁 해졌다. 그녀를 힘껏 끌어안으려 하면 그녀는 몸을 움츠렸다.

하지만 시나리오가 없는 연극을 굳이 설명하려고 애쓸 필요는 없다. 등대에서의 삶은 예측할 수 없는 사건의 연속이었고, 우리의 이야기는 훨씬 더 구불구불한 길을 따라 흘러내려갔다.

15

어느 날이었다. 시간이 지났는데도 아이들이 나타나지 않았다. 정오가 되었는데도 아이들의 모습이 보이지 않자 삼각형은 새끼 독수리처럼 바다를 바라보았다. 녀석은 오래 고민하지 않았다. 삼각형은 곡예사 같은 동작으로 내 무릎에 매달렸다. 같이 놀고 싶을 때마다 녀석은 이런 식으로 자기 마음을 표현했다.

나는 아이들이 오지 않은 게 못내 서운했다. 화약으로 뒤덮인 이 땅에서 그들만이 유일한 숨통이었다. 아네리스는 여느 때처럼 침묵을 지켰다. 반면에 바티스는 들뜨고 활기에 넘쳐 보였다. 겉으로 표현하지 않았지만 그는 아이들의 존재가 무엇을 의미하는지 알고 있었다. 이제 아이들이 사라졌으니 다시 예전으로 돌아갈 것이다. 하지만 그도 아이들이 사라진 다음 사태가 어떻게 변할지는 모르고 있었다.

나는 그를 관찰했다. 그는 탄약을 정비하고, 방어벽을 새로 설치하고, 새로운 무기를 준비했다. 빈 깡통으로 파이프 오르간을 닮은 장치도 만들었다. 빈 깡통들을 일렬로 세운 다음 그 속에 조명탄을 넣어 미사일처럼 발사하려는 것 같았다. 그는 갑자기 말수가 늘었고 생글거리기까지 했다. 총천연색 조명탄을 적에게 날릴 생각을 하니 기분이 좋아진 모양이었다. 그가 야한 농담을 했지만 나는 전혀 웃을 기분이 아니었다.

하지만 그의 모든 노력은 자포자기 상태에서 나오는 것이었다. 우리는 이미 전쟁에서 졌다. 마지막 탄알을 쏠 때까지 저항하는 것은 그의 사고방식을 정당화할지는 몰라도 그의 목숨을 구할 수는 없었다.

우리는 함께 점심식사를 했다.

"어쩌면 저들이 밤까지 기다리지 않을 수도 있어요."

"기대하시오. 깜짝 놀라게 해줄 테니." 그가 말했다.

그는 토끼처럼 이를 드러내놓고 껄껄 웃었다.

"만약 오지 않으면? 그래도 쏠 겁니까?"

"그럼 당신은? 우릴 죽이러 와도 안 쏠 거요?" 그가 물었다.

아네리스는 다리를 꼰 채 바닥에 앉아 있었다. 눈은 뜨고 있었지만 아무것도 보지 않았다. 앉아서 잠을 자는 것처럼 미동도 하지 않았다. 우리의 폭력은 태양의 주위를 도는 지구처럼 그녀의 주변을 맴돌고 있었다. 바티스는 침대에 벌렁 드러누웠다. 매트리스의 스프링이 삐걱거렸다. 그의 커다란 배가 출렁거렸다. 그 역시 자는 것 같지도, 깨어 있는 것 같지도 않았다. 나는 왜 총을 들고 있을까? 머릿속으로는 예방조치 때문이라고 생각했지만 가슴속 깊은 곳에서는 의무 때문이라고 생각했다. 바티스가 눈을 떴다. 그는 눈을 깜빡거리지도, 꼼짝하지도 않은 채 천장을 쳐다보았다. 그리고 말했다.

"문은 잘 닫았소?"

무슨 말인지 짐작이 갔다. 그는 시타우카들이 낮에 나타날지도 모른다고 추측하고 있었다. 그의 말에는 또 다른 의미가 포함되어 있었다. 바로 삼각형 때문이었다. 며칠 동안 그는 내가 삼각형과 함께 지내고 있는 것을 모르는 체했다. 삼각형은 어디로 간 것일까? 바티스의 걱정은 지극히 현실적이었다. 싸움을 하는 동안 삼각형이 왔다 갔다 하면서 방해하는 것을 원치 않았던 것이다. 하지만 삼각형을 기억나게 해줬으니 그냥 넘어갈 수는 없었다.

미친 듯이 계단을 내려갔다. 삼각형은 없었다. 나는 겁에 질려 등대 밖으로 나갔다. 햇살은 어느덧 눈 위를 푸르스름한 색으로 물들이고 있었다. 삼각형은 입가에 손가락을 대고 있었다. 나를 보자 씩 웃었다. 시타우카 서넛이 삼각형 뒤에 무릎을 꿇고 앉아 녀석의 허리를 끌어안은 채 귀엣말을 했다. 수풀 사이에 시타우카 몇몇이 더 있었다. 예닐곱 마리쯤으로 보였지만 인광이 번득거리는 눈빛과 벗겨진 두개골의 윤곽만 느껴질 뿐이었다.

등골이 오싹했다. 하지만 함정은 아니었다. 시타우카들은 삼각형을 내 쪽으로 가볍게 떠밀었다. 삼각형이 다가왔다. 빗방울이 떨어지기 시작했다. 후드득 후드득 떨어지는 굵은 빗방울이 눈 위에 분화구를 만들었다. 삼각형은 내 무릎을 끌어안고 히죽거리며 어깨에 올려달라고 졸라댔다. 녀석의 관심사는 오직 한 가지, 함께 노는 것뿐이었다.

그때 시타우카들은 내게서 분명히 호의를 느꼈다. 그런데 갑자기 그들의 근육이 굳어졌다. 고개를 돌려보니 바티스가 우리를 보고 있었다. 그는 불안한 스컹크처럼 발코니를 왔다 갔다 하는 참이었다. 난간에는 어느새 그의 발명품이 매달려 있었다.

"바티스, 이들은 싸울 생각이 없어요!" 내가 외쳤다. 나는 한 손으로 삼각형을 보호하면서 다른 한 손을 흔들었다. "우리를 해칠 생각이 없다고요!"

"빨리 등대로 숨어, 친구! 내가 엄호할 테니!"

그는 장치를 조작했다. 파이프 속에 숨겨놓은 조명탄은 모두 심지 하나로 연결되어 우리 쪽을 향하고 있었다.

"안 돼요, 바티스! 터뜨리지 말아요!"

그가 불을 붙였다. 하지만 조명탄은 멀리 날아가지 못했다. 몇 개는 우리 머리 위에서 터졌고, 몇 개는 땅바닥에서 튀었다. 다음 순간 여덟 가지 색의 조명탄이 폭죽처럼 불탔다. 나는 삼각형을 안고 바닥에 엎드렸다. 그야말로 아수라장이었다.

시타우카들은 조명탄과 바티스의 총알을 피해 위아래로 정신없이 뛰어다녔다. 바티스의 총알은 벌떼처럼 윙윙거리며 귓전을 울렸다. 삼각형은 겁에 질려 울고 있었다. 내게 오라고 말했지만 그는 망설였다. 내게 와야 할지 바다를 향해 달아나야 할지 결정하지 못했다. 그가 갈등하는 모습을 보니 마음이 아팠다. 우리 사이에 보이지 않는 유리판이 있는 것 같았다. 마침내 그가 뒷걸음질을 치면서 멀어져갔다. 물속으로 들어가는 게 보였다. 옆구리를 총검에 찔린다 해도 그토록 아프지는 않았으리라. 그를 잃어버린 아픔은 그 어떤 것과 비교할 수 없었다.

등대로 돌아와 계단을 서너 개씩 뛰어올라갔다. 그리고 분에 못 이겨 바티스의 가슴을 움켜잡았다. 어찌나 힘껏 움켜쥐었는지 가죽 코트 단추가 뜯겨져나갔다.

"내가 당신 목숨을 구한 거야!" 그가 항변했다.

"내 목숨을 구해? 살아날 유일한 가능성을 당신이 날려버렸잖아!"

나는 발코니로 나갔다. 시타우카들은 모두 사라져버린 뒤였다.

삼각형도 없었다. 곧 날이 어두워질 것이다. 눈발이 흩날리더니 돌 풍까지 몰아쳤다. 고철 덩어리인 바티스의 발명품이 난간에 부딪쳐 요란한 소리를 냈다. 처음에는 그 소리에 울화가 치밀었지만 곧 절 망적인 슬픔이 엄습해왔다. "완전히 죽음의 언덕이군." 내가 중얼거 렸다. 바티스는 열심히 밖을 감시했다. "어디, 어디, 그놈들 어디 있 지?" 내가 할 수 있는 일이라고는 총을 들고서 바람이 부는 쪽으 로 침을 뱉는 것뿐이었다. 나는 이따금 그를 향해 욕지거리를 퍼부 었다. 씁쓸했다. 우리는 때로는 은밀하게, 때로는 드러내놓고 서로 를 노려보았다. 날이 어두워지자 어처구니없는 상황은 극에 달했 다. 우리는 발코니 끝에 선 채 아무 말도 하지 않았다. 어둠을 감시 하고 있는 건지 서로를 감시하고 있는 건지조차 알 수 없었다. 자 정까지 아무 일도 일어나지 않았다. 내리는 비에 눈이 녹아 화강암 언덕을 타고 흘렀다. 죽은 나뭇가지들이 휩쓸려 떠내려갔다.

어느 순간 달이 구름 속에서 모습을 드러냈다. 시타우카 몇 마리 가 보였다. 그들은 이번에도 숲의 경계선에 있었다. 그러나 등대로 다가오지는 않았다. 나는 삼각형을 찾아보았다. 바티스가 즉시 총 을 쏘았다. 총소리가 나자 시타우카들은 다시 몸을 웅크렸다. 몇몇 은 네발로 달아났다.

"당신 친구들을 좀 보시오!" 바티스가 의기양양하게 말했다. "구 더기처럼 기어가는군. 저렇게 비참한 존재를 본 적 있소?"

"전쟁터에서는 다 그래요! 나도 총알이 날아다니면 저렇게 기었 다고요!" 내가 소리쳤다. "쏘지 말아요! 벌집을 만들 생각이에요? 쏘지 말라니까!"

나는 한 손으로 그의 레밍턴을 움켜쥐고 총신이 하늘을 향하도록 했다. 하지만 바티스는 내 손을 뿌리치고 다시금 총을 쐈다.

"쏘지 말아요! 쏘지 말라니까, 빌어먹을!" 나는 그의 총을 빼앗아 집어 던지며 소리쳤다.

그는 마치 내가 자기 팔을 분지르기라도 한 것처럼 불같이 화를 냈다. 그러더니 나를 발코니 안쪽으로 밀치고 총을 겨누었다. 선전포고였다. 그는 고함을 지르며 욕설을 퍼부었다. 나는 화가 나서 얼굴이 시뻘겋게 달아오른 채 입술을 질근질근 깨물며 의자에 앉았다. 판단력을 상실한 사람과 말을 섞어봤자 아무 소용도 없을 터였다. 그는 레밍턴을 내려놓더니 침을 튀기면서 일장연설을 늘어놓았다. 두서도 없고 일관성도 없었다. 나는 기소당한 피의자처럼 팔짱을 낀 채 그를 바라보았다. 그는 머리 위로 작살을 힘차게 흔들어댔다. 아네리스는 벽에 몸을 기댄 채 웅크리고 있었다. 피부가 어느때보다 거무죽죽해 보였다. 갑자기 그녀가 매끄러운 목소리로 노래를 부르기 시작했다.

화가 난 바티스가 그녀에게 마구 발길질을 해댔다. 시타우카들보다 그가 더 무서워 보였다. 더 증오스러웠다. 가구가 흔들리며 넘어졌다. 그는 한 손으로 아네리스의 목을 잡고 독일어로 고함을 질러댔다. 투박한 손이 그녀의 숨통을 조였다. 나는 그가 병마개를 따듯 아네리스의 목을 따는 줄 알았다. 하지만 그는 곧 아네리스의 귀에 입술을 갖다 대고 애정 어린 말을 소곤거렸다. 바티스답지 않게 부드러운 어조였다. 그뿐이 아니었다. 조금만 건드리면 금방이라도 눈물을 터뜨릴 것처럼 눈 가장자리가 부풀어 올랐다. 우악스러움의 화신인 그가 울음을 터뜨리려고 했다. 넘어진 가구 사이에서 책 한 권이 나왔다. 언젠가 바티스가 감추었던 프레이저의 책이었다.

"맙소사, 당신은 책이 거기 있는 걸 알고 있었어, 그렇지?" 내가 책에 쌓인 먼지를 털어내며 외쳤다.

밑에서는 화가 난 시타우카들이 악을 써댔다. 바티스의 몸은 뻣뻣하게 굳었다. 최후가 가까웠다는 생각에 나는 입을 다물었다. 침묵은 언쟁할 필요가 없다는 것을 보여주는 가장 좋은 방법이다. 잠시 후 내가 달래는 말투로 제안했다.

"바티스, 저들에게 평화를 대가로 뭔가를 내줍시다. 저들은 프로이센 군대가 아니에요. 무조건 항복을 요구하지는 않을 거예요."

나는 이 말로 그를 무장해제시킬 수 있다고 생각했다. 하지만 오히려 화를 돋우고 말았다. 그는 나를 손가락질하며 으름장을 놓았다. 그리고 전혀 생각지 못한 간교한 목소리로 말했다.

"너는 그녀와 잤어. 맞지? 그렇잖아!"

나는 그럴듯한 이유를 둘러대 목숨을 구하려고 했다. 하지만 그는 잘못된 추론을 통해 정확한 결론에 이르렀다.

"당신이 추구하는 사랑과 내 사랑은 달라요." 나는 최대한 부드럽게 말했다.

"너는 그녀를 데리고 잤어!" 그가 화를 벌컥 냈다. "그녀를 네 것으로 만들었어. 난 이미 알고 있었어. 너를 처음 본 날부터 알고 있었다고. 네가 이 등대에 처음 들어온 날부터 짐작했던 일이야. 언젠가는 네놈이 내 뒤통수를 칠 거라고 생각했지!"

우리가 연인이라는 사실이 정말 중요했을까? 미심쩍었다. 그의 비난은 핑계에 지나지 않았다. 아니다. 나는 간통을 저지른 게 아니었다. 그것은 훨씬 더 가증스런 짓이었다. 바티스의 단순한 세계를 산산이 부숴버렸기 때문이다. 그 세계는 살아남기 위해 지금껏 흑

백의 선명한 논리를 유지했다. 그는 개머리판을 몽둥이처럼 휘둘렀다. 증오가 아니라 두려움 때문에. 그는 두꺼비 얼굴들이 어떻게 보면 우리와 닮았다는 것, 이제 싸움을 멈추고 총을 내려놓아야 한다는 사실을 두려워했다. 피할 수 없었던 그 총, 내 두개골을 쪼개고 갈비뼈를 부수려고 했던 그 총, 모든 미사여구를 화려하게 늘어놓던 그 총, 그 총은 내게 말하고 있었다. 바티스, 바티스 카포는 시타우카들로부터 멀어지려고 하다가 아주 멀리 떠나버렸다고. 그 시타우카들은 최악의 두꺼비 얼굴로 변했고, 이제 그들과 대화하는 것은 불가능하다고.

돌이킬 수 없는 실수였다. 그때 그가 한계를 뛰어넘도록 윽박지르지 말았어야 했다. 그는 이제 나를 죽일 것이다. 어떻게 들창문으로 도망쳤는지 모르겠지만 반은 뛰고 반은 구르면서 아래층까지 내려갔다. 바티스는 고릴라처럼 으르렁거리면서 나를 따라왔다. 그는 마구잡이로 주먹질을 해댔다. 망치로 때리는 것 같았다. 다행히 두꺼운 옷을 입고 있어서 어느 정도 충격을 견딜 수 있었다. 바티스는 이를 알아차리고 두 손으로 내 가슴을 움켜잡아 벽을 향해 내동댕이쳤다. 깊은 동굴에서 울리는 듯한 목소리가 터져 나왔다.

"넌 이탈리아인이 아냐, 이탈리아인이 아니라고. 처음부터 널 알아봤어. 그냥 내버려뒀을 뿐이지. 배신자, 배신자, 이 배신자!"

나는 그가 가지고 노는 인형 같았다. 그는 나를 벽에 내동댕이쳤다. 한 번, 두 번. 이제 곧 두개골이나 척추가 부서질 터였다. 나는 한 마리 생쥐에 지나지 않았다. 유일한 방어책이라고는 그의 눈을 공격하는 것이었다. 하지만 바티스는 내 손가락이 자기 얼굴을 노리고 있다는 것을 알아채고 나를 바닥에 내팽개쳤다. 그리고 코끼리 같은 발로 나를 걷어찼다. 나는 딱정벌레가 된 것 같았다. 바닥을 기다 몸을 뒤집는데 바티스가 도끼를 집어 드는 게 보였다.

"바티스, 안 돼요, 제발! 그러지 말아요! 당신은 살인자가 아니에요!"

그는 내 말을 듣지 않았다. 거의 죽음의 문턱에 다다른 순간 어처구니없게도 옛날에 꾸었던 쓸데없는 꿈들이 떠올랐다. 바티스가 도끼를 치켜들었다. 그러자 이상한 현상이 벌어졌다. 대기권을 가로지르는 유성처럼 그의 얼굴에 내면의 나약함과 분별력이 섬광처럼 떠오른 것이다. 그는 여전히 도끼를 치켜든 채 나를 내려다보았다. 사람의 눈이 얼마나 오랫동안 해를 바라볼 수 있는지 알아보려다 자신의 망막을 태운 과학자처럼 비극과 행복이 엇갈린 표정이었다.

"사랑, 사랑." 그가 말했다.

그는 천천히 도끼를 내려놓았다. 달콤한 바이올린 연주라도 들은 것처럼. 잠든 아이들을 위해 조용히 문을 닫는 아빠의 모습처럼.

"사랑, 사랑." 그가 나직하게 반복했다. 입가에 미소 같은 게 스쳤다.

그러더니 갑자기 원래의 거친 바티스로 돌아왔다. 다행히 그에게 이미 내 존재는 안중에도 없었다. 그는 등대 문을 열었다. 뭘 하는 거야? 맙소사, 문을 열다니! 총을 쏘고, 때리고, 절대 마음을 열지 않던 사람이 문을 열다니.

문을 열자마자 등대 안으로 들어오려던 시타우카 하나가 도끼 세례를 맞았다. 바티스는 장작을 집어 들고 밖으로 나갔다.

"바티스! 돌아와요!"

그는 곧장 화강암 언덕으로 달려가 두 팔을 벌린 채 뛰어내렸다. 얼핏 하늘을 나는 줄 알았다. 시타우카들이 사방에서 그를 공격했다. 그들은 이제껏 들어보지 못한 끔찍한 소리를 지르며 어둠 속에서 나타났다. 두어 마리가 바티스를 덮쳤지만 바티스는 날렵하게 몸을 피했다. 다음 순간 그들은 바티스를 둥그렇게 에워쌌다. 시타우카들이 범위를 좁혀오자 그는 도끼와 장작을 마구 휘둘렀다. 시타우카 한 마리가 그의 등에 매달렸다. 무시무시한 함성이 더욱 커졌다. 바티스는 등에 매달린 녀석을 해치우려 했으나 쉽지 않았다. 그러는 사이 결정적인 순간을 놓쳤고, 포위망은 점점 좁아졌다. 끔찍했다. 어깨에 매달린 시타우카와 그 시타우카가 입힌 상처에도 아랑곳없이 바티스는 계속 허공을 향해 무기를 휘둘러댔다. 그들은 피도 눈물도 없었다.

시간이 없었다. 나는 한 손으로 난간을 잡고 다른 한 손으로는 얻어맞은 옆구리를 주무르며 간신히 몸을 추슬러 계단을 올라갔다. 곁에 총이 있었다. 총을 들고 발코니로 나갔다. 하지만 그들은 이미 사라지고 없었다. 시타우카도 바티스도 없었다. 적막뿐이었다. 살을 에는 듯한 바람이 불어왔다.

"바티스!" 나는 소리쳤다. 또 다시 허공에 대고 외쳤다. "바티스! 바티스!"

그는 없었다. 다시는 돌아오지 않을 것이다.

16

등대로 온 후 온갖 종류의 역경을 겪었다. 아니 그렇다고 생각했다. 하지만 바티스가 죽은 이후 새로운 고통이 생겨났다. 바티스와 나 사이의 모순적인 관계는 내 정신을 더욱 어지럽게 했다. 알 수 없는 슬픔 때문에 어디로 가야 할지 방향을 잡을 수 없었다. 때로는 어린아이처럼 엉엉 울었고, 때로는 대담하게 깔깔대고 웃었다. 어떤 때는 울면서도 웃었다. 나 자신도 나를 알 수 없었다.

한 번도 호감을 품지 않았던 사람을 그리워할 수 있을까? 그럴 수 있다. 여기 등대에서는 아무리 먼 인간이라도 가까워질 수 있다. 바티스는 정말 이상한 사람이었다. 하지만 다시 볼 수 없는 마지막 인간이기도 했다. 그가 없는 지금 그의 돌덩이 같은 냉담함이 새삼 그리웠다. 나는 지독한 슬픔의 무게에 짓눌렸다. 조울증에 빠져 죽음과 현실이 도무지 분간되지 않았다.

망가지고 구멍 난 것들을 나름대로 고치면서 나는 큰 소리로 그와 이야기를 했다. 아직도 그의 우렁찬 목소리, 성급한 태도, 밤이 되면 독일어로 중얼거리던 '등대로!'라는 소리를 참고 견뎌야 할 것만 같았다. 나는 그와 함께 보초를 서려고, 등대 곳곳을 보수하려고 자주 그를 찾았지만 빈자리뿐이었다. 마침내 그가 이제 다시는 돌아오지 않는다는 사실을 깨달은 순간, 내 안의 무언가가 와르르 무너져 내렸다.

육체적이라기보다는 정신적으로 그렇게 마비된 채 며칠 아니 몇 주일이나 보냈는지 잘 기억나지 않는다. 그저 타성에 젖어 움직였던 것 같다. 바티스는 죽었고 나도 곧 그의 뒤를 따라가리라. 군인이 두 명이었던 군대에서 한 명이 죽었다면 혼자서는 오래 버티지 못한다.

나의 희망은 적과 대화하는 것이었다. 하지만 바티스는 자살을 택해 그 전략의 기반을 고의로 무너뜨리고 말았다. 이제 나를 손쉽게 죽일 수 있게 된 마당에 저들이 무슨 이유로 평화를 원하겠는가? 바티스가 죽은 마당에 저들이 왜 협상을 하려 들겠는가? 총알도 거의 없었다. 등대 벽의 방어물들도 절반으로 줄었다. 한두 번더 공격을 당한다면 등대는 폐허가 되고 말 것이다. 나는 혼자였고무방비 상태였다.

시타우카들의 태도에 나는 몹시 당황했다. 바티스가 죽자 예상하지 못한 침묵이 이어졌다. 그들은 섬을 공격하지 않았다. 나는 놀라울 정도로 차분한 저 파도를 믿을 수 없었다. 평온한 밤들이 계속되었다. 나는 소총을 들고 발코니로 나갔다. 그녀는 다행히도 조용히 있었다. 날이 밝아오면 빈 병처럼 텅 빈 기분이 들었다.

그런 비탄의 날들이 계속되는 동안 나는 아네리스를 모른 체했다. 바티스의 침대에서 함께 잠을 자면서도 그녀에게는 손도 대지않았다. 그녀의 차갑고 쌀쌀한 태도는 내 외로움을 더해주었다. 숨이 막힐 것 같았다. 그녀는 마치 아무 일도 없었던 것처럼 장작을주워 모으고, 물통에 물을 받아 나르고, 노을이 지는 것을 물끄러미 바라보았다. 공사장에서 늘 같은 동작으로 주어진 일을 하는 인부처럼, 일상의 기본적인 틀을 전혀 벗어나지 않았다.

어느 날 아침, 낯선 소리에 잠에서 깨어났다. 침대에 누운 채 아네리스를 쳐다보았다. 그녀는 식탁에 웅크리고 앉아 있었다. 손에 바티스의 나막신 한 짝을 들고, 그저 들었다 내렸다 하는 단순한 놀이를 하고 있었다. 나무로 된 식탁과 나막신이 부딪칠 때마다 툭, 툭 하는 둔탁한 소리가 났다. 그녀는 아마 자신의 세계보다 훨씬 더 가벼운 이 분위기에 결코 적응할 수 없으리라.

나막신을 가지고 노는 그녀를 관찰하는 동안 한 가지 생각이 머릿속에 떠올랐다. 그녀는 무척 냉정했다. 바티스가 죽었는데도 그녀는 어떤 감정도 내비치지 않았다. 과연 그녀는 이 상황을 어떻게 인식하는 것일까?

바티스에게 냉정할 수 있다면 장차 내게도 얼마든지 그럴 수 있을 것이다. 바티스의 포학함은 단단한 껍질처럼 아네리스를 가두었다. 하지만 그 껍질이 깨졌는데도 아무것도 흘러나오지 않았다. 심지어 그녀가 등대에 살았던 적이 있었는지도 의심스러웠다.

나는 나막신을 빼앗아 발코니 밖으로 던졌다. 그리고 두 손으로 그녀의 얼굴을 감쌌다. 그것은 그녀를 억압하면서 동시에 애무하는 행위였다. 모든 시타우카들을 다 합쳐도 그녀만큼 나를 힘들게 하는 존재는 없다는 것을 깨닫게 해주고 싶었다. 그녀가 나를 쳐다보게 하고 싶었다. 그래야 정직하고 소박한 사내를 보게 될 테니까. 단지 평화롭게 살 곳을 찾는 남자, 모든 것에서 멀리 떨어진, 잔혹함과 잔인한 사람들로부터 멀리 떨어진 곳을 찾는 남자. 그녀도 나도 스스로 이 섬을 선택한 것은 아니었다. 흉측하고 차갑고 그나마 불에 타버린 섬. 그래도 그곳은 우리가 살고 있는 한 우리의 고향이었다. 그곳을 살기 좋게 만드는 일은 우리 손에 달려 있는 게 아닌가.

어느 순간이었는지 기억나지 않지만 나의 난폭한 애무가 폭력으로 변했다. 나는 그녀의 뺨을 때렸다. 그녀도 말없이 나와 맞서 싸웠다. 그녀가 피막이 붙은 손으로 나를 때렸을 때 마치 젖은 수건으로 얼굴을 얻어맞는 기분이었다. 내가 그녀를 때린 것은 증오가 아니라 무기력 때문이었다. 그녀는 결국 침대 위로 쓰러져 고양이처럼 웅크렸다.

나는 포기했다. 무엇 때문에? 그녀를 때려서 뭘 얻을 수 있을까? 그녀의 공허함, 그녀의 경멸, 그 모든 것들은 내가 그녀에게 그저 부속물일 뿐이라는 사실을 말해주었다. 나는 마침내 우리 사이에 심연이 존재하고 있음을 깨달았다. 나는 그녀에게서 도피처를 찾았지만 그녀는 등대에서 도피처를 찾았다. 이토록 가까우면서도 서로 상반되는 모순이 또 있을까? 하지만 내가 이 사실을 알았다고 해서 그녀를 포기할 수 있을까? 아니었다. 불행히도 아니었다. 그녀는 한번 폭발하면 모든 것을 파괴해버리지만 또 한편으론 모든 것을 그대로 보존했던 폼페이의 화산과 같았다.

마지막 순간, 한바탕 소동과도 같았던 그 순간이 지나자 머릿속이 깨끗해졌다. 나는 바티스가 죽은 뒤 처음으로 내면의 고립에서 벗어날 수 있었다. 새로운 기분으로 등대 밖에 나갔다. 차가운 공기를 들이마시는 단순한 행위가 내게 생기를 주었다. 양 볼이 홍조를 띠고 있다는 것을 확인할 필요조차 없었다. 하지만 그들이 나를 관찰하고 있다는 것을 깨닫기까지는 제법 시간이 걸렸다.

그들은 다시 숲에 나타났다. 여섯, 일곱, 여덟. 어쩌면 그 이상일 수도 있었다. 얼마든지 순식간에 나를 덮칠 수 있었지만 그들은 그러지 않았다. 나는 그들의 관대함에 항복했다. 바티스가 휴전 중에 총을 쏘았지만, 우리가 먼저 그들을 배신했지만, 그들은 내게 마지막 기회를 주고 있었다.

등대에서의 삶은 특별한 원칙이 없었다. 그들과 협상하려 했다고도 말할 수 있다. 그건 사실이었다. 하지만 그것만은 아니었다. 그들을 보고 처음 떠오른 생각은 삼각형을 다시 만날지도 모른다는 희망이었다. 나는 빈손을 높이 들고 숲을 향해 걸었다. 천천히 하지만 당당하게. 이 세상의 유일한 소리는 눈 위를 걷는 내 발소리뿐이었다. 나는 최선을 다할 준비가 되어 있었다.

그들은 무슨 생각을 하고 있을까? 그들의 눈이 호기심으로 가득 찼다. 어린아이들의 예민한 호기심이었다. 그들은 조심스러우면서도 편안한 자세로 몇몇은 내 눈을, 몇몇은 내 손을 쳐다봤다. 그들이 눈을 깜박거릴 때마다 수천 가지 다른 해석이 가능했다. 문득 서로에 대한 호기심이 폭력의 좋은 해독제가 될 수 있으리라는 생각이 들었다.

하지만 등대는 두려움의 왕국이었다. 갑자기 내 귀로 벌레가 들어와 기어가는 듯한 고통이 느껴졌다. 나는 자신에게 질문했다. 내 내면의 대화는 시타우카들보다 더 큰 설득력이 있었다. 만약 그들이 이 작은 섬이 아니라 다른 뭔가를 위해 싸웠다면? 섬을 원했다고 해도 이 황폐한 땅, 버려진 숲을 원하는 이유가 뭘까? 혹시 그들은 그보다 더 고귀한 것, 나와 똑같은 것을 원하는 게 아닐까?

나는 이내 시타우카들이 내게 관심을 갖고 있지 않다는 것을 깨달았다. 고개를 돌려 뒤를 보니, 발코니에 아네리스의 모습이 보였다. 시타우카들은 내가 아닌 그녀를 바라보았다. 아네리스의 불안감이 멀리서도 느껴졌다. 그녀는 두 손으로 난간을 붙잡은 채 힘없이 눈앞의 광경을 지켜보고 있었다. 나와 그녀를 묶고 있는 끈이 그리 튼튼하지 않다고 생각하면서 자신을 시타우카들에게 넘겨줄 거라고 믿고 있을지도 몰랐다. 물론 그것은 착각이다.

그들이 아네리스를 요구할지도 모른다는 가능성 때문에 그들에게 다가가려는 결심이 흔들렸다. 거리가 가까워질수록 앞으로 나아가는 것이 더 어려웠다. 발걸음이 저절로 느려졌다. 눈이 내리면서 사방은 정적에 휩싸였다.

해가 머리 위로 떠올랐다. 구름이 작은 금빛 원반을 에워싸고 있었다. 그들과 나는 아주 가까이에 있었다. 나는 거대한 뱀처럼 땅 위로 솟은 굵은 나무뿌리를 장화로 밟고 섰다. 맞은편에서도 시타우카 몇몇이 역시 같은 뿌리를 밟고 서 있었다. 서로 이렇게 가까이 접근한 적은 처음이었다. 하지만 거기까지였다.

한참을 그렇게 서 있었다. 시타우카들도 움직이지 않았다. 뭘 기다리고 있는 걸까? 아네리스를 넘겨주기를 기다리는 걸까? 그들이 내게 원하는 유일한 것은, 내가 유일하게 줄 수 없는 것이었다. 아네리스와 그들 사이에 어떤 것이 있었다 해도 그것은 결코 내가 해소할 수 있는 것이 아니었다. 내 목숨마저도 내놓을 수 있었다. 하지만 아네리스가 없는 삶은 무의미하다. 필요하다면 영원히 사랑 없이 살 수 있지만, 아네리스 없이는 살 수 없었다. 그녀를 잃는다면 내 운명은 어떻게 될까? 삶이 없는 죽음, 죽음 없는 삶? 어느 편이 더 견디기 힘들까? 얼음이 어는 여름, 아니면 불타는 겨울? 이런 식으로 시간의 끝까지 가는 것일까?

그녀는 등대의 빛에 가려져 있던 것을 보게 해주었다. 이 섬에서는 짐승이 아니라 다른 어느 것도 적이 될 수 있다. 다른 곳에서는 절대로 적이 될 수 없는 것도 이 섬에서는 얼마든지 적이 될 수 있다. 그녀가 아니었다면 이 진실을 알 수 없었을 것이다. 오직 그녀만이 내게 진실을 가르쳐주었다. 아네리스와 함께 진실을 향해 가는 동안 어쩔 수 없이 그녀를 사랑하게 됐다. 조난자들이 목숨에 매달리듯 미치도록 그녀를 사랑할 수밖에 없었다. 너무 슬펐다. 진실이 삶에 아무런 변화도 주지 않는다는 것을 등대가 가르쳐주었기 때문이다.

그녀를 향한 사랑과 증오는 나를 비정상적으로 흥분시켰다. 그런 순간에는 손가락을 하나만 들어 올려도 번개가 내리칠 것 같았다. 물론 나는 손가락을 치켜들지 않았다.

그녀에게 돌아가던 나는 귀를 곤추세웠다. 눈이 다져졌기 때문에 그들을 향해 갈 때처럼 큰 소리가 나지 않았다. 나는 이미 나 있는 발자국을 되밟으며 걸었다.

그날은 집 안을 정리하면서 시간을 보냈다. 방 안에는 아네리스와 싸웠던 흔적이 그대로 남아 있었다. 열심히 방을 치웠다. 그녀의 모습은 보이지 않았다. 내가 등대로 돌아오자마자 그녀는 사라졌다. 하지만 곧 다시 돌아올 것이다.

어두워지기 직전에야 아네리스가 겁먹은 표정으로 조심조심 들창문을 통해 들어왔다. 매 맞을 것을 걱정했다면 잘못 생각한 것이다. 나는 일부러 모르는 척했다. 집을 수리하느라 망치질과 톱질을 하면서 몹시 분주하게 일한 뒤에 식탁에 앉았다. 나는 마치 아무도 없는 것처럼 담배를 피우고 진을 마셨다. 아네리스는 난로 뒤에 숨어 있었다. 그녀의 몸이 반쯤 보였다. 발과 무릎과 다리를 감싼 손. 그녀는 이따금 고개를 반쯤 내밀고 내 기색을 살폈다.

술 한 병을 다 비웠다. 술은 술 보관함으로 변한 궤짝 안에 잘 보관되어 있었고, 그 궤짝들은 기계실에 있었다. 그날 밤에 그들이 다시 올 수도 있었지만 나는 개의치 않고 술을 마셨다. 하지만 계단으로 향할 때 다른 생각이 들었다. 나는 숨어 있던 그녀의 발을 잡고 질질 끌어냈다. 그녀를 일으켜 세운 다음 힘껏 따귀를 갈겼다. 그녀는 바닥에 쓰러졌다. 어찌나 세게 때렸던지 다음 날 아침까지 손바닥이 빨갰다. 그녀는 꼼짝하지 않고 바닥에 웅크린 채 울었다.

맙소사, 내가 얼마나 그녀를 원했는지 모른다. 하지만 그날 밤 내가 할 수 있는 최선의 공격은 그녀를 건드리지 않는 것이었다.

17

사흘 낮 사흘 밤을 취한 채로 보냈다. 아니 어쩌면 그 이상이었는지도 모른다. 취기와 시간은 서로 숨바꼭질을 했다. 술에 취하면 모든 일이 빙빙 돌아간다. 그뿐이다. 나는 술을 마셨다. 그리고 커튼 뒤에 숨어 살았다. 이따금 해가 지면 발코니를 방어하려고 했다. 하지만 취한 채 잠을 자는 것밖에는 아무 일도 할 수 없었다. 아침이면 손가락이 짙은 자줏빛으로 변해 있었다. 한번은 방아쇠에 닿은 집게손가락을 잘라낼 뻔한 적도 있었다. 내가 아직도 살아 있는 것은 시타우카들이 치밀하게 마지막 공격 계획을 세우고 있기 때문이다. 그나마 총알에 대한 그들의 존경심 때문에 나는 아직까지 살아 있는 셈이다. 슬픈 위안이여.

술에 취하면 불편함보다 편리한 점이 더 많다. 특히 아네리스를 갖고 싶은 마음이 줄어든다. 나도 바티스처럼 그녀의 눈부신 아름다움을 가리려고 그녀에게 검은색 털 스웨터를 입혔다. 군데군데 헝겊으로 기운 스웨터다. 무릎까지 내려오는 길이에, 소매는 그녀의 팔보다 길었다. 그녀가 내게 가까이 다가오면 의자에 앉은 채로 발길질을 해댔다.

이런 노력도 별 소용이 없었다. 나의 냉담함은 모래성보다도 더 허약하다. 나의 무력함을 강조할 뿐이다. 술에 만취해 있거나 전혀 취하지 않았을 때는 이 모든 거짓 작전이 수포로 돌아갔다. 그녀는 내 공격에 대항하지 않았다. 그래야 할 이유가 없지 않은가? 절대적인 지배를 가장할수록 내 비참함만 더 드러날 뿐이다. 그녀를 소유할 때마다 쇠창살이 쳐진 감옥에 갇혔다는 걸 뼈저리게 느꼈다. 차라리 단순한 욕구에 이끌리는 것이라면 얼마나 좋을까. 나는 쾌락을 느끼기도 전에 비탄에 빠져 눈물을 쏟아냈다. 그랬다. 취기는 사흘보다 더 오래갔다. 훨씬 더 오래갔다.

그러던 어느 날 아침, 아네리스가 겨우 용기를 내 나를 깨웠다. 그녀는 온 힘을 다해 내 발을 잡아당겼지만 눈을 뜨기도 힘들었다. 진을 너무 많이 마신 탓에 코끝이 아팠다. 숨을 쉴 때마다 설탕 냄새가 났다. 나는 반쯤 무의식 상태였지만 머릿속으로 계산을 했다. 그녀를 모르는 체하는 것이 일부러 뿌리치는 것보다 덜 불편했다. 하지만 그녀는 내 머리카락을 잡아당기며 고집을 부렸다. 아픔과 함께 분노가 치밀었다. 잠에 취한 나는 그녀를 때리려고 했다. 그녀가 날카로운 비명을 지르며 피했다. 나는 그녀를 향해 연거푸 병을 던졌다. 마침내 그녀는 들창문으로 빠져나가 몸을 피했다. 나는 씁쓸하고 불쾌한 기분에 젖어 인사불성 상태로 쓰러졌다.

잠을 잘 수도 없고 일어날 수도 없었다. 그런 무기력 상태에서 얼마나 시간이 흘렀을까? 내 머릿속은 예언가와 선동가들이 모인 광장 같았다. 분명한 생각들과 밑도 끝도 없는 엉뚱한 생각들이 마구 뒤섞여 구분이 되지 않았다. 그러다가 아네리스가 왜 성마른 술주정뱅이를 귀찮게 했는지 알게 되었다.

마치 처음으로 해가 섬의 모습을 밝히듯, 여명의 빛이 조심스럽게 발코니에 스며들었다. 이제 등대 안에서도 그들의 소리가 들렸다. 그들이 계단으로 올라오며 내는 귀에 거슬리는 불협화음. 내 몸에서 가장 말을 안 듣는 부분은 입이었다. 나는 죽어가는 사람처럼 입 속에서 단어들을 이어 말을 하려고 했다. 총, 맹꽁이자물쇠, 조명탄……. 하지만 이상한 최면에 걸린 듯, 그저 들창문을 바라보는 일 외에는 아무것도 할 수 없었다.

어떤 손이 들창문을 열었다. 금띠가 두 줄 둘러진 소맷자락에 이어 프랑스 국기가 달린 선장의 모자가 나타났다. 그는 금발의 구레나룻을 길게 기른 남자였다. 그의 눈은 우호적이지도, 너그럽지도 않았다. 코는 길고 두툼했다. 입에는 시가를 물고 있었다. 그는 나의 존재에 그다지 관심을 두지 않았다. 그의 외투 안주머니에는 큼지막한 술병 하나가 들어 있었다. 그는 대뜸 고함을 질렀다.

"기상관! 왜 대답을 안 하는 것이오? 이 섬에 무슨 일이 있었소? 무슨 일이오? 지진이라도 일어났소? 여긴 지진이 일어나는 지역이 아닌 걸로 아는데."

까칠한 수염이 반짝거렸다. 몇 년 동안 항구를 밟아본 적이 없는지 그의 파란색 연미복은 온통 쥐들이 갉아 먹은 구멍투성이였다. 그의 행색은 해적이 되기로 작정한 무장 탈영병 같았다. 함께 온 선원들은 소독약 냄새가 섞인 고약한 냄새를 풍겼다. 그들은 식민지 국가 출신들로 아시아인이거나 남아메리카의 혼혈인이었다. 그들이 나타난 것만으로도 감격에 겨운 나를 그들은 결코 이해하지 못하리라. 나는 일 년도 넘게 세상과 단절된 채 살았다. 내 감각은 반복되는 생활에 익숙해져 있었다. 그런데 새로운 얼굴들과 목소리와 잊었던 냄새들이 갑자기 쏟아져 들어왔다. 그들은 약탈자처럼 방 안을 휘젓기 시작했다. 그들 중에 한 젊은 청년이 유난히 눈에 띄었다. 검은 곱슬머리에 철테 안경을 쓴 그는 모든 야망을 포기한 사람 같았다. 선원은 아니었다. 뱃사람에게는 어울리지 않는 세련된 양복 차림이었다. 조끼 안쪽으로 줄이 들어가 있는 것으로 보아 주머니 안에는 회중시계가 들어 있을 터였다. 거친 용모의 선원들에 비해 그 유대인 청년은 실속 없이 책만 많이 읽은 사람에게서 흔히 보이는 유순한 얼굴이었다. 그는 연거푸 기침을 했다.

"당신은 누구요? 직급이 뭐요?" 선장이 내게 물었다. "벙어리요? 부상을 당했는지, 어디가 아픈 건지 말을 해보시오. 내 말 못 알아듣소? 어느 나라 말을 하시오? 이름이 뭐요? 대답을 해요! 미친 게요? 그렇군. 미쳤군." 그는 말을 멈추고 허공에 코를 대고 킁킁거렸다. "이 악취는 대체 어디서 나는 거야? 물고기가 땀을 흘린다면 바로 이 냄새가 나겠군. 온 집 안에 이 냄새가 진동을 해."

몇몇 선원들이 낄낄거리며 나를 비웃었다. 그들은 별로 훔쳐 갈게 없다는 것을 확인했는지 이제 내게 관심을 쏟았다. 유대인 청년은 서류를 넘기면서 말했다.

"유럽을 떠나기 전에 당국에 국제 등기부를 신청했습니다. 바로 여기 카포, 바티스 카포라고 되어 있네요." 그가 미심쩍은 표정으로 고개를 들었다. "그 사람 같은데요."

"카포? 기상관 카포?" 선장이 물었다.

"그런 것 같은데 확실하지는 않습니다." 청년이 안경을 고쳐 쓰며 말했다. "기록부에 있는 마지막 이름은 그게 맞습니다. 그렇지만 국적도 없고 직책도 없습니다. 심지어 어떤 회사가 언제, 무슨 임무로 파견했는지조차 나와 있질 않네요. 그냥 이 섬이 목적지로 되어 있습니다. 책임은 선박회사한테 있습니다. 파견한 기상관의 명단을 해당 관청에 송부해야 하니까요. 정말 일을 엉망으로 처리했군요.

돌아가면 제가 항의하겠습니다. 이건 자기네 직원들만 골탕 먹이는 조항입니다. 다시 말해 저만 골탕 먹는 거죠. 믿어지질 않네요! 모든 나라들이 국제 항구 자료를 공유하고 있는데, 이 회사는 자기네 한테 편한 일인데도 직원 이름조차 숨기고 있다니! 지금 저는 한심하기 짝이 없는 이 기상 관측소 얘기를 하고 있는 겁니다."

하지만 그 청년과 선장의 관심은 서로 달랐다. 선장은 현실적인 사람이라 그런 자세한 사항에는 관심이 없었다. 그가 말했다.

"해상 송신 기술자 카포, 이 사람이 기상관으로 온 사람이었군. 하지만 그가 어디 있는지 보이질 않아. 당신이 똑바로 답하지 않을 경우 그 실종의 책임은 당신한테 있는 거요. 지금 내가 당신한테 무슨 죄를 추궁하고 있는지 알아듣겠소? 대답하시오! 대답해! 대답하란 말이야! 기상관의 사택은 등대 바로 옆에 있고, 여긴 아주 작은 섬이지. 그러니 당신이 모를 리 없어. 여기서 거기까지가 천 리라도 되는 줄 알아? 나는 인도차이나에서 보르도로 가는 중이야. 그런데 회사에서 한 사람을 데려오라고 하는 바람에 천 마일이나 돌아왔어. 단 한 사람 때문에! 그런데 와서 보니 그 사람이 없어. 우표 한 장보다도 좁은 곳인데 말이야!"

그는 눈을 치뜨고서 내가 겁먹기를 기다렸다. 아니면 긴 침묵 끝에 내가 입을 열기를 기다렸는지도 모른다. 아무리 기다려도 대답을 듣지 못하자 그가 한 손을 들어 포기하겠다는 시늉을 했다. 그의 권위는 그가 들고 있는 시가와도 무관하지 않았다. 담배 연기가 씹을 수 있을 만큼 진했다. 그는 유대인 청년을 쳐다보았다.

"침묵도 죄가 되지. 데리고 가서 교수형에 처하겠어."

"침묵도 아주 중요한 변호가 되지요." 청년은 책장을 넘기며 말했다. "선장님, 절 태우고 가라는 명령을 받으셨다는 걸 잊지 마시기 바랍니다. 태풍을 만나 배가 몇 달이나 지체했잖습니까? 전임 기상관이 외로움과 궁합이 잘 맞았는지 누가 압니까? 만약 어떤 불행한 일이 있었다 해도 이 사람은 책임자라기보다 증인이 되겠네요."

갑자기 선장이 서랍을 뒤지고 있는 아시아계 선원에게 눈길을 돌렸다. 그 선원은 순식간에 목덜미를 세 대나 얻어맞았다. 선장은 입에 시가를 문 채 그가 훔친 은 재떨이를 빼앗아 찬찬히 훑어보았다. 그리고 그것을 외투 안주머니에 집어넣었다. 유대인 청년은 눈썹 하나 움직이지 않았다. 그런 장면에 익숙한 것 같았다. 그는 『황금가지』를 내게 건네며 딱딱하게 말했다.

"여기 사는 동안 다른 책은 안 읽으셨나요? 요즘은 학계도 많이 변했습니다. 훨씬 더 세련되어졌지요."

무슨 그런 착각의 말씀을. 변한 것은 아무것도 없었다. 나는 매음굴을 찾은 손님처럼 등대에 쳐들어온 그 더러운 인간들을 바라보았다. 그가 책 이야기를 하는 동안 몇몇 선원들이 물건을 망가뜨리고 있었다. 문득 나 자신을 돌아보았다. 교수형을 당하는 것보다 그들과 함께 사는 것을 더 두려워하는 사내가 거기에 있었다. 무질서보다 망명을 원했던 사람. 이제 돌아가는 것은 도저히 불가능했다. 그 청년은 잘난 척했지만 아무것도 아니었다. 만약 저울이 있다면 한쪽 접시에 그의 모든 책을, 다른 접시에 아네리스를 올려놓고 무게를 재보고 싶었다.

물론 선장의 협박은 허세였다. 나는 거추장스런 존재에 불과했고, 그들은 딱 그런 수준으로 날 대했다. 어느 순간 선장은 모자를 벗고 고함을 지르기 시작했다. 그리고 프랑스어와 중국어를 섞어가며 모자로 선원들을 때렸다. 선원들은 나도 모르는 사이에 사라졌다. 멀리서 명령과 욕설이 뒤섞여 들려왔다. 그게 다였다. 그들은 처음에 등장했던 것처럼 사라져버렸다. 바다는 평소보다 더 거칠었다. 파도가 등대를 때렸다. 채석장에서 바위들이 부딪치는 것 같은 소리가 났다. 때때로 사자가 포효하는 듯한 소리도 들렸다. 유령을 봤다는 사람은 많지만 유령 패거리를 본 인간은 나밖에 없을 거라는 생각이 들었다. 어쩌면 내가 유령인지도 몰랐다.

호기심에 사로잡혀 나는 하루 종일 발코니를 떠나지 않았다. 그렇게 많은 사람을 본 지 너무 오래된 탓에 모든 동작들이 신기하기만 했다. 그들은 섬을 떠나기 전 선장의 명령 때문에 마지못해 기상관의 사택을 수리해주었다. 바람이 불 때마다 연장 소리와 선장이 화를 내는 소리가 들려왔다. 선장 역시 마음이 썩 내키지 않는 모양이었다. 잔소리가 지나치게 많았다. 선장이라는 책임감과 한시라도 빨리 배에 오르고 싶은 욕구 사이에서 망설이고 있었다. 가느다란 연기가 한 줄 보였다. 인간의 흔적이었다. 이제 선장은 담배보다 술을 더 찾았다. 유대인 청년의 말 따위는 귓등으로도 듣지 않았다. 선장은 청년에게 등을 보인 채 포켓 위스키를 병째 들이켰다. 그는 빨리 이 섬을 떠나고 싶어 했다.

우리의 감정이란 무엇일까? 우리 자신을 투영하는 것일까? 배는 날이 어두워지기 전에 섬을 떠났다. 나는 아무 느낌도 없었다. 향수조차 느껴지지 않았다. 수평선 너머로 배가 사라졌다. 기상관 사택의 굴뚝에서는 아직도 연기가 피어올랐다. 내 뒤에서 삐걱거리는 소리와 함께 들창문이 열렸다. 뒤를 돌아다볼 필요도 없었다. 그녀였다. 어디에 숨어 있었는지 묻지도 않았다.

나는 콩 통조림을 먹고 기력을 회복했다. 그리고 혀끝을 차 아네리스를 불렀다. 그녀는 즉시 내게 다가와 식탁을 치우고 재빨리 옷을 벗었다. 그녀는 나름대로 안심하고 만족하는 것 같았다. 그동안 술에 취해 방향감각을 잃고 살았다는 생각이 들었다. 하지만 이제 나는 말짱했다. 언제나처럼 나는 충실했고, 그녀가 내게 주고 싶어 하는 것보다 더 많은 것을 요구하지 않았다. 나도 옷을 벗었다. 내가 막 스웨터를 벗으려는데 그녀가 갑자기 자세를 바꿨다. 그녀는 얼굴을 찡그리고 다리를 꼬고 앉아 말을 하듯 노래를 부르기 시작했다.

혈관에 다시 피가 돌았다. 나는 빗장을 걸어 잠그고, 등대의 조명을 켜고, 남은 탄약을 분류했다. 조명탄은 가까운 곳에 두고 싶었다. 맙소사, 조명탄이 조금밖에 남아 있지 않았다. 모든 것이 제대로 되어 있나? 그렇기도 하고 안 그렇기도 했다. 모든 게 완벽했다. 내가 필요 없을 정도였다.

시타우카들은 동쪽 해변과 서쪽 해변에서 동시에 공격을 감행했다. 그들은 습격하기 전 두 그룹으로 나뉘었다가 숲에서 한데 모였다. 그다음에는 일사천리로 등대까지 밀고 들어왔다. 간혹 등대 불빛이 푸르스름한 빛을 띠고 있는 눈동자 몇 개를 비추었다. 그들을 겨냥하고 있는 동안, 옛날에 읽었던 게릴라 전투 교범이 떠올랐다. 폭도들은 늘 밤에만 요새를 공격한다. 그것도 수적으로 우위에 있을 때에 한해서다. 특히 무기가 열세인 경우에는 더욱 그렇다. 그리고 적진 중에서 한 곳을 선택하는 경우에는 반드시 공격하기 쉬운 곳을 고른다. 전문적인 게릴라들에게 이것은 상식이다.

시타우카들은 사라지고 없었다. 1분 뒤 섬 반대쪽에서 아우성치는 소리가 들렸다. 나는 총소리를 들으면서 느긋하게 소총을 닦았다. 반대편에서 다른 인간이 살기 위해 싸우는 동안 나는 귀를 막았다. 내가 어떻게 행동해야 했을까? 그 프랑스 선장에게 달려가 시타우카들이 떼를 지어 몰려온다고 말해야 했을까? 한밤중에 등대에서 뛰쳐나가야 했을까? 나는 오늘 아홉 발을 쏘았다. 내 머릿속에는 쓸데없이 총알을 낭비하면 안 된다는 생각뿐이었다.

◆◆◆

다음 날 사택에 가보았다. 처음엔 짙은 안개 때문에 문까지 가서도 그를 알아볼 수 없었다. 그는 아직 살아 있었다. 곱슬곱슬한 머리와 퉁퉁 부은 눈. 그는 아직도 보험회사 직원 같은 옷차림을 하고 있었다. 이 섬에선 그런 옷차림을 한 번도 본 적이 없었다. 내게 조금이라도 유머 감각이 남아 있었다면 웃음을 터뜨렸을 것이다. 그는 단추가 다 떨어져 나간 흰 셔츠에 검은색 재킷, 싸움으로 온통 주름이 잡힌 검은색 바지를 입고, 목에는 헐거워진 넥타이를 매고 있었다. 안경은 깨져서 거미줄처럼 금이 갔고, 구두는 진흙투성이였다. 하룻밤 사이에 부르주아에서 최하층민으로 전락해버린 것이다. 오른손에 쥔 권총에서는 아직도 연기가 피어올랐다. 그 작은 무기는 역설적이게도 그의 취약한 상태를 더욱 강조해주었다. 그는 안개를 헤치고 내게 다가왔다.

"카포 씨, 오, 하느님! 다시는 사람 구경을 못 하는 줄 알았습니다."

나는 아무 말도 하지 않았다. 집을 둘러보는 동안 그는 강아지처럼 내 뒤를 졸졸 쫓아다녔다. 어떤 사람들은 심연을 맛보면 충동적으로 말을 많이 하게 된다. 그는 말을 많이 했지만 나는 그의 말을 듣지 않았다. 서너 개의 큼지막한 콩 자루 밑에 탄약 상자 두 개가 있었다. 작은 관 같은 모양새였다. 나는 지렛대로 첫 번째 탄약 상자의 뚜껑을 열었다. 성자의 무덤이라도 연 듯 잠깐 침묵이 흘렀다. 나는 손으로 탄알을 휘저었다.

"오, 맙소사! 거의 잊고 있었어요." 그가 내 곁에 무릎을 꿇으며 말했다. "다른 상자에는 소총도 있어요. 이곳에 파견되는 기상관들에게는 최소한의 무기가 지급됩니다. 어제 오후엔 미처 그 생각을 못했어요. 아무 생각도 안 나더라고요. 그나마 이 권총이라도 있어서 다행이었죠. 이 섬이 악마의 소굴인 줄 누가 알았겠어요?"

"무슨 일이 생길지는 아무도 모르는 법이오. 장비가 뭐가 있는지 살펴봅시다." 내가 말했다.

"네, 당신은 장비를 아주 잘 쓰셨나 봐요." 그는 조심스럽게 말을 덧붙였다. "그렇지 않았다면 이렇게 살아 있을 리가 없겠지요."

옳은 말이었다. 그러나 조금 불쾌한 생각이 들었다. 나는 총알에서 눈도 손도 떼지 않았다.

"이제 당신도 장비를 잘 써야 하오. 당신에게 이 섬의 절반을 양보하겠소. 탄약이 두 상자니까 한 상자는 날 주시오."

그는 무슨 말인지 몰라 눈을 껌벅거렸다. 그러곤 자리에서 일어나 발로 상자의 뚜껑을 닫았다. 하마터면 상자에 손가락이 낄 뻔했다.

"탄약을 등대로 가져가겠다고요? 지금 무슨 말씀을 하시는 겁니까? 등대로 데리고 가야 할 사람은 바로 접니다!"

어투가 달라져 있었다. 나는 처음으로 그를 꼼꼼히 훑어보았다. 죽는 일이 있어도 희망을 버리지 않겠다는 그런 위인으로 보였다.

"당신은 이해 못 해. 여긴 모든 것이 뒤죽박죽이오." 내가 말했다.

"그건 벌써 겪어봐서 압니다! 다리 달린 상어가 득실득실하니 어련하겠습니까."

"당신은 아무것도 몰라."

나는 한 손으로 그의 목덜미를 움켜쥐고 해변까지 끌고 갔다. 내가 그보다 힘이 센 것은 아니었다. 하지만 그는 혼비백산해 있었고, 나는 이미 섬 생활에 단련된 근육을 가지고 있었다. 나는 두 손으로 그의 머리를 잡고서 바다를 보게 했다.

"봐요! 어젯밤에 그들을 겪었잖소, 그렇지? 이제 잘 봐. 사방이 바다야. 저 밑에 뭐가 보이시오?"

그는 끙끙거리며 인형처럼 모래 위로 쓰러졌다. 그리고 울기 시작했다. 그가 뭘 봤는지는 쉽게 알 수 있었다. 이런 사태를 예측할 수 있는 사람이라면 결코 이 섬까지 오지 않았을 것이다. 살을 에는 바람이 안개를 쓸어 갔다. 해는 생각했던 것보다 훨씬 낮게 떠 있었다. 그가 울음을 멈추었다.

"뭐가 뭔지 도무지 모르겠어요. 하지만 죽고 싶지 않아요. 죽고 싶지 않다고요." 그가 주먹을 불끈 쥐었다.

"가시오." 내가 말했다. "이 등대는 신기루요. 저 안도 안전하지 않아. 등대에 들어가지 말고 집으로 가요."

"가라고요? 이제 와서 가라고요?" 그는 두 팔을 벌렸다. "주변을 둘러봐요! 어디에 배가 보입니까? 우린 지금 지구의 맨 끝에 있다고요."

"등대를 믿지 마시오. 여기 오는 사람들은 신기루에 매달리지. 하지만 신기루를 끌어안을 수 있는 사람은 없소." 내 목소리가 바꿰었다. "믿음이 있다면 물 위를 걸어 원래 왔던 곳으로 돌아갈 수 있을 텐데."

"지금 날 놀리고 있는 거죠, 그렇죠? 아니면 내가 정신병자와 얘기 하고 있는 겁니까?"

"여기서 겨우 하룻밤을 보낸 사람이 날 정신병자 취급하다니." 온몸이 쑤셨다. "피곤하군."

나는 바위에 앉았다. 그는 멍한 표정으로 나를 쳐다보았다. 마치 내 안의 다른 누군가가 말을 한 것 같았다. 나도 무슨 말을 했는지 믿어지지 않았다. 그의 눈동자가 빛나는 두 개의 점으로 변했다. 깜박거리지도 않았다. 그는 벌떡 일어서더니 구두를 벗었다. 기계적인 동작으로 바지를 걷어 올렸다. 재킷과 안경도 벗었다.

그리고 물을 향해 걸어갔다. 아무런 망설임도 없었다. 나는 그 순진하고 단호한 청년의 등을 바라봤다. 어떤 영감이 나를 사로잡았다. 그는 바다와 땅의 불명확한 경계선에 멈춰 섰다. 긴 파도가 그의 다리를 핥았다. 우리 사이에 보이지 않는 끈이 있는 것처럼, 그 청년에게서 전해지는 한기에 몸서리가 쳐졌다. 일순간 나는 의혹에 휩싸였다. 만약 그가 떠나버린다면?

나는 들고 있던 소총을 떨어뜨렸다. 믿어지지 않았다. 그는 정말 한 걸음, 두 걸음, 물 위를 걷고 있었다. 바다는 물로 만든 다리처럼 그의 무게를 지탱했다. 그는 떠났다. 그와 함께 등대도 사라지고 전쟁의 근원이었던 악도 사라졌다. 이제 신기루를 놓고 왈가왈부할 필요가 없다는 것을, 신기루가 사라졌다는 것을 깨달았다. 그는 모든 열정과 모든 도착증에서 벗어나 있었다. 처음부터 그것을 포기했기 때문이다. 그 청년은 세상의 눈꺼풀이었다. 몇 걸음만 더 걸어가면 우리는 이 끔찍한 악몽에서 깨어날 수 있을 것이다.

그가 성난 표정으로 나를 돌아봤다.

"내가 지금 대체 뭘 하고 있는 거지?" 그는 두 팔을 휘저으며 소리쳤다. "내가 예수 그리스도인 줄 알아요?"

그는 다시 돌아왔다. 단단한 땅에 발을 내딛은 순간 그의 영혼은 투사의 영혼으로 변했다. 그는 마지막 순간까지 싸우고 싶어 했다. 그는 '상어 인간'에 대해, 바닷물에 비소를 넣어 독살하는 것에 대해, 깨진 홍합 껍데기를 끼운 망을 해변에 깔아 칼처럼 쓰는 것에 대해, 그 밖의 수천 가지 치명적인 전략에 대해 많은 이야기를 했다. 나는 바다 쪽으로 다가갔다. 한 뼘 정도 되는 수면 밑으로 편평한 암초가 보였다. 바로 물 위를 걷는 길이었다.

나는 갓 태어난 아이를 안듯 소총을 끌어안고 모래밭에 앉았다. 그리고 그 자리에 벌렁 드러누웠다. 세상은 완전히 예측 가능했고, 새로울 것이 없었다. 나는 묻기도 전에 이미 답을 알고 있는 질문을 던졌다. 나의 삼각형은 어디에 있을까, 어디에?

해가 기울고 있었다.

괴물은 누구일까?

우리가 결코 본 적 없는 괴물들. 그 악마들이 우리를 포위하고 공격한다. 인간과 전혀 다른 그 무엇들이. 우리는 시시각각 거울을 본다. 섬뜩하다. 우리가 바로 짐승이고 파충류이며 식인종이다. 인간이야말로 가장 완벽한 괴물이다. 이런 인간을 과연 먹이 피라미드의 최상위층 존재라고 규정할 수 있을까? 혹시 그 뜻은 인간이 매일 생존하기 위해 다른 인간의 살을 조금씩 뜯어먹어야 한다는 것을 말하는 게 아닐까?

알베르트 산체스 피뇰의 『차가운 피부』에 다른 이름을 붙인다면 '몬스터 아일랜드'쯤이 되지 않을까. 하지만 그런 제목을 붙였더라면 피뇰의 소설이 주는 전율은 격감되었을 것이다. 피뇰의 소설이 말하는 것은 인간의 내면에 감추어진 기괴함이다. 그는 곤경에 빠진 인간의 삶을 괴물의 존재를 통해 드러낸다. 『차가운 피부』는 장르 문학이 아니다. 피뇰이 그리는 땅은 누구의 소유도 아닌, 오직 괴물들만이 주인인 곳이다. 그러나 『차가운 피부』는 대개의 문학

작품이 그렇듯 '적은 바로 우리 자신이다'라고 하는 실존적 진공 상태 그 이상의 것을 보여준다.

소설이 시작되면 무명의 화자가 남극 외딴섬에 도착한다. 그는 거기서 앞으로 일 년 동안 기상관으로 일해야 한다. 비록 전임자의 흔적을 찾지는 못했지만 섬에는 다른 사람이 있다. 등대지기 바티스 카포다. 그는 정신병자처럼 보인다. 밤이 되었을 때 화자는 비로소 그 이유를 알게 된다. 인간의 모습을 닮은 파충류 같은 바다 괴물들이 섬을 공격한 것이다. 화자는 등대지기와 연합한다. 그러나 그가 알아낸 사실이라곤 등대지기 바티스가 바다 괴물 중 한 마리를 사육하고 있으며, 그것을 데리고 그 이상의 짓을 한다는 점뿐이다. 공격이 점점 잔인해질수록 결과는 더욱 복잡해진다.

『차가운 피부』의 문학적 성과는 초시간성이다. 처음에 화자는 섬에서의 일상에 초점을 맞추지만, 이내 괴물에게 점령당한 두 남자의 이야기로 급물살을 탄다. 모든 것이 마모되어 사라지고 오직 존재의 위협만이 남아 있는 상태. 피뇰은 격렬하고 센세이셔널한 글쓰기 방식으로 이야기를 끌고 간다. 단 한 페이지도 쉽게 지나가지 않는다. 독자는 한 문장 한 문장 보물찾기 하듯 읽어나가야 한다. 『차가운 피부』는 읽는 즐거움을 선사해주는 소설이다. 비록 경험의 즐거움은 고사하게 될지라도 말이다.

단지 두 사람의 등장인물(그중 하나는 이름도 없다)만 가지고 피뇰은 세 번째 캐릭터가 되는 배경을 만드는 데 성공한다. 물론 괴물도 나오고 등대지기 바티스가 데리고 사는 암컷도 등장한다. 어느 순간 피뇰은 괴물을 인간보다 더 비중 있는 대상으로 그리고 그들에 대해 더욱 자세하게 묘사하기 시작한다. 괴물을 더 많이 이해하게 될수록 이야기 속 화자인 나와 바티스는 독자들에게 점점 불쾌한 존재가 된다. 이것은 외면하고 싶은 어떤 감정의 경계선을 넘는 순간까지 계속된다. 그리고 두 남자가 괴물들을 죽이는 방법에 새롭게 눈을 떠갈수록 독자는 괴물을 향한 연민의 정체가 과연 무엇일까 의문을 품게 된다. 우리는 정말 미움과 증오로 가득한 세상에 살고 있는 것일까?

이것은 물론 좋은 질문이다. 하지만 피뇰에게 답을 얻으려 한다면 포기하는 게 좋다. 그보다는 직접 거울을 들여다보면서 무엇이 보이는지 생각하는 게 좋을 것이다. 피뇰의 작업은 모험 이야기와 존재의 우화를 모두 아우른다. 독자의 흥미를 자아내는 행간의 요소들이 이따금 느슨해질 때도 있으나 이야기는 교묘하게 꼬리를 물고 이어진다. 메시지에 걸맞은 연속성을 가진 구성 또한 눈여겨볼만하다. 거울 효과라는 장치 역시 분명 의도된 것이다. 그러나 거울 너머에서 괴물들은 어쩌면 독자가 기대하는 것 이상으로 존재의 깊이를 드러내는지도 모른다. 괴물이라는 캐릭터가 구성의 잠재적인 포인트가 되는 지점이다. 피뇰은 이야기를 어떻게 비틀어야할지, 어느 지점에서 잘라내야 더 효과를 발휘할지 잘 아는 작가다.

거칠게 말하자면 『차가운 피부』는 카프카적 우화와 맥을 같이한다. 그러나 이는 외면상 그럴 뿐이다. 피뇰은 다른 작가들의 공상과학적 개념들을 영리하게 차용하면서도 이야기 구성만큼은 공들여 확실하게 해야 한다는 논리를 절대 간과하지 않았다. 인간 대 괴물, 사실 그 이상 간단한 구조도 없고 흥미로운 설정도 없다. 『차가운 피부』는 교묘하고 능란하게, 또 치명적으로 독자의 기대를 뛰어 넘는 감정 이입을 유발한다. 『차가운 피부』는 괴물 이야기를 좋아하

는 독자, 혹은 나도 괴물이 아닐까 한 번쯤 의심해보는 독자들에게
완벽한 읽을거리다.

릭 클레펠(칼럼니스트)

출처_the Agony Column Book Reviews and Commentary

두꺼비 얼굴을 한 바다 괴물과
인간의 문화 전투

　　인간의 전쟁 모습을 양서류에 빗댄 것은 그리스 시대부터 전해 내려오는 문학적 유산이다. 기원전 500년경 어떤 무명작가는 그리스와 트로이인들의 전쟁을 '두꺼비전쟁' 혹은 '개구리전쟁'으로 묘사했다.

　　카탈루냐 출신 피뇰은 영웅적이며 도발적인 이 주제를 그의 처녀작에서 생생하게 재현했다. 그는 1, 2차 세계대전 사이의 기간을 배경으로 두꺼비 얼굴을 한 괴물이 등장하는 환상적이고 우화적인 역사 모험소설을 탄생시켰다. 이야기의 화자는 어디에도 속하기를 거부하는 아일랜드인이다. 조국의 현실에 좌절한 그는 기상관을 자원하여 남극 근처의 섬으로 떠나고 그곳에서 오스트리아 출신의 등대지기 바티스 카포와 함께 생활하기 시작한다.

　　목가적인 생활을 꿈꾸었던 이 유럽인에게 섬에서의 첫날 밤은 만만하지 않다. 독일판 제목인 '고요함의 환각'이 말해주듯 아일랜드 출신의 화자는 고요한 외딴섬에서 역겨운 존재들의 공격을 받는다. 두꺼비 형상에 차가운 피부, 손가락 사이에 물갈퀴를 가진 이상한 괴물들이 그의 집을 습격하면서 죽이려고 한 것이다. 아일랜드-오스트리아 출신의 두 남자는 두꺼비 괴물의 침공을 막아내기 위해 교대로 불침번을 선다.

그는 바티스가 암컷 괴물을 데리고 살면서 사통하고 있음을 알고 경악한다. 그러나 자신이 지켜왔던 도덕과 경계가 허물어지는 순간 그 역시 '마스코트'를 찾고 사랑의 감정을 느끼게 된다. 또 괴물들에게도 지성과 아름다움이 있다는 것을 깨닫고 갈등한다. 낯선 존재들 역시 그가 예전에 그랬듯 자기 땅을 지키려는 애국심 때문에 움직인다는 사실도 인정한다. '시타우카'라는 이름을 가진 낯선 존재들은 이제 공포의 대상에서 문명 이전의 인간 존재에 대한 존경의 대상으로 변모한다.

본질적 행동 요소들을 보자면 이 소설은 결코 본 적 없는 낯선 존재, 미지 세계와의 환상적인 조우, 생경한 삶의 양식 등을 다룬 사이언스 픽션이다. 피뇰은 허구의 존재를 통해 인간과 관련된 환경과 가시적인 문화만이 우월하다는 생각이 얼마나 허상이었나를 그려낸다.

피뇰은 구조주의 인류학과 포스트 식민주의에 대한 일련의 연구 결과를 차용함과 동시에, 다른 존재가 드러내는 삶의 양태에 대한 '식민적 견해'를 비판한다. "한 사람의 눈에 들어온 풍경은 감추어 둔 내면의 반영일 때가 많다." 1장에 나오는 작가의 생각이다. 괴물을 품에 안은 남극해는 그들을 주시하는 관찰자의 두려움을 투영하는 대상이다.

피놀은 모든 것을 명시적으로 형상화한다. 환상적인 모든 장면들은 일종의 우화 형식으로 식민주의를 비판한다. 필사적으로 자기 삶의 공간을 지키려는 존재들 사이의 투쟁은 현대 세계의 정치 논의, 그리고 문화식민주의에 대한 비판으로 비유되고 결과적으로 끔찍한 괴물들이 인간보다 더 나은 존재라는 게 드러난다. 화자는 제국주의적 시각을 지닌 등대지기에게 이렇게 외친다. "저들이 당신보다 생각이 더 많을 겁니다!" 물론 독자들은 그 사실을 이미 알고 있다.

출처_프랑크프루터 알게마이네 차이퉁

낯선 존재와 눈을 마주하다

진실의 세계를 찾기 위해 외딴섬을 찾은 피뇰! 외딴섬을 배경으로 일종의 실내극처럼 시작된 이야기가 공포영화로 바뀐다. 살아남기 위해 벌이는 투쟁이 인간 영혼의 문제로 전이되면서 결정적이며 흥미로운 입장 바꾸기가 진행된다. 피뇰은 소설의 구조를 이리저리 돌리는 기술이 뛰어난 작가로 독자들을 마지막 순간까지 이야기에 몰입하게 만든다.

『차가운 피부』는 이미 독일어권에서도 베스트셀러를 기록한 작품이다. 카탈루냐인 피뇰은 3년 전 이 데뷔 작품을 출간하여 십만 권이라는 판매부수를 기록했다. 세계적인 관심을 불러일으킨 그의 작품은 이미 31개 나라에서 번역되었다. 지역과 수준 차의 문제를 뛰어넘은 개가를 이룩한 것으로 이는 사실 아무도 예상하지 못했던 결과다. 이로써 희소언어인 모국어에 대한 사랑과 애국심으로 똘똘 뭉친 작품도 성공할 수 있다는 가능성을 보여주었다. 그러나 피뇰의 소설은 조금도 국지적 느낌을 주지 않는다. 1920년대에 고국을 등진 화자는 '나'로 묘사될 뿐 이름조차 나오지 않는다. 특별히 카탈루냐적 정서에 호소하지도 않는다. 이 때문에 처음에는 비평가들조차 이 작품을 별 것 아닌 것으로 다루었다. 이 책이 알려지기 시작한 것은 서적상과 입소문을 통해서다. 스페인어로 번역 출간된 이 소설은 2년 반 동안 삼만 부가 팔렸는데, 이는 카탈루냐 문학에 대한 스페인 사람들의 태도로 볼 때 아주 예외적인 경우라 할 수 있다.

『차가운 피부』를 읽는 동안 독자들은 피뇰에게 쉽게 굴복하고 말 것이다. 이는 그릇된 심원을 헤집으며 균형을 잡고자 하는 작가의 노력 때문이 아니라 오히려 다분히 유희적인 의도에서 조셉 콘래드를 떠오르게 만드는 그의 탁월한 능력 덕분이다. 그는 또 콘래드적 기조를 호러적 모티브로 파괴하길 즐기면서 오마주와 패스티시, 우화와 공포물을 적절하게 혼합하여 시종일관 긴장감 넘치게 이야기를 끌고 간다. 마치 두 다리를 일직선으로 뻗고 앉은 무희의 안무를 보는 듯한 느낌이다.

그러나 이야기는 끔찍한 결말로 치닫지 않는다. 이 소설은 적의 이미지를 묘사하고 그들의 추락을 주시하며 인간이 지닌 견고한 투사 능력을 그린다. 피뇰은 식자들이 펼치는 사고의 유희로는 아무것도 이해할 수 없다고 말한다. 그는 낯선 존재와 눈과 눈을 마주하고 정면 대결할 때 그를 이해할 수 있다고 주장한다.

피뇰은 이야기를 어디서 끝내야 하는지 정확히 알고 있는 작가다. 그는 소설 마지막에서 이렇게 한숨짓는다. "진리를 인식한다고 해서 삶이 변하는 건 아니다."

출처_디 차이트